José Joaquín Fernández de Lizardi

El Periquillo Sarniento

Tomo II

Barcelona **2024**
Linkgua-ediciones.com

Créditos

Título original: El Periquillo Sarniento.

© 2024, Red ediciones S.L.

e-mail: info@linkgua.com

Diseño de cubierta: Michel Mallard.

ISBN rústica: 978-84-9816-617-0.
ISBN ebook: 978-84-9897-062-3.

Sumario

Brevísima presentación

La vida

José Joaquín Fernández de Lizardi (1776-1827). México.

Hijo de Manuel Fernández de Lizardi y Bárbara Gutiérrez. Nació en la Ciudad de México.

En 1793 ingresó en el Colegio de San Ildefonso, fue bachiller y luego estudió teología, aunque interrumpió sus estudios tras la muerte de su padre.

Hacia 1805 escribió en el periódico el *Diario de México*. En 1812, tras las reformas promulgadas por la Constitución de Cádiz, Fernández de Lizardi fundó el periódico *El Pensador Mexicano*, nombre que usó como seudónimo.

Entre 1815 y 1816, publicó dos nuevos periódicos: *Alacena de frioleras* y el *Cajoncito de la alacena*.

En mayo de 1820, se restableció en México el gobierno constitucional y, con la libertad de imprenta, fueron abolidas la Inquisición y la Junta de Censura. Entonces Fernández de Lizardi fundó el periódico *El conductor eléctrico*, a favor de los ideales constitucionales; apenas unos años después, en 1823, editó otro periódico, *El hermano del Perico*.

Su último proyecto periodístico fue el *Correo Semanario de México*.

Lizardi combatió en la guerra de independencia y en 1825 fue capitán retirado. Murió de tuberculosis en 1827 y fue enterrado en el cementerio de la iglesia de San Lázaro.

Versión basada en la: 4ª ed., El Periquillo Sarniento, México, Librería de Galván, 1842.

Tomo II

Prólogo en traje de cuento

...Nadie crea que es suyo el retrato, sino que hay muchos diablos que se parecen unos a otros. El que se hallare tiznado, procure lavarse, que esto le importa más que hacer crítica y examen de mi pensamiento, de mi locución, de mi idea, o de los demás defectos de la obra.

Torres Villarroel en su prólogo de la Barca de Aqueronte.

Ha de estar usted para saber, señor lector, y saber para contar, que estando yo la otra noche solo en casa, con la pluma en la mano anotando los cuadernos de esta obrilla, entró un amigo mío de los pocos que merecen este nombre, llamado *Conocimiento*, sujeto de abonada edad y profunda experiencia, a cuya vista me levanté de mi asiento para hacerle los cumplidos de urbanidad que son corrientes.

Él me los correspondió, y sentándose a mi derecha me dijo: continúe usted en su ocupación, si es que urge, que yo no más venía a hacerle una visita de cariño.

No urge, señor, le dije, y aunque urgiera la interrumpiría de buena gana por dar lugar a la grata conversación de usted, ya que tengo el honor de que me visite de cuando en cuando; y aun esta vez lo aprecio demasiado por aprovechar la ocasión de suplicarle me informe qué se dice por ahí de *Periquillo Sarniento*, pues usted visita a muchos sabios, y aun a los más rudos suele honrarlos algunas veces como a mí.

¿Usted me habla de esa obrita reciente, cuyo primer tomo ha dado usted a luz? Sí, señor, le respondí, y me interesa saber qué juicio forma de ella el público para continuar mis tareas, si lo forma bueno, o para abandonarlo en el caso contrario.

Pues oiga usted amigo, me dijo el *Conocimiento*, es menester advertir que el público es todos y ninguno, que se compone de sabios e ignorantes, que cada uno abunda en su opinión, que es moralmente imposible contentar al público, esto es, a todos en general, y que la obra que celebra el necio, por un accidente merece la aprobación del sabio, así como la que éste aplaude, por maravilla la celebra el necio.

Siendo éstas unas verdades de Pedro Grullo, sepa usted que su obrita corre en el tribunal del público casi los mismos trámites que han corrido sus compañeras, quiero decir, las de su clase. Unos la celebran más de lo que merece, otros no la leen para nada, otros la leen y no la entienden, otros la leen y la interpretan, y otros finalmente, la comparan a los *Annales* de Volusio o al espinoso cardo que solo puede agradar al áspero paladar del jumento.

Estas cosas debe usted tenerlas por sabidas, como que no ignora que es más fácil que un panal se libre de la golosina de un muchacho, que la obra más sublime del agudo colmillo de Zoylo.

Es verdad, señor, que lo sé, y sé que mis obrillas no tienen cosa que merezca el más ligero aplauso, y esto lo digo sin gota de hipocresía, sino con la sinceridad que lo siento; y admiro la bondad del público cuando lee con gusto mis mamarrachos a costa de su dinero, disimulando benigno lo común de los pensamientos, lo mal limado del estilo, tal vez algunos yerros groseros, y entonces no puedo menos que tenerlos a todos por más prudentes que a Horacio, pues éste decía en su *Arte poética*, que en una obra buena perdonaría algunos defectos: *Non ego paucis offendar maculis*; y también dijo que hay defectos que merecen perdón: *Sunt delicta tamen quibus ignovisse velimus*; pero mis lectores, a cambio de tal cual cosa que le sale a gusto en mis obritas, tienen paciencia para perdonar los innumerables defectos en que abundan. Dios se los pague y les conserva con docilidad de carácter.

Tampoco soy de los que aspiran a tener un sinnúmero de lectores, ni apetezco los vítores de la plebe ignorante y novelera. Me contento con pocos lectores, que siendo sabios no me haría daño su aprobación, y para no cansar a usted cuando le digo esto, me acuerdo del sentir de los señores Horacio, Juan Owen e Iriarte, y digo con el último en su fábula del Oso bailarín:

> Si el sabio no aprueba, malo;
> y si el necio aplaude, peor.
> -Fáb. III.

Es verdad que apetecería tener no ya muchos lectores, sino muchos compradores, a lo menos tantos cuantos se necesitan para costear la impresión y compensarme el tiempo que gasto en escribir. Con esto que no faltara, me

12

daría por satisfecho, aunque no tuviera un alabador; acordándome de lo que acerca de ellos y los autores dice el célebre Owen en uno de sus epigramas.

Bastan pocos,[1] basta uno
en quien aplausos desee,
y si ninguno me lee,
también me basta ninguno.

Mas sin embargo de estas advertencias, yo quisiera saber cómo se opina de mi obrita para hacer las cuentas con mi bolsa, pues, no vaya usted a pensar que por otra cosa.

Pues amigo, me dijo el *Conocimiento*, tenga usted el consuelo que hasta ahora yo más he oído hablar bien de ella que mal. ¿Luego también hay quien hable mal de ella?, le pregunté.

¿Pues no ha de haber?, me dijo, hay o ha habido quien hable mal de las mejores obras, ¡y se había de quedar *Periquillo* riendo de los habladores! Pero ¿qué dicen de Perico?, le pregunté, y él me contestó: dicen que este Perico habla más que lo que se necesita, que lleva traza de no dejar títere con cabeza a quien no le corte su vestido, que a título de crítico es un murmurador eterno de todas las clases y corporaciones del estado, lo que es una grandísima bellaquería, que ¿quién lo ha metido a pedagogo del público para, so color de declamar contra los abusos, satisfacer su carácter mordaz y maldiciente? Que si su fin era enseñar a sus hijos, por qué no lo hizo como Catón Censorino,

que doctrinaba a su hijo

con buen corazón, y no con sátiras, críticas y chocarrerías; que si el publicar tales escritos es por acreditarse de editor, con ellos mismos se desacredita, pues pone su necedad de letra de molde; y si es por lucro que espera sacar de los lectores, es un arbitrio odioso e ilegal, pues nadie debe solicitar su subsistencia a costa de la reputación de sus hermanos; y por último, que

---

1   Elogiadores.

13

si el autor es tan celoso, tan arreglado, y opuesto a los abusos, ¿por qué no comienza reformando los suyos, pues no le faltan?

¡Ay señor Conocimiento!, exclamé lleno de miedo. ¿Es posible que todo eso dicen? Sí, amigo, todo eso dicen.

¿Pero quién lo dice, hermanito de mi corazón?

¿Quién lo ha de decir, contestó el *Conocimiento*, sino aquéllos a quienes les amargan las verdades que usted les hace beber en la copa de la fábula? ¿Quiere usted que hable bien de *Periquillo* un mal padre de familias, una madre consentidora de sus hijos, un preceptor inepto, un eclesiástico relajado, una coqueta, un flojo, un ladrón, un fullero, un hipócrita, ni ninguno de cuantos viciosos usted pinta? No amigo, éstos no hablarán bien de la obra, ni de su autor en su vida; pero tenga usted entendido que de esta clase de rivales saca un grandísimo partido, pues ellos mismos, sin pensarlo, acreditan la obra de usted y hacen ver que no miente en nada de cuanto escribe; y así siga usted su obrita, despreciando esta clase de murmuraciones (porque no se llaman ni pueden llamarse críticas). Repita de cuando en cuando lo que tantas veces tiene protestado y estampado, esto es, que no retrata jamás en sus escritos a ninguna persona determinada, que solo ridiculiza el vicio con el mismo loable fin que lo han ridiculizado tantos y tan valientes ingenios de dentro y fuera de nuestra España, y para que más lo crean, repítales con el divino Canario (Iriarte):

> A todos y a ninguno
> mis advertencias tocan;
> quien las siente se culpa,
> el que no, que las oiga.
>
> Y pues no vituperan
> señaladas personas,
> quien haga aplicaciones
> con su pan se lo coma.
> Fáb. I.

14

Diciendo esto se fue el Conocimiento (porque era el Conocimiento universal), añadiendo que estaba haciendo falta en algunas partes, y yo tomé la pluma y escribí nuestra conversación, para que usted, amigo Lector, haga boca y luego siga leyendo la historieta del famoso *Periquillo*.

Vida y hechos de Periquillo Sarniento

Escrita por él para sus hijos

Capítulo I. Escribe Periquillo la muerte de su madre, con otras cosillas no del todo desagradables

¡Con qué constancia no está la gallina lastimándose el pecho veinte días sobre los huevos! Cuando los siente animados, ¡con qué prolijidad rompe los cascarones para ayudar a salir a los pollitos! Salidos éstos, ¡con qué eficacia los cuida! ¡Con qué amor los alimenta! ¡Con qué ahínco los defiende! ¡Con qué cachaza los tolera, y con qué cuidado los abriga!

Pues a proporción hacen esto mismo con sus hijos la gata, la perra, la yegua, la vaca, la leona y todas las demás madres brutas. Pero cuando ya sus hijos han crecido, cuando ya han salido (digámoslo así) de la edad pueril, y pueden ellos buscar el alimento por sí mismos, al momento se acaba el amor y el chiqueo, y con el pico, dientes y testas, los arrojan de sí para siempre.

No así las madres racionales. ¡Qué enfermedades no sufren en la preñez! ¡Qué dolores y a qué riesgos no se exponen en el parto! ¡Qué achaques, qué cuidados y desvelos no toleran en la crianza! Y después de criados, esto es, cuando ya el niño deja de serlo, cuando es joven y cuando puede subsistir por sí solo, jamás cesan en la madre los afanes, ni se amortigua su amor, ni fenecen sus cuidados. Siempre es madre, y siempre ama a sus hijos con la misma constancia y entusiasmo.

Si obraran con nosotros como las gallinas, y su amor solo durara a medida de nuestra infancia, todavía no podíamos pagarlas el bien que nos hicieron, ni agradecerlas las fatigas que les costamos, pues no es poco el deberlas la existencia física y el cuidado de su conservación.

No son ciertamente otras las causales porque nos persuade el Eclesiástico nuestro respeto y gratitud hacia los padres. *Honra a tu padre*, dice en el cap. 7.º, *honra a tu padre, y no olvides los gemidos de tu madre. Acuérdate que si no fuera por ellos no existieras, y pórtate con ellos con el amor que ellos se portaron contigo.* Y el santo Tobías el viejo le dice a su hijo: *Honrarás a tu madre todos los días de tu vida, debiéndote acordar de los peligros y trabajos que padeció por ti cuando te tuvo en su vientre.* Tob., cap. IV.

17

En vista de eso, ¿quién dudará que por la naturaleza y por la religión estamos obligados no solo a honrar en todos tiempos, sino a socorrer a nuestros padres en sus necesidades y bajo culpa grave?

Digo en todos tiempos, porque hay un abuso entre algunas personas, que piensan que en casándose se exoneran de las obligaciones de hijos, y que ni se hallan estrechadas a obedecer ni respetar a sus padres como antes, ni tienen el más mínimo cargo de socorrerlos.

Yo mismo he visto a muchos de estos y estas que después de haber contraído matrimonio, ya tratan a sus padres con cierta indiferencia y despego que enfada. No (dicen), ya estoy emancipado, ya salí de la patria potestad, ya es otro tiempo; y la primera acción con que toman posesión de esta libertad es con chupar o fumar tabaco delante de sus padres.[2] A seguida de esto, les hablan con cierto entono, y por último, aunque estén necesitados no los socorren.

Cuanto a lo primero, esto es, cuanto al respeto y la veneración, nunca quedan los hijos eximidos de ella, sea cual fuere el estado en que se hallen colocados, o la dignidad en que estén puestos. Siempre los padres son padres, y los hijos son hijos, y en éstos, lejos de vituperarse, se alaba el respeto que manifiestan a aquéllos. Casado y rey era Salomón, y bajó del trono para recibir con la mayor sumisión a su madre Betsabé; lo mismo hizo el señor Bonifacio VIII con la suya, y hace todo buen hijo, sin que estas humillaciones les hayan acarreado otra cosa que gloria, bendiciones y alabanzas.

Por lo que toca al socorro que deben impartirles en sus necesidades, aún es más estrecha la obligación. No se excusa la mujer, teniéndolo, con decir: mi marido no me lo da; pedírselo, que si él fue buen hijo, él lo dará; y si no lo diere, economizarlo del gasto y del lujo; pero que haya para galas, bailes y

---

2   El fumar no es malo, es un vicio de los tolerables, y aunque él por sí es muchas veces pernicioso a la salud y gravoso a la bolsa, ya la costumbre lo tiene favorecido; pero ¿el chupar delante de los padres? Tampoco es malo, es tan lícito como delante de los que no lo son. Ningún padre se escandalizará si ve que su hijo toma polvos en su presencia; mas con todo eso, la misma costumbre que sufre que se tome tabaco aun en la iglesia, por las narices, no lo tolera por la boca, ni delante de los padres y superiores. Ello es una preocupación, pero pasadera, y con la que probamos nuestro respeto a algunas personas y lugares.

otras extravagancias, y no haya para socorrer a la madre, es cosa que escandaliza, bien que apenas cabe en el juicio que haya tales hijas.

Más frecuentemente se ve esto en los hombres, que luego dicen: ¡oh!, yo socorriera a mis padres, pero soy un pobre, tengo mujer e hijos a quienes mantener, y no me alcanza. ¿Hola? Pues tampoco ésa es disculpa justa. Consulten a los teólogos, y verán cómo están en obligación de partir el pan que tengan con sus padres; y aun hay quien diga[3] que en caso de igual necesidad, bajo de culpa grave primero se ha de socorrer a los padres que a los hijos.

No favorecer a los padres en un caso extremo es como matarlos; delito tan cruel, que asombrados de su enormidad los antiguos, señalaron por pena condigna a quien lo cometiera, el que lo encerraran dentro de un cuero de toro, para que muriera sofocado, y que de este modo lo arrojaran a la mar, para que su cadáver ni aun hallara descanso en el sepulcro.

¿Pues cuántos cueros se necesitarán para enfardelar a tantos hijos ingratos como escandalizan al mundo con sus vilezas y ruindades? En aquel tiempo yo no me hubiera quedado sin el mío, porque no solo no socorrí a mi madre, sino que le disipé aquello poco que mi padre le dejó para su socorro.

¡Qué caso! De las cinco reglas que me enseñaron en la escuela, unas se me olvidaron enteramente con la muerte de mi padre, y en otras me ejercité completamente. Luego que se acabaron los mediecillos y se vendieron las alhajitas de mi madre, se me olvidó el *sumar*, porque no tenía qué; *multiplicar* nunca supe; pero *medio partir* y *partir por entero*, entre mis amigos, y las amigas mías y de ellos, todo lo que llegaba a mis manos, lo aprendí perfectamente; por eso se acabó tan pronto el principalito; y no bastó, sino que siempre quedaba *restando* a mis acreedores, y sacaba esta cuenta de memoria: quien debe a uno cuatro, a otros seis, a otro tres, etc., y no les paga, les debe. Eso sabía yo bien, deber, destruir, aniquilar, endrogar y no pagar a nadie de esta vida; y éstas son las cuentas que saben los perdidos de *pe* a *pa*. Sumar no saben porque no tienen qué; multiplicar, tampoco, porque todo lo disipan; pero restar a quien se descuida, y partir lo poco que adquieren con otros haraganes petardistas que llaman sus amigos, eso sí saben como el mejor, sin necesitar las reglas de aritmética para nada. Así lo hice yo.

---

3   Santo Tomás.

En éstas y las otras, no quedó en casa un peso ni cosa que lo valiera. Hoy se vendía un cubierto, mañana otro, pasado mañana un nicho, otro día un ropero, hasta que se concluyó con todos los muebles y menaje. Después se siguió con toda la ropita de mi madre, de la que breve dieron cuenta en el Montepío y en las tiendas, pues como no había para sacarla, todas las prendas se perdieron en una bicoca.

Es verdad que no todo lo gasté yo, algo se consumió entre mi madre y nana Felipa. Éramos como aquel loco de quien refiere el padre Almeida[4] que había dado en la tontera de que era la Santísima Trinidad, y un día le preguntó uno ¿que cómo podía ser eso andando tan despilfarrado y lleno de andrajos? A lo que el loco contestó: *¿qué quiere usted?, si somos tres al romper.* Así sucedía en casa, que éramos tres al comer y ninguno al buscar. Bien que cuando hubo, yo gastaba y tiraba por treinta, y así a mí solo se me debe echar la culpa del total desbarato de mi casa.

La pobre de mi madre se cansaba en persuadirme solicitara yo algún destino para ayudarnos, pero yo en nada menos pensaba. Lo uno, porque me agradaba más la libertad que el trabajo, como buen perdido, si acaso hay perdidos que sean buenos; y lo otro, porque ¿qué destino había de hallar que fuera compatible con mi inutilidad y vanidad que fundaba en mi nobleza y en mi retumbante título hueco de bachiller en artes, que para mí montaba tanto como el de conde o marqués?

Al pie de la letra se cumplió la predicción de mi padre, y mi madre entonces, a pesar de su cariño, que nunca le faltó hacia mí, conoció cuánto había errado en oponerse a que yo aprendiese algún oficio.

El saber hacer alguna cosa útil con las manos, quiero decir, el saber algún arte ya mecánico, ya liberal, jamás es vituperable, ni se opone a los principios nobles, ni a los estudios ni carreras ilustres que éstos proporcionan; antes suele haber ocasiones donde no vale al hombre ni la nobleza más ilustre, ni el haber tenido muchas riquezas, y entonces le aprovechan infinito las habilidades que sabe ejercitar por sí mismo.

---

4   Recreac. Filos., Tom. 4.º, Tarde 19.

20

La deshonra, dice un autor que escribió casi a fines del siglo pasado,[5] la deshonra ha de nacer de la ociosidad o de los delitos, no de las profesiones. Todos los individuos del cuerpo político deben reputarse en esta parte hijos de una familia.

¿Qué hubiera sido de Dionisio, rey de Sicilia, cuando habiendo perdido el reino y andando prófugo e incógnito por sus tiranías, no hubiera tenido alguna habilidad para mantenerse? Hubiera perecido seguramente en las garras de la mendicidad, ya que no en las manos de sus enemigos; pero sabía leer y escribir, bien sin duda, pues emprendió ser maestro de escuela, y con este ejercicio se mantuvo algún tiempo.

¿Qué suerte hubiera corrido Arístipo si cuando aportó a la isla de Rodas, habiendo perdido en un naufragio todas sus riquezas, no hubiera tenido otro arbitrio con que sostenerse por sí mismo? Hubiera perecido; pero era un excelente geómetra, y conocida su habilidad, le hicieron tan buen acogimiento los isleños, que no extrañó ni su patria ni sus riquezas; y en prueba de esto les escribió a sus paisanos estas memorables razones: *dad a vuestros hijos tales riquezas que no las pierdan aun cuando salgan desnudos de un naufragio*. ¡Qué bien tocaba este consejo a muchas madres y a muchos noblecitos!

Si uno de nuestros abogados, teólogos y canonistas arribara náufrago a Pekín o Constantinopla, ¿hallara qué comer con su profesión? No, porque en esas capitales ni reina nuestra religión, ni rigen nuestras leyes; y así, si no sabía coser una camisa, tejer un jubón, hacer unos zapatos o cosa semejante con sus manos, sus conclusiones, argumentos, sistemas y erudición le servirían tanto para subsistir, como a un médico sus aforismos en una isla desierta e inhabitable.

Ésta es una verdad, pero por desgracia el abuso que contra ella se comete es casi general en los ricos, y en los que se tienen por de la sangre azul.

Dije *casi*, y dije una bobera: sin casi. Es abuso generalísimo, y tanto que está apadrinado por la vieja y grosera preocupación de que *los oficios envilecen al que los ejercita*, y de este error se sigue otro más maldito, y es aquel desprecio con que se ve y se trata a los pobres oficiales mecánicos. Fulano es hombre de bien, pero es sastre; citano es de buena cuna, pero es barbe-

---

5   El Licenciado don Francisco Xavier Peñaranda en su «Sistema económico y político más conveniente a España».

ro; mengano es virtuoso, pero es zapatero. ¡Oh! ¿Quién le ha de dar el lado? ¿Quién lo ha de sentar a su mesa? ¿Ni quién lo ha de tratar con distinción ni aprecio? Sus cualidades personales lo recomiendan, pero su oficio lo abate.

Así se explican muchos, a quienes yo diría: señores, ¿si no tuvierais riquezas ni otro modo de subsistir sino de hacer zapatos, coser chaquetas, aparejar sombreros, etc., no es verdad que entonces renegaríais de los ricos que os trataran con la necia vanidad con que ahora tratáis vosotros a los menestrales y artesanos? Esto sin duda.

Y si por un caso imposible, aun siendo ricos, si un día se conjuraran contra vosotros todos éstos, y no os quisieran servir a pesar de vuestro dinero, ¿no andaríais descalzos? Sí, porque no sabéis hacer zapatos. ¿No andaríais desnudos y muertos de hambre? Sí, porque no sabéis hacer nada para vestiros, ni cultivar la tierra para alimentaros con sus frutos.

Con que si en la realidad sois unos inútiles, por más que desempeñéis en el mundo el papel de los actores de aquella comedia titulada *Los hijos de la fortuna*, ¿por qué son esas altiveces, esos dengues, y esos desprecios con aquellos mismos que habéis menester y de quienes depende vuestra brillante suerte?[6] Si lo hacéis porque son pobres los que se ejercitan en estos oficios para subsistir, sois unos tiranos, pues solo por ser pobres miráis con altivez a los que os sirven, y quizá a los que os dan de comer;[7] y si solamente lo hacéis así o los tratáis con este modo orgulloso porque viven de su trabajo, a más de tiranos sois unos necios; y si no, pregunto: vosotros ¿de qué vivís? Tú, minero; tú, hacendero; tú, comerciante; te murieras de hambre y perecieras entre la indigencia si Juan no trabajara tu mina, si Pedro no cultivara tus campos, y si Antonio no consumiera tus géneros, todos a costa del sudor de sus rostros, mientras tú, hecho un holgazán, acaso, acaso no sirves sino de escándalo y peso a la república.

Así hablara yo a los ricos soberbios y tontos,[8] al mismo tiempo que a vosotros, oh pobres honrados,[9] os alentara a sufrir sus improperios y baldo-

---

6 Es constante que los pobres son feudatarios de los ricos y los que aumentan sus riquezas.

7 Los miserables jornaleros que cultivan las haciendas, los operarios que trabajan las minas, y los artífices que labran los tejidos, etc., dan de comer y sostienen el lujo de los ricos.

8 Con ésos se habla.

9 A ésos se dirige el apóstrofe, no a los pobres viciosos, pues a éstos, si los ultrajan por su mala conducta, bien se lo merecen. Ser pícaro a más de pobre es gran desgracia.

nes, a resignaros en la divina Providencia y a continuar en vuestros afanes honradamente, satisfechos de que no hay oficio vil como el hombre no lo sea; ni hay riqueza ni distinción alguna que descargue de las notas de necio o vicioso a quien las tiene.

¿Cuántas veces irá un hombre lleno de ignorancia o de delitos dentro del dorado coche que hace estremecer vuestros humildes talleres? ¿Y cuántas la salsa que sazona los pichones y perdices de su mesa será la intriga, el crimen y la usura, mientras que vosotros coméis con vuestros hijos y con una dulce tranquilidad tal vez una tortilla humedecida con sudor de vuestra frente?

No son, hijos míos, los oficios los que envilecen al hombre (no me cansaré de repetir esta verdad); el hombre es el que se envilece con sus malos procederes; ni menos es estorbo la pobre cuna, ni las artes mecánicas para lograr entre los apreciadores del mérito, el lugar que uno se sepa merecer con su virtud, habilidad y ciencia. Buenos testigos de esta verdad son tantos ingeniosos poetas, diestros pintores, excelentes músicos, escultores insignes y otros habilísimos profesores de las artes ya liberales, ya mixtas, a quienes el mundo ha visto visitados, enriquecidos y honrados por los pontífices, emperadores y reyes de la Europa. Prueba clara de que el mérito distinguido y la sobresaliente habilidad no solo no es barrera que imposibilite los honores, sino que muchas veces es el imán que los atrae hacia sus profesores. Ya se ha dicho en esta misma obrita que Sixto V, antes de gobernar la Iglesia católica como pontífice, fue porquerizo.[10] Ejemplar, que vale por otros muchos que

---

10 Este pontífice nació en un pueblo en la marca de Ancona a 13 de diciembre de 1521. Fue su padre un pobre labrador, como dice Moreri, o viñadero, como dice el autor del Diccionario de hombres ilustres, llamado Peretti y su madre Mariana. Cuidaba puercos o lechones, y pasando un religioso franciscano por donde él estaba, ignorando el camino, lo llevó de guía, y enamorado de la agudeza de sus respuestas lo condujo a su convento. A poco tiempo tomó el hábito de la orden seráfica, y correspondiendo sus ascensos a su aplicación y talento, logró sentarse en la silla de San Pedro. Restableció a la pureza de su origen la edición de la Vulgata (Biblia); canonizó a San Diego, religioso franciscano español; agregó a los DD. de la Iglesia a San Buenaventura; mandó celebrar la fiesta de la Presentación de la Santísima Virgen; hizo muchas otras cosas excelentes. En tiempo de una grande hambre que padeció Roma, por cuya causa hubo una sublevación, construyó varios edificios, abrió algunos caminos y promovió el famoso templo o Cúpula de San Pedro, que se creía inacabable, en la que mantuvo diariamente a 600 operarios. Últimamente,

recuerdan las historias eclesiástica y profana. Bien que la vanidad ha hecho que en nuestros días no sean estos ejemplos muy comunes.

Pero es menester decirlo todo. No sé si es más admirable ver un hombre elevarse desde la basura a un puesto alto, o ver a otros que, colocados en él, no olviden la humildad de sus principios. Yo creo que esto así como es lo más justo, así es lo más difícil, atendida la soberbia humana; y siendo lo más difícil de suceder, debe ser lo más admirable.

Que un hombre pase del estado de pobre al de rico, del de plebeyo al de noble, y del de pastor al de rey, como se ha visto, puede ser efecto de la casualidad en la que el mismo hombre no tiene parte; pero que viéndose encumbrado sobre los demás, lejos de ensoberbecerse ni endiosarse, se manifieste humano, afable y cortés con sus inferiores, acordándose de lo que fue, esto sí es admirable, porque prueba una grande alma capaz de tener a raya sus pasiones en cualquier estado de vida, lo que no hace el hombre muy fácilmente.

Lo común es que vemos infinitos que nacieron ricos y grandes, y éstos son orgullosos y altivos por naturaleza, esto es, así vieron el manejo de sus casas desde sus primeros días, la lisonja les meció la cuna, y respiraron la vanidad con el primer ambiente. Heredaron, por decirlo de una vez, la nobleza, el dinero, los títulos, y con esto la altivez y la dominación que ejercitan con los que están debajo de ellos.

Esto es malo, malísimo, porque ningún rico debe olvidarse de que es hombre, ni de que es semejante al pobre y al plebeyo; sin embargo, si se pueden disculpar los vicios, parece que la soberbia del rico merece alguna indulgencia si se considera que jamás ha visto la cara a la miseria, ni le han faltado lisonjeros que lo anden incensando a todas horas de rodillas. Es

---

erigió un obelisco en la plaza de San Pedro de 72 pies de altura. No solo este Pontífice fue de humilde y pobre ascendencia. Sin nombrar a San Pedro, San Dionisio, Juan XVIII, Dámaso II, Nicolás I y otros se cuentan de oscuro linaje. Adriano IV y Alejandro V de niños se alimentaron de limosna, Urbano IV fue hijo de otro porquerizo, Benedicto XI fue hijo de una lavandera de paños, Benedicto XII hijo de un molinero, etc. (véase la historia de los Pontífices). Lo que prueba bien que ni lo oscuro del nacimiento ni la última miseria obstan para lograr los empleos más honoríficos, cuando la ciencia y la virtud hacen a los hombres dignos de ellos.

menester ser un Alejandro para no caer en la tentación de dejarse adorar como Nabuco.

Pero los pobres que nacieron entre los terrones de una aldea o mísero pueblecico, que sus padres fueron unos infelices, y sus primeros refajos unas mantas, que así se criaron y así crecieron luchando con la desdicha y la indigencia, no solo ignorando los ecos de la adulación, sino familiarizándose con los desprecios; éstos, digo, ¿por qué si a la Providencia le place elevarlos a un puesto brillante, al momento se desvanecen y se desconocen hasta el punto no solo de menospreciar a los pobres, no solo de no socorrer a sus parientes, sino ¡lo más execrable! de negar su estirpe enteramente? Ésta es una soberbia imperdonable.

No son éstas ficciones de mi pluma, el mundo es testigo de estas verdades. ¿Cuántos al tiempo de leer estos renglones dirán: mi hermano el doctor no me habla; otros, mi hermana la casada no me saluda; otros, mi tío el prebendado no me conoce, y así muchos?

No quisiera decirlo, pero quizá por este vicio e ingratitud se inventó aquel trillado refrán que dice: quieren ver a un ruin, denle un cargo. Ello es una vileza de espíritu[11] degenerar de su sangre, y dejar perecer en la miseria a los deudos solo por pobres, al tiempo que se podían favorecer con facilidad a merced del puesto encumbrado que se ocupa.[12]

Pero aunque sea soberbia, villanía o lo que se le quiera llamar, así lo vemos practicar. Y si estas clases de personas son tan altivas con su sangre, ¿qué no serán con sus dependientes, súbditos y otros pobres, a quienes consideran muy indignos de su afabilidad y cortesía?

Se ve, y no con rareza, que muchos de estos que eran atentos, cariñosos y bien criados con todo el mundo en la esfera de pobres, luego que cambia su suerte y se levantan de entre la ceniza se hacen soberbios, hinchados, fastidiosos y detestables.

El célebre padre Murillo en su catecismo, citando a Plinio y Estrabón, dice que el Bucéfalo o caballo de Alejandro cuando estaba en pelo se dejaba

---

11   Así como puede haber una alma noble en un plebeyo, así puede haber una alma ruin dentro de un noble, y a ésta llamamos alma vil o vileza de espíritu.

12   Se entiende, sin perjuicio de la justicia, pues entonces no resultará del beneficio virtud sino agravio.

manosear y tratar de cualquiera; pero en cuanto lo ensillaban y enjaezaban ricamente, se volvía indomable, y no se sujetaba sino al joven Macedón. El dicho padre hace sobre este cuentecillo una reflexión muy oportuna que la he de poner al pie de la letra. *Hay algunos* (dice) *que son tratables cuando están en pelo, pero viéndose adornados con una garnacha, una borla, una dignidad, y aun iba a decir, con una mortaja de religioso, no hay quien se averigüe con ellos.*

No hijos, por Dios, no aumentéis el número de estos ingratos soberbios. Si mañana la suerte os colocare en algún puesto brillante, que es lo que se dice estar en candelero, o si tenéis riquezas y valimientos, dispensad vuestros favores a cuantos podáis sin agravio de la justicia, que eso es ser verdaderamente grandes. Mientras mayor sea vuestra elevación, tanto mayor sea vuestra beneficencia. Cicerón, en la defensa de Q. Ligario, dice: *Que con ninguna cosa se parecen los hombres más a Dios que con esta virtud.* Siempre respetará el mundo los augustos nombres de Tito y Marco Aurelio. Éste llenó de glorias y de felicidades a Roma, y aquél fue tan inclinado a hacer bien, que el día que no hacía uno, decía que lo había perdido, *diem perdidimus.*

Por otra parte, jamás os desvanezcáis con las riquezas ni con los empleos de distinción, porque ésta será la prueba más segura de que no los merecéis, ni habéis jamás disfrutado de aquéllas. Si vemos que uno al entrar en un coche o subir a un barco se desvanece y le acometen vértigos frecuentes, fácilmente conocemos, aunque él no lo diga, que aquélla es la primera vez que pisa semejantes muebles. No sin razón dice nuestro vulgar adagio que *a herradura que chapalea clavo le falta,* y es por esto.

iQué diferente juicio no hace el mundo de aquellos que habiendo nacido pobres u oscuros, y hallándose de repente con riquezas u empleos sobresalientes, ni se desvanecen con la altura de éstos, ni se deslumbran con el brillo de aquéllas, sino que, inalterables en el mismo grado de sencillez y bella índole que antes tenían, conquistan cuantos corazones tratan! ¿No es preciso confesar que el corazón de estos hombres es magnánimo, que no se aturde ni se inflama con el oro y que, si nació sin empleos y sin honores, a lo menos fue siempre digno de ellos?

26

Y si estos mismos hombres en vez de abusar de su poder o su dinero para oprimir al desvalido, o atropellar al pobre, en cada uno de estos desgraciados reconocen un semejante suyo, lo halagan con su dulce trato, lo alientan con sus esperanzas, y lo favorecen cuando pueden, ¿no es verdad que en vez de murmuradores, envidiosos y maldicientes, tendrían un sinnúmero de amigos devotos que los llenarán de bendiciones, les desearán aumentos, y glorificarán su memoria aún más allá del término de sus días? ¿Quién lo duda?

Ni es prenda menos recomendable en un rico de los que hablo, una ingenuidad sincera y sin afectación. El saber confesar nuestros defectos nosotros mismos, es una virtud que trae luego la ventaja de ahorrarnos el bochorno de que otros nos los refrieguen en la cara; y si el nacer pobres o sin ejecutorias, es defecto,[13] confesándolo nosotros les damos un fuerte tapaboca a nuestros enemigos y envidiosos.

El no negar el hombre lo humilde de sus principios cuando se halla en la mayor elevación, no solo no lo demerita, sino que lo ensalza en el concepto de los virtuosos y sabios, que son entre quienes se ha de aspirar a tener buen concepto, que entre los necios y viciosos poco importa no tenerlo.

Bien conoció esta verdad un tal Wigiliso, que habiendo sido hijo de un pobre carretero, por su virtud y letras llegó a ser arzobispo de Maguncia en Alejandría, y ya para no engreírse con su alta dignidad, o como dijimos, para no dar qué hacer a sus émulos, tomó por armas y puso en su escudo una rueda de un carro con este mote: *Memineris quid sis et quid fueris*. Acuérdate de lo que eres y de lo que fuiste.

Tan lejos estuvo esta humildad de disminuirle su buen nombre, que antes ella misma lo ensalzó en tanto grado, que después de su muerte mandó el emperador Enrico II que aquella rueda se perpetuase por armas del arzobispado de Maguncia.

Agatocles, como rey y rey rico, tenía oro y plata con que servirse a la mesa, y sin embargo comía en barro para acordarse que fue hijo de un alfarero.

---

13 No son defectos. El mundo mira con desprecio a los pobres y a los que no brillan con la nobleza, pero ésta es una de las locuras de que está el mundo lleno. Los defectos que no penden del arbitrio del hombre, no son vituperables, ni se deben echar en cara. Hacerlo es necedad.

Y por último, el señor Bonifacio VIII fue hijo de padres muy pobres; ya siendo pontífice romano fue a verlo su madre; entró muy aderezada, y el santo papa no la habló siquiera, antes preguntó *¿quién es esta señora?* Es la madre de Vuestra Santidad. *No puede ser eso*, dijo, *si mi madre es muy pobre*. Entonces la señora tuvo que desnudarse las galas, y volvió a verlo en un traje humilde, en cuya ocasión el papa la salió a recibir y la hizo todos los honores de madre como tan buen hijo.[14]

¿Ya veis pues, queridos míos, como ni los oficios ni la pobreza envilecen al hombre, ni le son estorbo para obtener los más brillantes puestos y dignidades, cuando él sabe merecerlos con su virtud o sus letras? En estas verdades os habéis de empapar, y éstos son los ejemplos que debéis seguir constantemente, y no los de vuestro mal padre que, habiéndose connaturalizado con la holgazanería y la libertad, no se quería dedicar a aprender un oficio ni a solicitar un amo a quien servir, porque era noble, como si la nobleza fuera el apoyo de la ociosidad y del libertinaje.

La pobre de mi madre se cansaba en aconsejarme, pero en vano. Yo me empeoraba cada día, y cada instante le daba nuevas pesadumbres y disgustos, hasta que acosada de la miseria y oprimida con el peso de mis maldades, cayó la infeliz en una cama de la enfermedad de que murió.

En este tiempo ¡qué trabajos para el médico! ¡Qué ansias para la botica! ¡Qué congojas para el alimento no costó, no a mí, sino a la buena de tía Felipa! Porque yo, pícaro como siempre, apenas iba a casa al medio día y a la noche a engullir lo que podía, y a preguntar como por cumplimiento cómo se sentía mi madre.

Ya han pasado muchos años, ya he llorado muchas lágrimas, y mandado decir muchas misas por su alma, y aún no puedo acallar los terribles gritos de mi conciencia, que incesantemente me dicen: tú mataste a tu madre a pesadumbres, tú no la socorriste en su vida después de sumergirla en la

---

14 Del señor Benedicto XI se sabe que siendo un pobre hijo de una lavandera de paños, exaltado al pontificado fingió también no conocerla porque iba vestida de seda; y así que fue a visitarlo con su humilde traje de lana la conoció y obsequió.
Del señor Benedicto XII, dice la historia que habiendo sido hijo de un molinero no quiso jamás reconocerlo sino en su propio traje de molinero. Estos heroicos ejemplos de humildad han quedado escritos para realzar más el mérito y la virtud de tales personajes. Véase el Onomásticon de Guillermo Burio, secc. X., fol. 358.

miseria, y tú, en fin, no le cerraste los ojos en su muerte. ¡Ay hijos míos!, no quiera Dios que experimentéis estos remordimientos. Amad, respetad, y socorred siempre a vuestra madre, que esto os manda el Criador y la naturaleza.

Por fortuna la fiebre que le acometió fue tan violenta que en el mismo día la hizo disponer el médico, y al siguiente perdió el conocimiento del todo.

Dije que esto fue por fortuna, porque si hubiera estado sin este achaque, habría padecido doble con sus dolencias, y con la pena que le debería haber causado el vil proceder de un hijo tan ingrato y para nada.

En los seis días que vivió, todo su delirio se redujo a darme consejos y a preguntar por mí, según me dijeron las vecinas, y yo cuando estaba en casa no le oía decir sino: ¿ya vino Pedro? ¿Ya está ahí? Dele usted de cenar, tía Felipa. Hijo, no salgas, que ya es tarde, no te suceda una desgracia en la calle, y otras cosas a este tenor con las que probaba el amor que me tenía. ¡Ay, madre mía! ¡Cuánto me amaste, y qué mal correspondí a tus caricias!

Finalmente, su merced expiró cuando yo no estaba en casa. Súpelo en la calle, y no volví a aquélla ni puse un pie por sus contornos sino hasta los tres días, por no entender en los gastos del entierro y todos sus anexos, porque estaba sin blanca, como siempre, y el cura de mi parroquia no era muy amigo de fiar los derechos.

A los tres días me fui apareciendo y haciéndome de las nuevas, contando cómo había estado preso por un pleito, y con el credo en la boca por saber de mi madre, y qué sé yo cuántas más mentiras, con las que, y cuatro lagrimillas, les quité el escándalo a las vecinas y el enojo a nana Felipa, de quien supe que, viendo que yo no parecía y que el cadáver ya no aguantaba, barrió con cuanto encontró, hasta con el colchón y con mis pocos trapos, y los dio en lo que primero le ofrecieron en el Baratillo, y así salió de su cuidado.

No dejó de afligirme la noticia, por lo que tocaba a mi persona, pues con el rebato que tocó me dejó con lo encapillado y sin una camisa que mudarme, porque cuantas yo tenía se encerraban en dos.

A seguida me contó que debía al médico no sé cuántas visitas, y al boticario qué sé yo qué recetas, que como nunca tuve intención de pagarlas no me impuse de las cantidades.

29

Después de todo, yo no puedo acordarme sin ternura de la buena vieja de tía Felipa. Ella fue criada, hermana, amiga, hija y madre de la mía en esta ocasión. Fuérase de droga, de limosna o como se fuese, ella la alimentó, la medicinó, la sirvió, la veló y la enterró con el mayor empeño, amor y caridad, y ella desempeñó mi lugar para mi confusión, y para que vosotros sepáis de paso que hay criados fieles, amantes y agradecidos a sus amos, muchas veces más que los mismos hijos; y es de advertir que luego que mi madre llegó al último estado de pobreza, le dijo que buscara destino porque ya no podía pagarle su salario, a lo que la viejecita llorando le respondió que no la dejaría hasta la muerte, y que hasta entonces le serviría sin interés, y así lo hizo, que en todas partes hay criados héroes como el calderero de San Germán.

Pero yo no me tenía tan bien granjeado el amor de nana Felipa, a pesar de que me crió, como dicen. Aguantó como las buenas mujeres los nueve días de luto en casa, y no fue lo más el aguantarlos, sino el darme de comer en todos ellos a costa de mil drogas y mil bochornos, pues ya no había quedado ni estaca en pared.

Pero viendo mi sinvergüencería, me dijo: Pedrito, ya ves que yo no tengo de donde me venga ni un medio, yo estoy en cueros y he estado sin conveniencia por servir y acompañar al alma mía de señora, que de Dios goce; pero ahora, hijito, ya se murió, y es fuerza que vaya a buscar mi vida, porque tú no lo tienes ni de donde te venga, ni yo tampoco, y asina ¿qué hemos de hacer? Y diciendo esto, llorando como una niña y mudándose para la calle fue todo uno, sin poderla yo persuadir a que se quedara por ningún caso. Ella hizo muy bien. Sabía el pan que yo amasaba, y la vida que le había dado a mi pobre madre; ¿qué esperanzas le podían quedar con semejante vagamundo?

Cátenme ustedes solo en mi cuarto mortuorio, que ganaba veinte reales cada mes, y no se pagaba la renta siete; sin más cama, sábanas ni ropa que la que tenía encima; sin tener que comer ni quien me lo diera; y en medio de estas cuitas va entrando el maldito casero apurándome con que le pagara, haciéndome la cuenta de veinte por siete son ciento cuarenta, que montan 17 pesos 4 reales, y que si no le pagaba, o le daba prenda o fiador, vería a un juez y me pondría en la cárcel.

30

Yo, temeroso de esta nueva desgracia, ofrecí pagarle a otro día, suplicándole se esperara mientras cobraba cierto comunicado de mi madre.

El pobre lo creyó, y me dejó. Yo no perdí tiempo, le escribí un papel en que le decía que al buen pagador no le dolían prendas, y que en virtud de eso le hacía cesión de bienes de todos los trastos de mi casa, cuya lista quedaba sobre la mesa.

Hecha la carta, cerrada con oblea y entregada con la llave a la casera, me salí a probar nuevas aventuras y a andar mis estaciones, como veréis en el capítulo que sigue.

Pero antes de cerrar éste, sabréis cómo a otro día fue el casero a cobrar, preguntó por mí, diéronle el papel, lo leyó, pidió la llave, abrió el cuarto para ver los trastos, y se fue hallando con el papel prometido que decía:

LISTA de los muebles y alhajas de que hago cesión a don Pánfilo Pantoja, por el arrendamiento de siete meses que debo de este cuarto. A saber.

Dos canapés y cuatro sillitas de paja, destripados y llenos de chinches.

Una cama vieja que en un tiempo fue verde, también con chinches.

Una mesita de rincón, quebrada.

Una ídem grande ordinaria, sin un pie.

Un estantito sin llave y con dos tablas menos.

Un petate de a cinco varas, y en cada vara cinco millones de chinches.

Un nichito de madera ordinaria con un pedazo de vidrio, y dentro un santo de cera, que ya no se conoce quién es por las injurias del tiempo.

Dos lienzos grandes que por la misma causa no descubren ya sus pinturas, pero sí el cotense en que las pusieron.

Dos pantallitas de palo viejas, doradas, una con su Luna quebrada y otra sin nada.

Una papelera apolillada.

Una caja grande sin fondo ni llave.

Un baúl tiñoso de pelo y muy anciano.

Una silla poltrona coja.

Una guitarra de tejamanil sorda.

Unas despabiladeras tuertas.

Una pileta de agua bendita de Puebla, despostillada.

31

Un rosario de Jerusalén con su cruz embutida en concha, sin más defecto que tres o cuatro cuentas menos en cada diez.

Un tomo trunco del Quijote sin estampas.

Un Lavalle viejito y sin forro.

Un promontorio de novenas viejas.

Un candelero de cobre.

Una palmatoria sin cañón.

Dos cucharas de peltre y un tenedor con un diente.

Dos posillos de Puebla sin asa.

Dos escudillas de ídem y cuatro platos quebrados.

Una baraja embijada.

Como veinte relaciones y romances, y otros impresos sueltos.

Entre ollitas y cazuelas buenas y quebradas, doce piezas.

Un casito agujerado.

Un pedazo de metate.

Un molcajete sin mano.

La escobita del vasín.

La olla del agua.

El cántaro del pozo.

El palito de la lumbre.

La tranca de la puerta.

Una borcelana cascada.

Dos servicios útiles pocos vacíos.

Todo esto para el señor casero, encargándole que si sobrare algún dinero después de pagada su deuda, lo invierta por bien de la difunta. México 15 de Noviembre de 1789. *Pedro Sarmiento.*

Se daba al diablo el triste casero con semejante vista, mientras yo, según os dije, me ocupaba en otras atenciones más precisas.

Capítulo II. Solo, pobre y desamparado Periquillo de sus parientes, encuentra con Juan Largo, y por su persuasión abraza la carrera de los Pillos en clase de cócora de los juegos

Viéndome solo, huérfano y pobre, sin casa, hogar, ni domicilio como los maldecidos judíos, pues no reconocía feligresía ni vecindad alguna, traté de buscar, como dicen, madre que me envolviera; y medio roto, cabizbajo y pensativo, salí para la calle luego que entregué a la casera la lista de mis exquisitos muebles.

El primer paso que di fue ir a tentar de paciencia a mis parientes paternos y maternos, creyendo hallar entre ellos algún consuelo en mis desgracias; pero me engañé de medio a medio. Yo les contaba la muerte de mi madre y mi orfandad y desamparo, rematando el cuento con implorar su protección, y unos me decían que no habían sabido la muerte de su hermana, otros se hacían de las nuevas, todos fingían condolerse de mi suerte; pero ninguno me facilitó el más mínimo socorro.

Despechado salía yo de cada casa de las de ellos, considerando que no había tenido ningún pariente que tomara interés en mi situación sino mi difunta madre, a quien comencé a sentir con más viveza, al mismo tiempo que concebí un odio mortal contra toda la caterva de mis desapiadados tíos.

¿Es posible, decía yo, que éstos son los parientes en el mundo? ¿Tan poco se les da de ver perecer a un deudo suyo y tan cercano? ¿Éstas son las leyes que se guardan de la naturaleza? ¿Así respeta el hombre los derechos de la sangre? ¿Y así hay locos que se fíen en sus parientes?

Cuando vivía mi padre, cuando tuvo alguna proporción, e iban a casa a que los sirviera, estos mismos me hacían mil fiestas, y aun me daban mis mediecillos para fruta, y si había alguna diversioncita o era, como dicen, día de manteles largos, todos todos iban de montón, y muchos sin esperar el convite; pero cuando estas cocas se acabaron, cuando la pobreza se apoderó de mi casa y ya no hubo qué raspar, se retiraron de ella, y ni a mí ni a mi madre nos volvieron a ver para nada. No es mucho, pues, que ahora salga yo con tan mal expediente de sus casas. Todavía me debo dar las albricias de que no me han negado, ni me han echado a rodar las escaleras.

Si algún día tengo hijos, les he de aconsejar que jamás se atengan a sus parientes, sino al peso que sepan adquirir. Éste sí es el pariente más cercano, el más liberal, el más pronto y el más útil en todas ocasiones. Que esotros parientes al fin son de carne y hueso como cualquier animal, ingratos, vanos, interesables e inservibles. Cuando su deudo tiene para servirlos lo visitan y lo adulan sin cesar; pero si es pobre como yo, no solo no lo socorren, sino que hasta se avergüenzan del parentesco.

Embebecido iba yo en estas consideraciones y temblando de cólera contra mis indignos deudos, cuando al volver una esquina vi venir a lo lejos a mi amigo Juan Largo. Un vuelco me dio el corazón de gusto creyendo que tal encuentro no podía menos que serme feliz.

Luego que nos vimos cerca, me dijo él: ¡oh Periquillo, amigo! ¿Qué haces? ¿Cómo estás? ¿Qué es de tu vida? Yo le conté mis cuitas en un instante, concluyendo con hartar de maldiciones a mis tíos. ¿Pues y qué te han hecho esos señores, me dijo, que estás con ellos de tan mal talante? ¿Qué me han de hacer, contesté yo, sino despreciarme y no favorecerme ninguno, olvidando que tengo sangre suya, y que a mi padre debieron mil favores?

Tienes razón, dijo Juan Largo, los parientes del día son unos malditos y ruines. A mí me acaba de suceder un poco peor con el perro viejo de mi tío don Martín. Has de saber que desde que falto de esta ciudad, que ya es cerca de un año, me he estado con él en la hacienda; pues un vaquero condenado me levantó el falso testimonio habrá quince días de que yo había vendido diez novillos, y te puedo jurar, hermano, que solo fueron siete, pero hay gentes que se saldrán de misa por decir una mentira y quitar un crédito.

Ello es que el tío lo creyó de buenas a primeras, y me achacó todo lo que se había perdido en la hacienda desde que yo estaba allá, me conjuró y me amenazó para que lo confesara; pero yo jamás he sido más prudente, ni he tenido más cuenta con mi lengua. Callé y callara por toda la eternidad, si por toda ella me exigieran estas confesiones, por lo cual enfadado el don Martín me encerró en un cuarto y con un bejuco de esos de los cabos de regimiento me dio una tarea de palos que hasta hoy no puedo volver en mí; y no paró en esto, sino que quitándome todos los trapillos regulares que tenía yo, y mis dos caballitos, me echó a la calle, quiero decir, al camino que era la calle más inmediata a su casa, jurándome por toda la corte del cielo que si me volvía a ver por todos aquellos contornos, me volaría de un balazo, añadiendo que era yo un pícaro, vagamundo, ladrón y mal agradecido, que lo estaba saqueando, después de comerle medio lado. Y así, noramala, pícaro, me decía, noramala, que tú no eres mi sobrino como has pensado, sino

34

un arrimado miserable y vicioso, por eso eres tan indiano, que yo no tengo sobrinos ladrones.

Hasta este punto llegó el enojo de mi tío, y viéndome abandonado, pobre, apaleado y en la mitad del camino, resolví venirme a esta capital como lo verifiqué. Habrá ocho días o diez que llegué; luego luego fui a buscarte a tu casa, no te hallé en ella ni quién me diera razón dónde vivías. He encontrado a Pelayo, a Sebastián, a Casiodoro, al mayorazgo y a otros amigos, y todos me han dicho que cuánto ha que no te ven. He preguntado por ti a Chepa la Guaja, a la Pisaflores, a Pancha la Larga, a la Escobilla y a otras, y todas me han contestado diciéndome que no saben dónde vives. En fin, en este corto tiempo no he perdido momento por saber de ti, y todo ha sido en vano. Dime, pues, ¿por qué les has excusado tu casa?

Yo le respondí que lo uno porque no me fueran a cobrar algunos picos que debía, y lo otro porque mi casa era un cuartito miserable y tan indecente que me daba vergüenza que me visitaran en él.

Aprobó mi arbitrio Januario, a quien le dije: y tú ahora ¿en qué piensas? ¿De qué te mantienes? *De cócora en los juegos*, me respondió, y si tú no tienes destino, y quieres pasarlo de lo mismo, puedes acompañarme, que espero en Dios[15] que no nos moriremos de hambre, pues más ven cuatro ojos que dos. El oficio es fácil, de poco trabajo, divertido y de utilidad. ¿Conque quieres?

Tres más, dije. Pero dime: ¿qué cosa es ser cócora de los juegos, o a quiénes les llaman así? A los que van a ellos, me dijo Januario, sin blanca, sino solo a ingeniarse, y son personas a quienes los jugadores les tienen algún miedo, porque no tienen qué perder, y con una ingeniada muchas veces les hacen un agujero.

Cada vez, le dije, me agrada más tu proyecto, pero dime: ¿qué es eso de *ingeniarse*?[16] Ingeniarse, me contestó Januario, es hacerse de dinero sin

---

15 Desatino craso, aunque no nuevo en algunas bocas. Nunca se debe esperar en Dios para tomar una venganza ni satisfacer ninguna pasión pecaminosa, porque esto fuera ultrajar su bondad y su justicia creyéndolo capaz de coincidir con nuestros vicios. Dios permite el pecado, pero no lo quiere.

16 Aunque, como se ha dicho, Perico era un perdido, todavía ignoraba muchas cosas y términos de la escuela de los tunos. Januario fue el que lo acabó de adiestrar.

35

arriesgar un ochavo en el juego. Eso debe ser muy difícil, dije yo, porque según he oído decir todo se puede hacer sin dinero menos jugar.

No lo creas, Perico. Los cócoras tenemos esa ventaja, que nos ingeniamos sin blanca, pues para tener dinero, llevando resto al juego, no es menester habilidad sino dicha y adivinar la que viene por delante. La gracia es tenerlo sin puntero.

Pues siendo así, *cócora* me llamo desde este punto; pero dime, Juan, ¿cómo se ingenia uno? Mira, me respondió, se procura tomar un buen lugar (pues vale más un asiento delantero en una mesa de juego, que en una plaza de toros), y ya sentado uno allí, está *vigiando* al montero[17] para cogerle un *zapote*[18] o verle una *puerta*,[19] y entonces se da un *codazo*,[20] que algo le toca al denunciante en estas topadas. O bien procura uno *dibujar* las paradas,[21] *marcar* un naipe,[22] *arrastrar* un muerto,[23] o cuando no se pueda nada de esto, *armarse* con una apuesta[24] al tiempo que la paguen, y entonces se dice: yo soy hombre de bien, a nadie vengo a estafar nada, y voto a este santo, y juro al otro, y los diablos me lleven si esta apuesta no es mía; y se acalora la cosa más, añadiendo: ¿es verdad don Fulano? Dígalo usted don Citano, de suerte que al fin se queda en duda de quién es el dinero, y el que tiene la apuesta gana. Esta ingeniada es la más arriesgada, porque puede uno topar con un atravesado que se la saque a palos, pero esto no es lo corriente, y así en las apuradas es menester arriesgarse. Ello es que yo nunca me quedo sin comer ni sin cenar, pues como no hayan pegado las otras diligencias, y el juego esté para acabarse, me llevara yo seis u ocho reales en la bolsa cogiéndome una parada mas que fuera de mi madre. Pero has de advertir desde ahora para entonces, que nunca te atrevas a arrastrar muertos, ni te

---

17 Espiando sus manejos. E.
18 Advertirle alguna trampa. E.
19 Observar cuál es la carta primera. E.
20 Se avisa a los concurrentes. E.
21 Dividir las apuestas de modo que no les toque por completo la rebaja de lo que el montero quita por estar la carta que gana a la puerta. E.
22 Doblar la punta, o hacer alguna otra señal a una carta para ver dónde queda después que se baraje. E.
23 Cobrar la parada o apuesta del que se descuida. E.
24 Cobrarla y porfiar que es cosa suya. E.

36

armes con paradas que pasen ni aun lleguen a un peso, sino siempre con muertos chiquillos, y paraditas de tres a cuatro reales, que pagados siempre son dobles, y como el interés es corto se pasan, no se advierte en cuál de los dos que disputan está el dolo, y uno sale ganancioso; lo que no tiene con las paradas grandes, porque como que interesan, no se descuidan con ellas, sino que están sus amos pelando tantos ojos sobre su dinero, y ahí va uno muy expuesto.

Yo te agradezco, amigo Januario, tus deseos de que yo tenga algún modito con que comer, que cierto que lo necesito bien; asimismo te agradezco, le dije, tus consejos y tus advertencias, pero tengo algún temorcillo de que no me vaya a tocar una paliza o cosa peor en una de éstas; porque, la verdad, soy muy tonto y no veterano como tú, y pienso que al primer tapón he de salir, tal vez, con las zurrapas que me cuesten caro, y cuando piense que voy a traer lana, salga trasquilado hasta el cogote.

Se medio enfadó Januario con este miedo mío, y me dijo: anda bestia, eres un para nada. ¡Qué paliza ni qué broma! ¿Pues qué luego luego te han de correr la mácula? Yo no me espantaré de que al principio te temblará la mano para cogerte medio real, pero todo es hacerse, y después te soplarás hasta los 15 y 20 pesos, quedándote muy fresco,²⁵ y yo te diré cómo. Ya sabes que los principios son dificultosos; vencidos éstos, todo se hace llevadero. Entra con valor a la carrera de los cócoras, que en verdad que es demasiado socorrida, sin temer palizas, ni trompadas de ninguno, pues ya has oído decir que a los atrevidos favorece la fortuna, y a los cobardes los repele; tú ya estás no solo abandonado de ella, sino bien repelado, ¿quieres verte peor? Fuera de que, supón que a ti o a mí nos arman una campaña al cabo de tres o cuatro meses que hayamos comido, bebido y gastado a costa de los tahúres; ¿luego nos han de dar? ¿No pueden recibir también de nuestras manos? Y por último, pon que salimos rotos de cabeza, o con una costilla desencajada, con algún riesgo se alquila casa, no todo ha de ser vida y dulzura, y en ese caso

---

25   Éstos eran los amigos de Perico, y sus consejos. Cierto que el demonio no podía aconsejarlo peor. Por esto dijo muy bien el padre Gerónimo Dutari, que los malos amigos son los diablos que no espantan.
      Ese modo con aquí lo induce al robo y la fullería es el que se usa prácticamente, y en la realidad es así: al principio se comienza con miedo, pero después se hace el vicio familiar. Por eso es lo mejor no comenzar.

37

quedan los recursos de los médicos y de los hospitales. Con que, Perico, manos a la obra, sal de miserias y de hambre, que el que no se arriesga no pasa la mar.

A más de que en la clase de ingeniadas hay otros arbitrios más provechosos y quizá con menos peligro. Dímelos por tu vida, le dije, que ya reviento por saberlos.

Uno de ellos, me dijo Januario, es comedirse a *tallar* o ayudar a barajar a otros, y este arbitrio suele proporcionar una buena gratificación o *gurupiada*,[26] si el amo es liberal y gana; y aunque no sea franco ni gane, el gurupié no puede perder nunca su trabajo, como no sea tonto, pues en sabiendo *irse a profundis* seguido, sale la cuenta y muy bien, pero es menester hacerlo con salero, pues si no, va uno muy expuesto.

¿Cómo es eso, le pregunté, de *irse a profundis*, que no entiendo muy bien los términos facultativos de la *profesión*? *Irse a profundis*, dijo mi maestro, es esconderse el dinero del monte que se pueda, poco a poco, mientras baraja el compañero, fingiendo que se rasca, que se saca el polvero, que se saca un cigarro, que se compone el pañuelo y haciendo todas las diligencias que se juzguen oportunas para el caso; pero esto ya dije, es menester hacerlo con mucho disimulo, y haciéndolo así, la menor gurupiada te valdrá 8 o 10 pesos.

También es otro arbitrio que tengas en el juego un amigo de confianza, como yo, y sentándose éste junto a ti, a cada vez que se descuide el dueño del dinero, le das cuatro pesetas fingiendo que lo cambias un peso. Este dinero lo juega el compañero con valor; si se le arranca, lo vuelves a habilitar con nuevas pesetas; cuando le pagues, le das siempre dinero de más para engordar la polla, sin miedo ninguno, pues como el dueño del monte te tenga por hombre de bien, harás de él cera y pabilo. Si está ganando, el dinero lo deslumbrará, y si está perdiendo, la misma pérdida lo cegará, de manera que jamás reflexionará en tu diligencia, que mil veces es excelente, pues yo he visto otras tantas desmontar entre el gurupié y el palero (que así se llaman estos compañeros) con el mismo dinero del monte. En este caso no salen los dos juntos, sino separados, para no despertar la malicia y en cierto lugar se unen, se parten la ganancia, y aleluya.

---

26 Véase la nota del primer tomo sobre esta palabra. E.

38

El tercero, más liberal y pronto arbitrio, es entregar todo el monte en un albur, si el compañero tiene plata para pagarlo; y si no la tiene, en distintos albures, que al fin resulta el mismo efecto que es desmontar. Pero para esto es preciso que así el gurupié como el palero sean muy diestros, y todo consiste en la friolera de amarrar los albures, poner la baraja al mismo en disposición de que conociendo por dónde está el mollete, alce por él, y salgan los albures puestos, teniendo entre los dos compactado con anticipación si se ha de apostar a la judía, o a la contrajudía, a la de fuera o a la de adentro, o la una y una, para no equivocarse y perder el dinero tontamente, que eso se llama *hacer burro con bola en mano*.

Para entrar en esta carrera y poder hacer progresos en ella, es indispensable que sepas *amarrar, zapotear, dar boca de lobo, dar rastrillazo, hacer la hueca, dar la empalmada, colearte, espejearte* y otras cositas tan finas y curiosas como éstas, que aunque por ahora no las entiendas, poco importa,[27] yo te las enseñaré dentro de quince o veinte días, que como tú te apliques y no seas tonto, con ese tiempo basta para que salgas maestro con mis lecciones.

Mas es de advertir que para salir con aire en las más ocasiones es necesario que trabajes con tus armas, y así es indispensable que sepas hacer las barajas. Ésa es otra, dije yo muy admirado, pues ¿no ves que eso es un imposible respecto a que me falta lo mejor que es el dinero? ¿Pero para qué quieres dinero para eso?, me preguntó Januario. ¿Cómo para qué?, le dije, para moldes, papel, pinturas, engrudo, prensas, oficiales y todo lo que es menester para hacer barajas; y fuera de esto, aunque lo tuviera no me arriesgaría a hacerlas, ¿no ves que donde nos cogieran, nos despacharían a un presidio por contrabandistas?

Riose a carcajada suelta Juan Largo de mi simplicidad, y me dijo: se echa de ver que eres un pobre muchacho inocente, y que todavía tienes la leche en los labios. Camote, para hacer las barajas como yo te digo no son menester tantas cosas ni dinero como tú has pensado. Mira, en la bolsa tengo todos los instrumentos del arte; y diciendo esto me manifestó unos cuadri-

---

27 Bien pudo Periquillo haber explicado aquí el mecanismo de estas fullerías, pero sin duda las calló con estudio deseando prevenir a los lectores incautos en los peligros del juego sin enseñarlos a maliciosos. Es bueno saber que hay drogas, pero no saber hacerlas.

longuitos de hoja de lata, unas tijeritas finas, una poquita de cola de boca y un panecito de tinta de China.

Quedeme yo azorado al ver tan poca herramienta, y no acababa de creer que con solo aquello se hiciera una baraja; pero mi maestro me sacó de la suspensión diciéndome: tonto, no te admires, el hacer las barajas en el modo que te digo no consiste en pegar el papel, abrir los moldes, imprimirlas y demás que hacen los naiperos, ése es oficio aparte. Hacerlas al modo de los jugadores, quiere decir hacerlas floreadas, esto se hace sin más que estos pocos instrumentitos que has visto, y con solo ellos se recortan ya anchas, ya angostas, ya con esquinas que se llaman orejas, o bien se pintan o se raspan (que dicen vaciar) o se trabajan de pegues, o se hacen cuantas habilidades uno sabe o quiere; todo con el honesto fin de dejar sin camisa al que se descuide.

La verdad hermano, dije yo, todos tus arbitrios están muy buenos, pero son unos robos y declarados latrocinios, y creo que no habrá confesor que los absuelva. ¡Vaya, vaya, dijo Januario meneando la cabeza, pues estás fresco! ¿Conque ahora que andas ahí todo descarriado, sin casa, sin ropa, sin qué comer, y sin almena de que colgarte, vas dando en escrupuloso? ¡Majadero! ¿Pues si eres tan virtuoso para qué te saliste del convento? ¿No fuera mejor que te estuvieras allí comiendo de coca y con seguridad, y no andar ahora de aquí para allí y muriéndote de hambre?

Vamos, que ciertamente he sentido la saliva que he gastado contigo, y las luces que te he dado por tu bien, y por no verte perecer. Bestia, si todos pensaran en eso, si reflexionaran en que el dinero que así ganan es robado, que debe restituirse, y que si no lo hicieren así se los llevará el diablo, ¿crees tú que hubiera tanto haragán que se mantuviera del juego como se mantienen? ¿Te parece que éstos juegan suerte y verdad, y así se mantienen? No, Perico, éstos juegan con la larga,[28] y siempre con su pedazo de diligencia, si no ¿cómo se habían de sostener? Ganarían un día del mes y perderían veintinueve, pues ya has oído decir que el juego más quita que da, y esto es muy cierto en queriendo ser muy escrupuloso, porque el que limpio juega, limpio se va a su casa; pero por esta razón estos señoritos mis camaradas

---

28   Alusión al juego del billar, o al del truco, pues que el primero no estaba en aquella época muy generalizado. E.

40

y compañeros, antes de entrar en el giro de la fullería, lo primero que hacen es esconder la conciencia debajo de la almohada, echarse con las petacas, y volverse corrientes. Bien que no he conocido uno que no tenga su devoción. Unos rezan a las Ánimas, otros a la Santísima Virgen, éste a San Cristóbal, aquél a Santa Gertrudis, y finalmente esperamos en el Señor que nos ha de dar buena muerte.[29] Conque no seas tonto, Periquillo, elige tu devoción particular, y anda hombre, anda, no tengas miedo; peor será que pegues la boca a una pared,[30] porque donde tú no lo busques, estás seguro que haya quien te dé ni un lazo para que te ahorques. Ya has visto lo que te acaba de pasar con tus tíos. Conque si entre los tuyos no hallas un pedazo de pan, ¿qué esperanzas te quedan en adelante? Ahora estoy yo en México que soy tu amigo y te puedo enseñar y adiestrar; si dejas pasar esta ocasión, mañana me voy, y te quedas a pedir limosna, porque no a todos los *hábiles* les gusta enseñar sus habilidades, temerosos de no criar cuervos que a ellos mismos tal vez mañana u otro día les saquen los ojos. En fin, Perico, harto te he dicho. Tú sabrás lo que harás, que yo lo hago no más de pura caridad.[31]

Como por una parte yo me veía estrechado de la necesidad, y sin ser útil para nada, y por otra los proyectos de Januario eran demasiado lisonjeros, pues me facilitaba nada menos que el tener dinero sin trabajar, que era a lo que yo siempre había aspirado, no me fue difícil resolverme; y así le di las gracias a mi maestro, reconociéndolo desde aquel instante por mi protector, y prometiéndole no salir un punto de la observancia de sus preceptos, arrepentido de mis escrúpulos y advertencias, como si debiera el hombre arrepentirse jamás de no seguir el partido de la iniquidad; pero lo cierto es que así lo hacemos muchas veces.

Durante esta conversación advirtió Januario que yo tenía los labios blancos, y me dijo: tú, según me parece, no has almorzado. Ni tampoco me he desayunado, le respondí, y cierto que ya serán las dos y media de la tarde. Ni la una ha dado, dijo Januario, pero el reloj de los estómagos hambrientos

---

29 Esperanza pésima. No se debe esperar en Dios para ofenderlo, ni valen para esto las devociones de los Santos, antes es una injuria el invocarlos creyendo que intercederán con Dios por los que lo ofenden en esa confianza.

30 No es peor estar pobre que ser ladrón, pero en la práctica se ve que muchos por no ser pobres son ladrones, y cuanto malo hay.

31 ¡Buena caridad! Así son muchas caridades que se ven en el mundo.

siempre anda adelantado, así como se atrasa el de los satisfechos. Por ahora no te aflijas, vámonos a comer.

¡Santa palabra!, dije yo entre mí, y nos marchamos.

Aquél era el primer día, que yo experimentaba todo el terrible poder de la hambre, y quizá por eso luego que puse el pie en el umbral de la fonda, y me dio en las narices el olor de los guisados, se me alegró el corazón de manera que pensé que entraba por lo menos en el Paraíso terrenal.

Sentámonos a la mesa, y Januario pidió con mucho garbo dos comidas de a cuatro reales y un cuartillo de vino. Yo me admiré de la generosidad de mi amigo, y temeroso no fuera a salir con alguna de las suyas después de haber comido, le pregunté si tenía con qué pagar, porque lo que había pedido valía siquiera un par de pesos. Él se sonrió y me dijo que sí, y para que comiese yo sin cuidado, me mostró como 6 pesos en dinero doble y sencillo.

En esto fueron trayendo un par de tortas de pan con sus cubiertos, dos escudillas de caldo, dos sopas, una de fideos y otra de arroz, el puchero, dos guisados, el vino, el dulce y el agua; comida ciertamente frugal para un rico, pero a mí me pareció de un rey, o por lo menos de un embajador, pues si a buena hambre no hay mal pan, aunque sea malo, cuando el pan es de por sí bueno, debe parecer inmejorable por la misma regla. Ello es que yo no comía, sino que engullía, y tan aprisa que Januario me dijo: espacio, hombre, espacio que no nos han de arrebatar los platos de delante.

Entre la comida menudeamos los dos el vino, lo que nos puso bastante alegres; pero se concluyó, y para reposarla sacamos tabaco y seguimos platicando de nuestro asunto.

Yo con más curiosidad que amistad le pregunté a mi mentor que ¿dónde vivía? A lo que él me respondió que no tenía casa ni la había menester, porque todo el mundo era su casa.

¿Pues dónde duermes?, le dije. Donde me coge la noche, me respondió, de manera que tú y yo estamos iguales en esto, y en ajuar y ropa, porque yo no tengo más que lo encapillado.

Entonces asombrado le dije: ¿pues cómo has gastado con tanta liberalidad? Eso, respondió, no lo extrañes, así lo hacemos todos los cócoras y jugadores cuando estamos de vuelta, quiero decir, cuando estamos gananciosos, como yo, que anoche con una parada con que me armé, y la fleché con valor, hice 12 pesos; porque yo soy trepador cuando me toca, esto es, apuesto sin miedo, como que nada pierdo aunque se me arranque, y tengo la puerta abierta para otra ingeniada.

Quizá por eso, dije yo, he oído decir a los monteros que más miedo tienen a un real dado o arrastrado en mano de los cócoras como tú, que a 100 pesos de un jugador. Por eso es, dijo Juan Largo, porque nosotros como siempre vamos en la verde, esto es, no arriesgamos nada, poco cuidado se nos da que después de acertar ocho albures con cuatro reales a la dobla, en el noveno nos ganen 120 pesos; porque si lo ganamos, hacemos doscientos cincuenta y seis, y si lo perdemos, nada perdemos nuestro, y en este caso ya sabemos el camino para hacer nuevas diligencias.

No así los que van al juego a *flechar* el dinero que les ha costado su sudor y su trabajo, pues como saben lo que cuesta adquirirlo, le tienen amor, lo juegan con *conducta*, y éstos siempre son cobardes para apostar 100 pesos, aun cuando ganan, y por eso les llaman *pijoteros*.

Esta misma es la causa de que nosotros, cuando estamos de vuelta, somos liberales, y gastamos y triunfamos francamente, porque nada nos cuesta, ni aquel dinero que tiramos es el último que esperamos tener por ese camino.

Tú desengáñate, no hay gente más liberal que los mineros, los dependientes que manejan abiertamente el dinero de sus amos, los hijos de familia, los tahúres como nosotros, y todos los que tienen dinero sin trabajar o manejan el ajeno, cuando es dificultoso hacerles un cargo exacto.

Pero hombre, le dije, yo no dudo de cuanto dices, pero ¿has comprado siquiera una sábana o frazada para dormir? Ni por un pienso me meteré yo en eso por ahora, me respondió Januario, no seas tonto, si no tengo casa, ¿para qué quiero sábana? ¿Dónde la he de poner? ¿La he de traer a cuestas? Tú te espantas de poco. Mira, los jugadores como yo, hacemos el papel de cómicos; unas veces andamos muy decentes, y otras muy trapientos; unas veces somos casados, y otras viudos; unas veces comemos como marqueses y otras como mendigos, o quizá no comemos; unas veces andamos en la calle, y otras estamos presos; en una palabra, unas veces la pasamos bien y otras mal, pero ya estamos hechos a esta vida, tanto se nos da por lo que va como por lo que viene. En esta profesión lo que importa es hacer a un lado el alma y la vergüenza, y créeme que haciéndolo así se pasa una vida de ángeles.

43

Algo me mosquié yo con una confesión tan ingenua de la vida arrastrada que iba a abrazar, y más considerando que debía ser verdadera en todas sus partes, como que Januario hablaba inspirado del vino, que rara vez es oráculo mentiroso, antes casi siempre, entre mil cualidades malas, tiene la buena de no ser lisonjero ni falso; pero aunque según el inspirante, debía variar de concepto, como varié, no me di por entendido, ya por no disgustar a mi bienhechor, y ya por experimentar por mí mismo si me tenía cuenta aquel género de vida, y así solo me contenté con volverle a preguntar que ¿dónde dormía? A lo que él, sin turbarse, me dijo redondamente.

Mira, yo unas veces me quedo de postema en los bailes, y paso el resto de las noches en los canapés; otras me voy a una fonda, y allí me hago piedra; y otras, que son las más, la paso en los *arrastraderitos*. Así me he manejado en los pocos días que llevo en México, y así espero manejarme hasta que no me junte con 500.000 pesos del juego, que entonces será preciso pensar de otra manera.

¿Y cuáles son los *arrastraderitos*, le pregunté, y con qué te tapas en ellos? A lo que él me contestó: los *arrastraderitos* son esos truquitos indecentes e inservibles[32] que habrás visto en algunas accesorias. Éstos no son para jugar, porque de puro malos no se puede jugar en ellos ni un real; pero son unos pretextos o alcahueterías para que se jueguen en ellos sus albures, y se pongan unos montecitos miserables.

En estos *socuchos* juegan los pillos, *cuchareros* y demás gente de la última broza. Aquí se juega casi siempre con droga, y luego que se mete allí algún inocentón, le mondan la *picha*[33] y hasta los calzones si los tiene. A estos jugadores bisoños y que no saben la malicia de la carrera les llaman *pichones*, y como a tales, los descañonan en dos por tres. En fin, en estos dichos arrastraderos, como que todos los concurrentes son gente perdida, sin gota de educación ni crianza, y aun si tienen religión, sábelo Dios, se roba, se bebe, se juega, se jura, se maldice, se reniega, etc., sin el más mínimo respeto, porque no tienen ninguno que los contenga, como en los juegos más decentes.

---

32   De muchos años a esta parte los han substituido unos billarcitos de la misma clase. E.
33   Frazada o sábana vieja y raída para cubrirse. E.

En uno de éstos me quedo las más noches, a costa de un realito que le doy al coime, y si tengo dos; me presta la carpeta o un capotito o frazada llena de piojos de las que hay empeñadas, y así la paso. Conque ya te respondí, y mira si tienes otra cosa que saber, porque preguntas más que un catecismo.

Si antes estaba yo cuidadoso con la pintura que me hizo de la videta cocorina, después que le dio los claros y las sombras que le faltaban con lo de los arrastraderos, me quedé frío; pero con todo, no le manifesté mal modo, y me hice el ánimo de acompañarlo hasta ver en qué paraba la comedia de que iba yo tan pronto a ser actor.

Salimos de la fonda, y nos anduvimos azotando las calles[34] toda la tarde. A la noche a buena hora nos fuimos al juego. Januario comenzó a jugar sus mediecillos que le habían sobrado, y se le arrancaron en un abrir y cerrar de ojos, pero a él no se le dio nada. Cada rato lo veía yo con dinero, y ya suyo, ya ajeno, él no dejaba de manejar monedas; ello a cada instante también tenía disputas, reconvenciones y reclamos, mas él sabía sacudirse y quedarse con bola en mano.

Se acabó el juego como a las once de la noche, y nos fuimos para la calle. Yo iba pensando que leíamos el Concilio *Niceno* por entonces, pero salí de mi equivocación cuando Juan Largo tocó una accesoria, y después que hizo no sé qué contraseña, nos abrieron; entramos y cenamos no con la decencia que habíamos comido, pero lo bastante a no quedarnos con hambre.

Acabada la cena, pagó Januario y nos salimos a la calle. Entonces le dije: hombre, estoy admirado, porque vi que se te arrancó[35] luego que entramos al juego, y aunque estuviste manejando dinero, jurara yo que habías salido sin blanca, y ahora veo que has pagado la cena; no hay remedio, tú eres brujo.

No hay más brujería que lo que te tengo dicho. Yo lo primero que hago es rehundir y esconder seis u ocho realillos para la amanezca[36] de la primera ingeniada que tengo. Asegurado esto, las demás ingeniadas se juegan con

---

34 Paseando por ellas sin objeto y por solo andar o pasar el tiempo. E.
35 Arrancársele, quiere decir entre jugadores, quedarse sin blanca. E.
36 Para tener con qué amanecer. E.

45

valor a si trepan. Si trepa alguna, bien, y si no, ya se pasó el día, que es lo que importa.

En estas pláticas llegamos a otra accesoria más indecente que aquélla donde cenamos. Tocó mi Mentor, hizo su contraseña, le abrieron, y a la luz de un cabito que estaba expirando en un rincón de la pared vi que aquél era el *arrastraderito* de que ya tenía noticia.

Habló Januario en voz baja con el dueño de aquel infernal garito, que era un mulato envuelto en una manga azul, y ya se había encuerado para acostarse, y éste nos sacó dos frazadas muy sucias y rotas y nos las dio diciendo: solo por ser usted, mi amigo, me he levantado a abrir, que estoy con un dolor de cabeza que el mundo se me anda, y sería cierto, según la borrachera que tenía.

No éramos nosotros los únicos que hospedaba aquella noche el tuno empelotado. Otros cuatro o cinco pelagatos, todos encuerados, y a mi parecer medio borrachos, estaban tirados como cochinos por la banca, mesa y suelo del truquito.

Como el cuarto era pequeño, y los compañeros gente que cena sucio y frío, y bebe pulque y chinguirito,[37] estaban haciendo una salva de los demonios, cuyos pestilentes ecos sin tener por dónde salir remataban en mis pobres narices, y en un instante estaba yo con una jaqueca que no la aguantaba, de modo que no pudiendo mi estómago sufrir tales incensarios, arrojó todo cuanto había cenado pocas horas antes.

Januario advirtió mi enfermedad, y percibiendo la causa me dijo: pues amigo estás mal; eres muy delicado para pobre. No está en mi mano, le respondí. Y él me dijo: ya lo veo, pero no te haga fuerza, todo es hacerse y esto es a los principios, como te dije esta mañana; pero vámonos a acostar a ver si te alivias.

A la ruidera de la evacuación de mi estómago despertó uno de aquellos *léperos*, y así como nos vio comenzó a echar sapos y culebras por aquella boca de demonio. Qué rotos tales de m..., decía, por qué no irán a vomitarse sobre la tal que los parió, ya que vienen borrachos, y no venir a quitarle a uno el sueño a estas horas.

---

37   Aguardiente de caña. E.

46

Januario me hizo seña que me callara la boca, y nos acostamos los dos sobre la mesita del billar, cuyas duras tablas, la jaqueca que yo tenía, el miedo que me infundieron aquellos encuerados, a quienes piadosamente juzgué ladrones, los innumerables piojos de la frazada, las ratas que se paseaban sobre mí, un gallo que de cuando en cuando aleteaba, los ronquidos de los que dormían, los estornudos traseros que disparaban, y el pestífero sahumerio que resultaba de ellos, me hicieron pasar una noche de los perros.

Capítulo III. Prosigue Periquillo contando sus trabajos y sus bonanzas de jugador. Hace una seria crítica del juego, y le sucede una aventura peligrosa que por poco no la cuenta

Contando las horas y los cantos del gallo estuve toda la noche sin poder dormir un rato, y deseando la venida de la aurora para salir de aquella mazmorra, hasta que quiso Dios que amaneció, y fueron levantándose aquellos bribones encuerados.

Sus primeras palabras fueron desvergüenzas, y sus primeras solicitudes se dirigieron a *hacer la mañana*. Luego que los oí, los tuve por locos, y le dije a Januario: estos hombres no pueden menos que estar sin gota de juicio, porque todos ellos quieren hacer la mañana. ¡Qué locura tan graciosa! ¿Pues que piensan que no está hecha? ¿O se creen ellos capaces de una cosa que es privativa de Dios?

Se rió Januario de gana, y me dijo: se conoce que hasta hoy fuiste tunante a medias, pillo decente y zángano vergonzante. En efecto, ignoras todavía muchos de los términos más comunes y trillados de la dialéctica leperuna; pero por fortuna me tienes a tu lado que no perderé ningunas ocasiones que juzgue propias para instruirte en cuanto pueda conducir a sacarte un diestro veterano, ya sea entre los pillos decentes, ya sea entre los de la chichi pelada,[38] como son éstos.

Por ahora sábete que *hacer la mañana* entre esta gente quiere decir desayunarse con aguardiente, pues están reñidos con el chocolate y el café, y

---

38 Echada la sábana o frazada sobre el hombro izquierdo y terciada bajo el brazo derecho como acostumbran esas gentes, queda descubierta la teta derecha cuando no hay camisa u otra ropa; y como chichi en mexicano quiere decir teta o pecho, la frase se aplica a los que tienen el pecho de fuera o andan sin camisa por no usarla. E.

más bien gastan un real o dos a estas horas en *chinguirito* malo, que en un posillo del más rico chocolate.

Apenas salí de esa duda, cuando me puso en otras nuevas uno de aquellos zaragates que, según supe, era oficial de zapatero, pues le dijo a otro compañero suyo: Chepe,[39] vamos a hacer la mañana y vámonos a trabajar, que el sábado quedamos con el maestro en que hoy habíamos de ir, y nos estará esperando. A lo que el Chepe respondió: vaya el maestro al tal, que yo no tengo ni tantitas ganas de trabajar hoy por dos motivos. El uno porque es *San Lunes*, y el otro porque ayer me emborraché y es fuerza curarme hoy.

Suspenso estaba yo escuchando aquellas cosas, que para mí eran enigmas, cuando mi maestro me dijo: has de saber que es un abuso muy viejo y casi irremediable entre los más de los oficiales mecánicos no trabajar los lunes, por razón de lo estragados que quedan con la embriagada que se dan el domingo, y por eso le llaman *San Lunes*, no porque los lunes sean días de guarda por ser lunes, como tú lo sabes, sino porque los oficiales abandonados se abstienen de trabajar en ellos por *curarse* la borrachera, como este dice.

¿Y cómo se cura la embriaguez?, pregunté. Con otra nueva, me respondió Januario. Pues entonces, dije yo, debiendo el exceso del aguardiente hacer el mismo efecto el domingo que el lunes, se sigue que, si una emborrachada del domingo ha de menester para curarse otra del lunes, la del lunes necesitará la del martes, la del martes la del miércoles, y así venimos a sacar por consecuencia que se alcanzarán las embriagueces unas a otras, sin que en realidad se verifique la curación de la primera con tan descabellado remedio. La verdad, ésa me parece peor locura en esta gente que la de hacer la mañana, porque pensar que una tranca[40] se cura con otra es como creer que una quemada, se cura con otra quemada, una herida con otra, etc., lo que ciertamente es un delirio.

Tú dices muy bien, contestó Januario, pero esta gente no entiende de argumentos. Son muy viciosos y flojos, trabajan por no morirse de hambre, y acaso por tener con qué mantener su vicio dominante, que casi generalmente entre ellos es el de la embriaguez, de manera que en teniendo qué

---

39   Lo mismo que Pepe o José. E.
40   Estar con la tranca quiere decir: estar borracho. E.

48

beber, poco se les da de no comer, o de comer cualquiera porquería; y ésta es la razón de que por buenos artesanos que sean, y por más que trabajen, jamás medran, nada les luce, porque todo lo disipan; y así los ves desnudos como a estos dos, que quizá serán los mejores oficiales que tendrá el maestro en su taller.

¡Qué lástima de hombres!, exclamé, y si son casados ¡qué vida les darán a sus pobres mujeres, y qué mal ejemplo a sus hijos! Considéralo, me dijo Januario. A sus mujeres las traen desnudas, hambrientas y golpeadas, y a los hijos en cueros, sin comer y malcriados.

En esto nos salimos de aquella pocilga, y fuimos a tomar café. Lo restante del día, que lo pasamos en visitas y andar calles hasta las doce, me anduve yo cuzqueando[41] y rascando. Tal era la multitud de piojos que se me pegaron de la maldita fruza.[42] Y no fue eso lo peor, sino que tuve que sufrir algunas chanzonetas pesadas que me dijeron los amigos, porque los animalitos me andaban por encima, y eran tan gordos y tan blancos que se veían de a legua, y cada vez que alguno se ponía donde lo vieran, decía uno: eso no, a mi amigo Perico no, que aquí estoy yo. Otros decían: hombre, eso tiene buscar novias de a medio. Otros: ¡qué buenas fuerzas tienes, pues cargas un animal tan grande! Y así me chuleaban todos a su gusto, sin quedarse por cortos con mi compañero que también estaba nadando.

Por fin, dieron las doce, y me dijo éste, vámonos al juego; porque yo no tengo blanca para comer, y no seas tonto, vete aplicando. Donde tú puedas, afianza una apuesta y di que es tuya, que yo juraré por cuantos santos hay que te la vi poner; pero ya te he advertido que sea apuesta corta que no pase de dos o tres reales; porque si vas a hacer una tontera, nos exponemos a un codillo.

En efecto, entramos al juego, tomamos buenos lugares, se calentó aquello, como dicen, y yo ya le echaba el ojo a una apuesta, ya a otra, ya a otra; y no me determinaba a tomarme ninguna de puro miedo. Quería extender la mano, y parece que me la contenían, y me decían en secreto: *¿Qué vas a hacer? Deja eso ahí que no es tuyo...* La conciencia ciertamente nos avisa y

---

41   Satisfaciendo la curiosidad, o mirando todo lo que ocurre. E.
42   Frazada. E.

nos reprende secreta, pero eficazmente cuando tratamos de hacer el mal; lo que sucede es que no queremos atender a sus gritos.

Januario no más me veía, y yo conocía que me quería comer de cólera con los ojos. A lo menos si ha tenido ponzoña en la vista, como cuentan los mentirosos que la tiene el Basilisco, no me levanto vivo de la mesa; tal era su feroz mirar. Hay gentes que parece que toman empeño en hacer que otros salgan tan perversos como ellos, y este condenado era uno de tantos.

Por último, yo más temeroso de su enojo que de Dios, y más bien por contemporizar con su gusto que con el mío, que es lo que sucede en el mundo diariamente, resolví a armarme con una peseta al tiempo que la pagaron. Cuando el pobre dueño del dinero iba a estirar la mano para coger sus cuatro reales ya yo los tenía en la mía. Allí fue lo de *ese dinero es mío; no sino mío; yo digo verdad, y yo también*; con su poco que mucho de *está muy bien; ahí lo veremos; donde usted quiera*, y todas las bravatas corrientes en semejantes lances, hasta que Januario, con un tono de hombre de bien, dijo al perdidoso: amigo, usted no se caliente. Yo vi poner a usted su peseta; pero la que el señor ha tomado (no lo quede a usted duda) es suya, que yo se la acabo de prestar.

Con esto se serenó la riña, quedándose aquel infeliz sin sus mediecillos, y yo habilitado con ellos.

Ya se me derretían en la mano sin acabar de ponerlos a un albur; no porque me faltara valor para apostar cuatro reales, pues ya sabéis que yo, aunque sin habilidad, sabía jugar y había jugado cuanto tenia mi madre; sino porque temía perderlos y quedarme sin comer. ¡Tal era el miedo que la hambre me había infundido el día anterior!

Januario me lo conoció, y me hizo señas para que los jugara con franqueza, pues ya él tenía segura la mamuncia.

Con esta satisfacción los jugué en cinco albures a la dobla, y cuando me vi con 16 pesos, creí tener un mayorazgo; ya se ve, como aquel que en muchos días no había tenido un real.

Mi compañero me hizo seña que los rehundiera, como lo verifiqué, pensando que nos íbamos a comer; mas Januario en nada menos pensaba, antes se quedó allí hecho un postema, hasta que se acabó la partida grande,

50

a cuyo instante me pidió el dinero, sacó él 4 pesos y una de sus barajas, y se puso a tallar[43] diciendo: tírenle a este *burlotito*.

Los tahúres fuertes así que vieron el poco fondo, se fueron yendo; pero los pobretes se apuntaron luego luego, que es lo que se llama *entrar por la punta*.

El montecillo fue engrosando poco a poco, de modo que a las dos de la tarde ya tenía aquella *zanganada* como 70 pesos.

A esa hora fueron entrando dos payitos muy decentes y bien rellenos de pesos. Comenzaron a apuntarse de gordo: de a 20 y 25 pesos, y comenzaron a perder del mismo modo. En cada albur que yo los veía poner los chorizos de pesos se me bajaba la sangre a los talones, creyendo que en dos albures que acertaran se perdía todo nuestro trabajo, y nos salíamos sin blanca soñando que habíamos tenido, lo que a mí se me hacía intolerable, según el axioma de los tahúres, de que *más se siente lo que se cría que lo que se pare*.

Pero aquellos hombres estaban, según entendí entonces, erradísimos, porque el albur en que ponían 10 o 12 pesos, lo ganaban; pero aquel en donde apostaban entre los dos cuarenta o cincuenta, lo perdían así podían jugarlo con mil precauciones.

De este modo se les arrancó a los dos casi a un tiempo; y uno de ellos, al perder el último albur que iba interesado y siendo de un caballo contra un as, vino el as; sacó los cuatro caballos, y mientras estuvo rompiendo los demás naipes, se los comió, como quien se come cuatro soletas, y hecha esta importante diligencia, se salió con su compañero, ambos encendidos como una grana, y sudando la gota tan gorda. ¡Tales eran los vapores que habían recibido!

Januario con mucha socarra contó 300 y pico de pesos; le dio una gratificación al dueño de la casa, y lo demás lo amarró en su pañuelo.

Ya se lo comían los otros tahúres pidiéndole barato; pero a nadie le dio medio, diciendo cuando a mí se me arranca, ninguno me da nada, y así cuando gane, tampoco he de dar yo un cuarto.

No me pareció bien esta dureza, porque aunque tan malo he tenido un corazón sensible.

---

43   Barajar. E.

51

Nos salimos a la calle, y nos fuimos a la fonda que estaba cerca; comimos a lo grande, y concluida la comida, me dijo mi protector: ¿Qué tal, señor Perico, le gusta a usted la carrera? ¿Si no se hubiera determinado a armarse con aquella apuesta contara con ciento y más pesos suyos? Vaya, toma tu plata y gástala en lo que quieras, que es muy tuya y puedes disponer de ella a tu gusto con la bendición de Dios;[44] aunque pienso que lo que conviene es que apartemos 50 pesos por ambos para puntero, y vayamos ahora mismo al Parian, o más bien al Baratillo, a comprar una ropilla decente, con cuyo auxilio la pasaremos mejor, nos darán mejor trato en todas partes, y se nos facilitarán más bien las ocasiones de tener; porque te aseguro, hermano, que aunque dicen que el hábito no hace al monje, yo no sé qué tiene en el mundo esto de andar uno decente, que en las calles, en los paseos, en las visitas, en los juegos, en los bailes y hasta en los templos mismos se disfruta de ciertas atenciones y respetos. De suerte que más vale ser un pícaro bien vestido, que un hombre de bien trapiento;[45] y así vamos.

No lo dijo a sordo; me levanté al momento, cogí mi dinero que era menos del que le tocó a Januario; pero yo lo disimulé, satisfecho de que en asunto de intereses el mejor amigo quiere llevar su ventajita.

Fuimos al Baratillo, compramos camisas, calzones, chalecos, casacas, capas, sombreros, pañuelos, zapatos, y hasta unas cascaritas de reloj o relojes cáscaras o maulas; pero que parecían algo.

Ya habilitados, fuimos a tomar un cuarto en un mesón, mientras hallábamos una vivienda proporcionada. En esto de camas no había nada; y aunque se lo hice advertir a Januario, éste me dijo: ten paciencia, que después habrá para todo. Por ahora lo que importa es presentarnos bien en la calle, y mas que comamos mal y durmamos en las tablas, eso nadie lo ve. ¿Qué te parece que todos los guapos o currutacos que ves en el público, tienen cama o comen bien? No hijo, muchos andan como nosotros; todo se vuelve apariencia, y en lo interior pasan sus miserias bien crueles. A éstos llaman *rotos*.

---

44 Solo eso le faltaba, porque no puede ser bendito de Dios lo que se adquiere malamente.
45 No hay tal. Es verdad que el mundo abunda de gentes necias que califican a la persona por su exterior, y así tal vez honran al pícaro decente; pero al primer chasco que llevan, se desengañan.

52

Yo me conformé con todo, contentísimo con mis trapillos, y con que ya no volvía a pasar otra noche en el *arrastraderito* condenado.

Llegamos al mesón, tomamos nuestro cuarto, y nos encajamos en él locos de contentos. Aquella noche no quiso Januario que fuéramos a jugar, porque según él decía, se debía reposar la ganancia. Nos fuimos a la comedia, y cuando volvimos, cenamos muy bien y nos acostamos en las tablas duras, que algo se ablandaron con los capotes viejos y nuevos.

Dormí como un niño, que es la mejor comparación, y a otro día hicimos llamar al barbero, y después de aliñados nos vestimos y salimos muy planchados a la calle.

Como nuestro principal objeto era que nos vieran los conocidos, la primera visita fue a la casa del Br. Martín Pelayo; pero ¿cuál fue nuestra sorpresa, cuando creyendo encontrar al Martín antiguo, encontramos un Martín nuevo, y en todo diferente al que conocíamos? Pues aquél era un joven tan perdulario como nosotros; y éste era un cleriguito ya muy formal, virtuoso y asentado.

Luego que entramos a su cuarto, se levantó y nos hizo sentar con mucha urbanidad; nos contó cómo era diácono, y estaba para ordenarse de presbítero, en las próximas témporas. Nosotros le dimos los parabienes; pero Januario trató de mezclar sus acostumbradas chocarrerías y facetadas, a las que Pelayo en un tono bien serio contestó: ¡Válgame Dios, señor Januario! ¿Siempre hemos de ser muchachos? ¿No se ha de acabar algún día ese humor pueril? Es menester diferenciar los tiempos; en unos agradan las travesuras de niños, en otros la alegría de jóvenes, y ya en el nuestro es menester que apunte la seriedad y macicez de hombres, porque ya nos hacen gasto los barberos.

Yo no soy viejo, ni aunque lo fuera me opondría a un genio festivo. Me gustan, en efecto, los hombres alegres y joviales, de quienes se dice: *donde él está no hay tristeza*. Sí, amigos, para mí no hay cosa más fastidiosa que un genio regañón, tétrico y melancólico; huyo de ellos como de unos misántropos abominables; los juzgo soberbios, descontentos, murmuradores, insaciables, y dignos de acompañar a los osos y a los tigres.

Al contrario, ya dije, estoy en mis glorias con un hombre atento, afable, instruido y alegre. La compañía de uno de ellos me deleita, me engolosina,

53

me amarra, y seré capaz de estarme con él los días y las semanas; pues, pero ha de ser de este estambre, porque en siendo un necio, hablador, arrogante y faceto, ¿quién lo ha de sufrir?

Estos genios no son festivos, sino juglares; su carácter es ruin y sus costumbres groseras. Cuando platican, golpean; cuando quieren divertir, fastidian con sus frialdades; porque hombres sin talento ni educación no pueden parir buenos, alegres ni razonados conceptos; antes las chanzas de éstos ofenden las honras y las personas, y sus agudezas punzan la fama o el corazón del prójimo.

Esto digo, amigos, deseando que eviten ese genio chocarrero a todas horas. Todo tiene su tiempo. Las matracas de Semana Santa parecerán mal a los muchachos en la pascua de Navidad, y la lama de noche buena no la pondrán en sus monumentitos.

Así me lo ha hecho creer la experiencia, y algunos desaires que les he visto correr a muchos facetos.

A poco rato de decir esto el padre Pelayo, mudó de conversación con disimulo; pero mi compañero, que lo había entendido, y estaba como agua para chocolate, no aguantó mucho. Se despidió a poco rato y nos fuimos.

En la calle me dijo: ¿Qué te parece de este mono? ¡Quien no lo hubiera conocido! Ahora porque está ordenado de evangelio quiere hacer del formal y arreglado; pero a otro perro con ese hueso, que ya sabemos que todas esas son hipocresías.

Yo le corté la conversación, porque me repugnaba murmurar algunas veces, y nos fuimos a otras visitas donde nos recibieron mejor, y aun nos dieron de almorzar.

Así se pasó la mañana hasta que dieron las doce, a cuya hora nos fuimos al mesón; sacamos 25 pesos del puntero, y nos fuimos al juego.

En el camino dije a Januario: hombre, si van los payos, donde nos acierten un albur, nos lleva Judas. No nos llevará, me dijo: ¡ojalá vayan! ¿Pues tú piensas que está en ellos el errar o acertar? No, hijo, está en mis manos. Yo los conozco y sé que juegan la apretada figura; y así les amarro los albures de manera que, si ponen poco, dejo que venga la figura; y si ponen harto, se las subo al lomo del naipe. Eso malo tiene el jugar cartas de afición o una regla fija.

54

¿Pues qué, tiene reglas el juego?, le pregunté, y me dijo: lo que los tahúres llaman reglas no es sino un accidente continuado (en barajando bien), porque que venga el cuatro contra la sota, es un accidente; que venga después el siete contra el rey, es otro accidente; que venga el cinco contra el caballo, es otro; y así aunque se hagan diez o veinte contrajudíos, no son más que diez o veinte accidentes, o un accidente continuado. No hay mejor regla ni más segura que los *zapotes*, *deslomadas*, *rastrillazos*, y otras diligencias de las que yo hago, y aun éstas tienen su excepción, que es cuando se la advierten a uno y le ganan con su juego, por eso dice uno de nuestros refranes que contra vigiata no hay regla. Lo demás de *judía, contrajudía, pares y nones, lugar*, y todas esas que llaman reglas, son entusiasmos, preocupaciones y vulgaridades en que vemos que incurren todos los días hombres, por otra parte, nada vulgares; pero parece que en el juego nadie es dueño de su juicio.

Ten, pues, entendido que no hay más que dos reglas: *la suerte y la droga*. Aquélla es más lícita; pero ésta es más segura.

En esto llegamos al juego, y Januario se sentó como siempre; pero no jugó más que un peso; porque iba con intención de poner el monte, pues según él decía así llevaba nuestro dinero más defensa; porque, *de enero a enero, el dinero es del montero*.

Así que se acabó la partida, pusimos nuestro burlotillo, y ganamos 10 o 12 pesos, porque no fueron los pollos gordos que esperaba; sin embargo, nos dimos por contentos y nos fuimos.

Así pasamos con esta vuelta como seis meses ganando casi todos los días, aunque fuera poco. En este tiempo aprendí cuantas fullerías me quiso enseñar Januario; compramos camas, alguna ropa más, y la pasamos como unos marqueses.

Nada me quedó que observar en dicho tiempo en asunto de juego. Conocí que es una verdad que es *el crisol de los hombres*, porque allí descubren sus pasiones sin rebozo, o a lo menos es menester estar muy sobre sí para no descubrirlas, lo que es muy raro, pues el interés ciega, y en el juego no se piensa más que en ganar.

Allí se observa el que es malcriado, ya porque se echa en la mesa, se pone el sombrero, no cede el asiento ni al que mejor lo merece, le echa el

55

humo del cigarro en la cara a cualquiera que está a su lado, por más que sea persona de respeto o de carácter, y hace cuantas groserías quiere, sin el menor miramiento. Lo peor es que hay un axioma tan vulgar como falso, que dice que *en el juego todos son iguales*, y con este pareo ni los malcriados se abstienen de sus groserías, ni muchas personas decentes y de honor se atreven a hacerse respetar como debieran.

De la misma manera que el grosero descubre en el juego su falta de educación con sus majaderías y ordinarieces, descubre el inmoral su mala conducta con sus votos y disparates; el embustero su carácter con sus juramentos; el fullero su mala fe con sus drogas; el ambicioso su codicia con la voracidad que juega; el mezquino su miseria con sus poquedades y cicaterías; el desperdiciado su abandono con sus garbos imprudentes; el sinvergüenza su descoco con el arrojo con que pide a su sombra; el vago... pero ¿qué me canso? Si allí se conocen todos los vicios, porque se manifiestan sin disfraz. El provocativo, el truhán, el soberbio, el lisonjero, el irreligioso, el padre consentidor, el marido lenón, el abandonado, la buscona, la mala casada, y todos, todos confiesan sin tormento el pie de que cojean; y por hipócritas que sean en la calle, pierden los estribos en el juego, y suspenden toda la apariencia de virtud, dándose a conocer tales como son.

Malditas son las nulidades del juego. Una de ellas es la torpe decisión que reina en él. Al que lleva dinero hasta le proporcionan el asiento, y cuando acierta lo alaban por buen punto y diestro jugador; pero al que no lo lleva, o se le arranca, o no le dan lugar, o se lo quitan, y de más a más dicen que es un *crestón*, término conque algunos significan que es un tonto.

En fin, yo aprendí y observé cuanto había que aprender y que observar en la carrera. Entonces me sirvió de perjuicio, y ahora me sirve de haceros advertir todos sus funestos resultados para apartaros de ella.

No os quisiera jugadores, hijos míos; pero en caso de que juguéis alguna vez, sea poco, sea lo vuestro, sea sin droga; pues menos malo será que os tengan por tontos, que no que paséis plaza de ladrones; que no son otra cosa los fulleros.

Muchos dicen que juegan *por socorrer su necesidad*. Éste es un error. De mil que van al juego con el mismo objeto, los novecientos noventa y nueve vuelven a su casa con la misma necesidad, o acaso peores, pues dejan lo poco que llevan, acaso se comprometen con nuevas drogas, y sus familias perecen más aprisa.

Habréis oído decir, o lo oiréis cuando seáis grandes, que muchos se sostienen del juego. Yo apenas puedo creer que éstos sean otros que los que juegan con la larga, como dicen, esto es, los tramposos y ladrones, que merecían los presidios y las horcas mejor que los Pillos Maderas y Paredes;[46] porque de un ladrón conocido por tal, pueden los hombres precaverse; pero de éstos no.

Semejantes sujetos sí creo que se sostengan del juego alguna vez; pero los hombres de bien, los que trabajan, y los que juegan, como dicen, *a la buena de Dios*, lo tengo por un imposible físico, porque el juego hoy da diez y mañana quita veinte. Yo sé de todo, y os hablo con experiencia.

Otra clase de personas se sostienen del juego, especialmente en México... ¿Nos oye alguno?... Pues sabed que éstos son ciertos señores que, teniendo dinero con que buscar la vida en cosas más honestas, y no queriendo trabajar, hacen comercio y granjería del juego, poniendo su dinero en distintas casas para que en ellas se pongan montes, que llaman partidas.

Como este modo de jugar es tan ventajoso para el que tiene fondo, ordinariamente ganan, y a veces ganan tanto que algunos conozco que ruedan coche y hacen caudales. ¿Qué tal será la cosa, pues para acomodarse de *talladores o gurupíes* con sus mercedes, se hacen más empeños que para entrar de oficial en la mejor oficina, y con razón; porque el lujo que éstos ostentan y la franqueza con que tiran un peso, no lo puede imitar un empleado ni un coronel. Ya se ve, como que hay señorito de éstos que tiene de sueldo diariamente seis, 8 y 10 pesos, amén de sus buscas, que ésas serán las que quisieren.

También menudean los empeños y las súplicas para que los señores monteros envíen dinero a las casas para jugar, por interés de las gratificaciones que les dan a los dueños de ellas, que cierto que son tales que bastan a sostener regularmente a una familia pobre y decente.

Éstas son las personas que yo no negaré que se mantienen del juego; pero ¡qué pocas son!, y si desmenuzamos el cómo, es menester considerarlas criminales aun a estas pocas, y después de creer de buena fe que juegan

---

46   Dos famosos ladrones que hubo en México.

57

con la mayor limpieza. Y si no, pregunto: ¿se debe reputar el juego como ramo de comercio, y como arbitrio honesto para subsistir de él? O sí, o no. Si sí, ¿por qué lo prohíben las leyes tan rigorosamente? Y si no, ¿cómo tiene tantos patronos que lo defienden por lícito con todas sus fuerzas? Yo lo diré.

Si los hombres no pervirtieran el orden de las cosas, el juego, lejos de ser prohibido por malo, fuera tan lícito que entrara a la parte de aquella virtud moral que se llama Eutrapelia; pero como su codicia traspasa los límites de la diversión, y en estos juegos de que hablamos se arruinan unos a otros sin la más mínima consideración ni fraternidad, ha sido necesario que los gobiernos ilustrados metan la mano procurando contener este abuso tan pernicioso, bajo las severas penas que tienen prescritas las leyes contra los infractores.

El que tenga patronos que lo defiendan y prosélitos que los sigan, no es del caso. Todo vicio los tiene sin que por eso pueda calificarse de virtud; y tanto menos vigor tienen sus apologías, cuanto que no las dicta la razón, sino su sórdido interés y declarado egoísmo.

¿Quiénes son las gentes que apoyan el juego y lo defienden con tanto ahínco? Examínese, y se verá que son los fulleros, los inútiles y los holgazanes, ora considérense pobres, ora ricos; y de semejante clase de abogados es menester que se tenga por sospechosa la defensa, siquiera porque son las partes interesadas.

Decir que el juego es lícito porque es útil a algunos individuos es un desatino. Para que una cosa sea lícita no basta que sea útil, es menester que sea honesta y no prohibida. En el caso contrario, podría decirse que eran lícitos el robo, la usura y la prostitución, porque le traen utilidad al ladrón, al usurero y a la ramera. Esto fuera un error, luego defender el juego por lícito con la misma razón es también el mismo error.

Pero sin ahondar mucho se viene a los ojos que esta decantada utilidad que perciben algunos no equivale a los perjuicios que causa a otros muchos. ¿Qué digo no equivale? Es enormemente perjudicialísima a la sociedad.

Contemos los tunos, fulleros y ladrones que se sostienen del juego; agreguemos a éstos aquellos que sin ser ladrones hacen caudal del juego; añadamos sus dependientes; numeremos las familias que se socorren con las gratificaciones que les dan por razón de casa; no olvidemos lo que se gasta

58

en criados y armadores;[47] advirtamos lo que unos entalegan, lo que otros tiran, lo que éstos comen y lo que gastan todos, sin pasar en blanco el lujo con que gasta, viste, come y pasea cada uno a proporción de sus arbitrios; después de hecha esta cuenta, calculemos el numerario cotidiano que chuparán estas sanguijuelas del estado para sostenerse a costa de él, y con la franqueza que se sostienen; y entonces se verá cuántas familias es menester que se arruinen para que se sostengan estos ociosos.

Para conocer esta verdad no es necesario ser matemático, basta irse un día a informar de juego en juego, y se verá que los más que ganan son los monteros.[48] Pregúntese a cada uno de los tahúres o puntos ¿qué tal le fue?, y por cuatro o seis que digan que han ganado, responderán cuarenta que perdieron hasta el último medio que llevaban.

De suerte que esta proposición es evidente: *tantos cuantos se sostienen del juego, son otras tantas esponjas de la población que chupan la sustancia de los pobres.*

Todas estas reflexiones, hijos míos, os deben servir para no enredaros en el laberinto del juego, en el que, una vez metidos, os tendréis que arrepentir quizá toda la vida; porque a carrera larga rara vez deja de dar tamañas pesadumbres; y aun los gustos que da se pagan con un crecido rédito de sinsabores y disgustos como son las desveladas, las estragadas del estómago, los pleitos, las enemistades, los compromisos, los temores de la justicia, las multas, las cárceles, las vergüenzas, y otros a este modo.

De todas estas cosas supe yo en compañía de Januario y de algo más; porque por fin se nos arrancó. Comenzamos a vender la ropita y todo cuanto teníamos, a *estar de malas*, como dicen los hijos de Birjan, a mal comer, a desvelarnos sin fruto, a pagar multas, etc., hasta que nos quedamos como antes, y peores, porque ya nos conocían por fulleros, y nos miraban a las manos con más atención que a la cara.

---

47 Este nombre damos a aquellos que andan reclutando tahúres para los juegos. A éstos también se les paga su diligencia.

48 Y los banqueros de los Imperiales. Éste es otro jueguito peor que el monte, porque incita más la codicia con el exceso del premio que ofrece. He visto a los hombres andar como locos con el lápiz y el papel haciendo cábalas y cálculos imaginarios. ¡Caramba en el juego que, después de dejar a uno sin blanca, puede despacharlo imperialmente a buscar un número a San Hipólito!

En medio de esta triste situación y para coronar la obra, el pícaro Januario enredó a un payo para que pusiera un montecito, diciéndole que tenía un amigo muy hábil hombre de bien para que le tallara su dinero. El pobre payo entró por el aro y quedó en ponerlo al día siguiente. Januario me avisó lo que había pasado diciéndome que yo había de ser el tallador.

Convenimos en que había de amarrar los albures de afuera para que él alzara, y otro amigo suyo que había vendido un caballo para apuntarse, pusiera y desmontara, y que concluida la diligencia nos partiríamos el dinero como hermanos.

No me costó trabajo decir que sí, como que ya era tan ladrón como él.

Llegó el día siguiente; fue Juan Largo por el payo; me dio éste 100 pesos y me dijo: amito, cuídelos, que yo le daré una buena gala si ganamos. Quedamos en eso, le respondí, y me puse a tallar a mi modo y según y como los consejos de mi endemoniadísimo maestro.

En dos por tres se acabó el monte, porque el dinero del caballo vendido eran 10 pesos, y así en cuatro albures que amarré y alzó Januario se llevó el dinero el tercero en discordia.

Éste se salió primero para disimular, y a poco rato Januario, haciéndome señas que me quedara. El pobre payo estaba lelo considerando que ni visto ni oído fue su dinero; solo decía de cuando en cuando: ¡mire señor qué desgracia!, ni me divertí; pero no faltó un mirón que nos conocía bien a mí y a Januario; advirtió los zapotes que yo había hecho, y lo dijo al payo con disimulo y a mis escusas, que yo había entregado su dinero.

Entonces el barbaján, con más viveza para vengarse que para jugar, me llevó a su mesón con pretexto de darme de comer. Yo me resistía, no temiendo lo que me iba a suceder, sino deseando ir a cobrar el premio de mis gracias; pero no pude escaparme; me llevó el payo al mesón, se encerró conmigo en el cuarto y me dio tan soberbia tarea de trancazos que me dislocó un brazo, me rompió la cabeza por tres partes, me sumió unas cuantas costillas, y a no ser porque al ruido forzaron los demás huéspedes la puerta y me quitaron de sus manos, seguramente yo no escribo mi vida, porque allí llega su último fin. Ello es que quedé a sus pies privado de sentido, y fui a despertar en donde veréis en el capítulo que sigue.

60

Capítulo IV. Vuelve en sí Perico y se encuentra en el hospital. Critica los abusos de muchos de ellos. Visítalo Januario. Convalece. Sale a la calle. Refiere sus trabajos. Indúcelo su maestro a ladrón, él se resiste y discuten los dos sobre el robo

Yo aseguro que si el payo me hubiera matado se hubiera visto en trapos pardos, pues la ley lo habría acusado de alevoso como que pensó y premeditó el hecho, y me puso verde a palos sin defensa, cuya venganza por su crueldad y circunstancias fue una vileza abominable; pero no se quedó atrás la mía de haberle entregado a otros su dinero en cuatro albures.

Alevosía y traición indigna fue la suya, y la mía fue traición y vileza endiablada; mas con esta diferencia: que él cometió la suya irritado y provocado por la mía, y la que yo hice no solo fue sin agravio, sino después de ofrecida por él una buena gala.

De modo que, vista sin pasión, la vileza que yo cometí fue peor y más vergonzosa que la de él; y así, si me matara en aquel día, muerto me habría quedado y con razón; porque si no debemos dañar ni defraudar a nadie, mucho menos a aquel que hace confianza de nosotros.

Casi de esta misma manera discurría yo conmigo dos horas después que volví en mí, y me hallé en una cama del hospital de San Jácome[49] adonde me condujeron de orden de la justicia.

A poco rato llegó un escribano con sus correspondientes satélites a tomarme declaración del hecho. Ya se deja entender que yo estaba rabiando y en un puro grito, así por los dolores agudísimos que me causaban la dislocación y fracturas, como por los que sufrí en la curación, que fue un poco tosca y *tomajona*, como de hospital al fin.

Estar yo de esta manera, y entrar el escribano conjurándome y amenazándome para que confesara con él mis pecados, y delante de tanta gente que allí había, fue un nuevo martirio que me atormentó el espíritu, que era lo que me faltaba que doler.

---

49   No hay hospital de este título en México. Este disimulo es para que la crítica no recaiga sobre ningún hospital determinado. Los abusos que se critican son ciertos. ¡Ojalá se remedien!

Por último, yo juré cuanto él quiso; pero dije lo que convenía, o a lo menos lo que no me perjudicaba. Referí el hecho, omitiendo la circunstancia del *entrego*, y dije con verdad que yo no conocía a mi enemigo, ni lo había visto otra vez en toda mi vida. De este modo se concluyó aquel acto, firmé la declaración con mil trabajos, y se marchó el señor escribano con su comitiva.

Como las heridas de la cabeza eran muchas y bien dadas, no se podía restañar la sangre fácilmente; cada rato se me soltaba, y con tanta pérdida me debilité en términos que me acometían frecuentes desmayos, y tantos que se creyó que eran síntomas mortales, o que bajo alguna contusión hubiese rota alguna entraña.

Con estos temores trataron de que viniese el capellán, como sucedió en efecto. Me confesé con harto miedo, porque al ver tanto preparativo yo también tragué que me moría; pero mi miedo no hizo mejor mi confesión. Ya se ve: ella fue de prisa, sin ninguna disposición, y entre mil dolores: ¿qué tal saldría ella? Mala de fuerza. Confesión de apaga y vámonos. Apenas se acabó, trajeron el Viático, y yo cometí otro nuevo sacrilegio, y conocí cuán contingentes son las últimas disposiciones cristianas cuando se hacen en un lance tan apurado como el mío.

En estas cosas serían ya las once de la noche. Yo no había querido tomar nada de alimento, porque no lo apetecía, ni menos podía conciliar el sueño por los agudos dolores que padecía, pues no tenía, como dicen, hueso sano; pero, sin embargo, la sangre se detuvo y un practicante me tomó el pulso, me hizo morder una cuchara y hacer no sé qué otras faramallas, y decretó que no moría en la noche.

Con esta noticia se fueron a acostar los enfermeros, dejándome junto a la cama una escudilla con atole y un jarrito con bebida, para que yo la tomara cuando quisiera.

No dejó de consolarme algún tanto el pronóstico favorable del mediquín, y yo mismo me tomaba el pulso de cuando en cuando por ver si estaba muy débil, y hallándolo así y más de lo que yo quería, me resolví a la una de la mañana a tomar mi atole y mi trusco de pan, aunque con repugnancia, por fortalecerme un poco más.

Con mil trabajos tomé la taza y, rempujando los tragos con la cuchara, embaulé el atolillo en el estómago.

62

Muchas consideraciones hice sobre la causa de mi mal, y siempre concedía la razón al payo. No hay duda, decía yo, él me ha puesto a la muerte; pero yo tuve la culpa pícaro por traidor. ¡Cuántos merecen iguales castigos por iguales crímenes!

Cansado de filosofar funestamente y a mala hora, pues ya no había remedio, me iba quedando dormido, cuando los ayes de un moribundo que estaba junto a mí interrumpieron mi sueño y pude percibir que, con una lánguida voz que apenas se oía, se auxiliaba solo el miserable diciendo: Jesús, Jesús, ten misericordia de mí.

El temor y la lástima que me causó aquel triste espectáculo me hicieron esforzar la voz cuanto pude, y les grité a los enfermeros: ¡hola!, amigos, levántense que se muere un pobre. Cuatro o cinco veces grité, y o no me oían aquellos pícaros, o se hacían dormidos, que fue lo que tuve yo por más cierto; y así, enfadado de su flojera, a pesar de mis dolores, les tiré con el jarro de la bebida con tan buen tino que los bañé mal de su grado.

No pudieron disimular, y se levantaron hechos unos tigres contra mí, hartándome a desvergüenzas; pero yo, valiéndome del sagrado de mi enfermedad, los enfrené diciéndoles con el garbo que no esperaban: pícaros, indolentes, faltos de caridad, que os acostáis a roncar debiendo alguno quedar en vela para avisar al padre capellán de guardia si se muere algún enfermo, como ese pobrecito que está expirando. Yo mañana avisaré al señor mayordomo, y si no os castiga, vendrá el escribano y le encargaré avise estos abusos al excelentísimo señor virrey, y le diga de mi parte que estabais borrachos.

Se espantaron aquellos flojos con mis amenazas y cabilosidades, y me suplicaron que no avisara al superior; yo se los ofrecí con tal que tuviesen cuidado de los pobres enfermos.

Entretanto teníamos este coloquio murió el infeliz por quien me incomodé, de suerte que cuando fueron a verlo ya era ánima.

En cuanto aquellos enfermadores o enfermeros vieron que ya no respiraba, lo echaron fuera de la cama calientito como un tamal, lo llevaron al depósito casi en cueros, y volvieron al momento a rastrear los trebejos que el pobre difunto dejó, y se reducían a un cotón y unos calzones blancos viejos, sucios y de manta, un eslaboncito, su rosario y una cajilla de cigarros que no creo que la probó el infeliz.

En tanto que el aire se hizo la hijuela y partición de bienes, tocándole a uno (de los dos que eran) los calzones y el rosario, y al otro el cotón y el eslaboncito; y sobre a quién le había de tocar la cajilla de cigarros trabaron una disputa tan altercada que por poco rematan a porrazos, hasta que otro enfermo les aconsejó que se partieran los cigarros y tiraran el papel de la cubierta.

Aprobaron el consejo, lo hicieron así; se fueron a acostar y yo me quedé murmurando la cicatería e interés de semejantes *muebles*; pero como a las tres de la mañana me dormí, y tan bien que fue señal evidente de que habían calmado mis dolores.

A otro día me despertaron los enfermeros con mi atole, que no dejé de tomar con más apetencia que el anterior. A poco rato entró el médico a hacer la visita acompañado de sus aprendices. Habíamos en la sala como setenta enfermos, y con todo eso no duró la visita quince minutos. Pasaba toda la cuadrilla por cada cama, y apenas tocaba el médico el pulso al enfermo, como si fuera ascua ardiendo, lo soltaba al instante, y seguía a hacer la misma diligencia con los demás, ordenando los medicamentos según era el número de la cama, verbigracia decía: número 1, sangría; número 2, ídem; número 3, régimen ordinario; número 4, lavativas emolientes: número 5, bebida diaforética; número 6, cataplasma anodina, y así no era mucho que durara la visita tan poco.

Por un yerro de cuenta me pusieron a mí en la sala de medicina, debiéndome haber zampado en la de cirugía, y esta casualidad me hizo advertir los abusos que voy contando. Sin duda en mi cama, que era la 60, había muerto el día antes algún pobre de fiebre, y el médico, sin verme ni examinarme, solo vio el recetario y el número de la cama, y creyendo que yo era el febricitante dijo: número 60, cáusticos y líquidos. ¡Cáusticos y líquidos!, exclamé yo. Por María Santísima que no me martiricen ni me lastimen más de lo que estoy. Ya que ayer no me mató el payo a palos, no quieran ustedes, señores, matarme hoy de hambre ni a quemadas.

64

A mis lamentos hicieron advertir al doctor que yo no era el febricitante, sino un herido. Entonces, cargándose de razón para encubrir su atolondramiento, preguntó: ¿pues qué hace aquí? A su sala, a su sala.

Así se concluyó la visita y quedamos los enfermos entregados al brazo secular de los practicantes y curanderos. De que yo vi que a las once fueron entrando dos con un cántaro de una misma bebida, y les fueron dando su jarro a todos los enfermos, me quedé frío. ¿Cómo es posible, decía yo, que una misma bebida sea a propósito para todas las enfermedades? Sea por Dios.

Después entró el cirujano y sus oficiales, y me curaron en un credo; pero con tales estrujones y tan poca caridad, que a la verdad ni se lo agradecí, porque me lastimaron más de lo que era menester.

Llegó la hora de comer y comí lo que me dieron, que era... ya se puede considerar. A la noche siguió la cena de atole, y a otro pobre del número 36, que estaba casi agonizando, le pusieron frente de la cama un crucifijo con una vela a los pies,[50] y se fueron a dormir los enfermeros dejando a su cuidado que se muriera cuando se le diera la gana.

Dos meses estuve yo mirando cosas que apenas se pueden creer, y que sería de desear se remediaran.

Ya estaba convaleciendo cuando un día entró a verme Januario envuelto en un sarape roto, con un sombrero de mala muerte, en pechos de camisa,[51] con un calzoncillo roto y mugriento, y unos zapatos de vaqueta abotinados, y más viejos que el sombrero.

Como yo no lo dejé tan mal parado, ni lo había conocido tan trapiento, me asusté pensando que había alguna gran novedad, y que por eso venía disfrazado mi amigo; pero él me sacó del temor que me había infundido, diciéndome que aquel traje era el propio y el único que tenía, porque los cuidados le habían seguido como a los perros los palos; que desde el día de mi desgracia no había podido alzar cabeza; que todo el asunto se puso entre los jugadores, y que ya no le daban lugar en ningún juego, porque todos lo trataban de entregador; que el mismo día, luego que me echó menos y supo

---

50 A esta ceremonia de indolencia y poca caridad llaman en los más hospitales poner el Tecolote.

51 Este modo de hablar es vulgar. Ya se sabe que quiere decir que no tenía ni chupa, ni chaleco.

65

que había ido con el payo, temió lo que pasó, y a la noche fue a informarse al mesón, donde le dijeron que mi heridor, así como se recobró de la cólera y advirtió el desaguisado que había hecho, temeroso de la justicia, ensilló su caballo y tomó las de Villadiego con tal ligereza que, cuando los alguaciles fueron a buscarlo, ya él estaba lejos de México; que el pícaro del compañero que apostó los albures se marchó también con el dinero sin saberse a dónde, de suerte que no le tocó al dicho Januario un real de su diligencia;[52] que a pie y andando fue éste en su busca hasta Chilapa, donde le dijeron que se había ido; que hizo su viaje en vano; que se juntó con otros hábiles y se fue de misión[53] a Tixtla pensando hacer algo porque había fiesta, pero que el subdelegado era opuestísimo a los juegos, y no pudo hacer nada; que de limosna se mantuvo y se volvió a México; que dos días antes había llegado, y luego que se informó que todavía estaba yo en el hospital me vino a ver; que estaba pereciendo y, últimamente, que deseaba que yo saliera para que entre los dos viéramos lo que hacíamos.

Toda esta larga relación me hizo Januario, y no en compendio. Yo le conté el pormenor de mis desgracias, y él me contestó: hermano, ¡qué se ha de hacer!, el que está dispuesto a las maduras, ha de estarlo también a las duras. Así como estuviste conforme y gustoso con los pesos que ganaste, así lo debes estar con los palos que has llevado. Eso tiene nuestra carrera, que tan pronto logramos buenas aventuras, como tenemos que sufrir otras malas. Lo mismo dijera si hubiera sucedido conmigo; pero no te desconsueles, acaba de sanar que no siempre ha de estar la mar en calma.

Si salieres cuando yo no lo sepa, búscame en el *arrastraderito* de aquella noche, porque no tengo otra casa por ahora; pero ni tú tampoco. Ya sabes que somos amigos viejos. Con esto se despidió Januario dejándome en el hospital, en donde me dieron de alta a los tres días, como a los soldados.

---

52 Muchas veces sucede esto mismo a algunos, que se exponen y previenen un robo, y otros son los aprovechados.

53 Los tunos llaman ir a misión o ir de misión a ciertas viajatas que hacen fuera de las ciudades a robar con la baraja a los infelices que se descuidan y caen en sus manos. En rara entrada de cura o subdelegado, o fiestecita, no hay de estos misioneros malditos. Son la polilla de los pueblos. Suelen mil veces ir sin un real, desnudos y a pata, y volver a caballo, vestidos, y con muchos pesos que han robado. Sería bueno que todos los jueces hiciesen lo que el de Tixtla. Esto es, no consentirlos en sus territorios.

Salí sano, según el médico; pero según lo que rengueaba, todavía necesitaba más agua de calahuala, y más parchazos; mas ¿qué había de hacer? El facultativo decía que ya estaba bueno, y era menester creerlo, a pesar de que mi naturaleza decía que no.

Salí por fin todo entelerido y entrapajado; pero ¿a dónde salí? A la calle, porque casa no la conocía; y salí peor de lo que entré, porque mis trapillos estaban malos a la entrada, pero salieron desahuciados. No sé en qué estuvo.

Pobre y trapiento, solo, enfermo y con harta hambre me anduve asoleando todo el día en pos de mi protector Januario, a cuyas migajas estaba atenido; sin embargo de que lo consideraba punto menos miserable que yo.

Mis diligencias fueron vanas, y era la una del día y yo no tenía en el estómago sino el poquito de atole que bebí en el hospital por la mañana, por señas de que al tomarlo me acordé de aquel versito que dice:

Éste es el postrer atole
que en tu casa he de beber.

Ello es que ya no veía de hambre, pues así por la pérdida de sangre que había sufrido, como por el mal pasaje del hospital, estaba debilísimo.

No hubo remedio; a las tres de la tarde me quité la chupa en un zaguán y la fui a empeñar. ¡Qué trabajo me costó que me fiaran sobre ella cuatro reales! Pues no pasaron de ahí, porque decían que ya no valía nada; pero por fin los prestaron, me habilité de cigarros, y me fui a comer a un bodegón.

Algo se contentó mi corazón luego que se satisfizo mi estómago. Anduve toda la tarde en la misma diligencia que por la mañana, y saqué de mis pasos el mismo fruto, que fue no hallar a mi compañero; pero, después que anocheció y dieron las ocho, me entró mucho miedo pensando que si me quedaba en la calle estaba tan de vuelta que podría ser que me encontrara una ronda o una patrulla y fuera a amanecer a la cárcel.

Por estos temores me resolví a irme al *arrastraderito*, que se me hacía tan duro como el hospital mismo; pero la necesidad atropella por todo.

Llegué a la maldita zahúrda con real y medio (pues antes me cené medio de frijoles en el camino). Entré sin que nadie me reconviniera, y vi que estaba la mesita del juego como cuadro de ánimas, pero de condenados.

Como catorce o dieciséis gentes había allí, y entre todo no se veía una cara blanca, ni uno medio vestido. Todos eran lobos y mulatos encuerados, que jugaban sus medios con una barajita que solo ellos la conocían según estaba de mugrienta.

Allí se pelaban unos a otros sus pocos trapos, ya empeñándolos, y ya jugándolos al remate, quedándose algunos como sus madres los parieron, sin más que un *maxtle*, como le llaman, que es un trapo con que cubren sus vergüenzas, y habiendo pícaro de éstos que se enredaba con una frazada en compañía de otro a quien la llamaba su *valedor*.

Abundaban en aquel infierno abreviado los juramentos, obscenidades y blasfemias. El juego, la concurrencia, la estrechez del lugar y el chinguirito tenían aquello ardiendo en calor, apestando a sudor, y hecho... ya lo comparé bien, un infierno.

Luego que vieron que me arrimé a la mesa a ver jugar, pensando que tenía dinero, me proporcionaron por asiento la esquina de un banco que tenía una estaca salida y se me encajaba por mala parte, dejándome hecho monito de vidrio.

Sin embargo de mi incomodidad, no me levanté, considerando que entre aquella gente era demasiada cortesía. Saqué mediecillo y comencé a jugar como todos.

No tardé mucho en perderlo, y seguí con otro que corrió la misma suerte en menos minutos; y no quise jugar el tercero por reservarlo para pagar la posada.

Ya me iba a levantar, cuando el coime me conoció y me dijo: usted, ¿a quién venía a buscar? Yo le dije que a don Januario Carpeña (que así se apellidaba mi compañero). Rieron todos alegremente luego que respondí, y, viendo que yo me había ciscado con su risa, me dijo el coime: ¿acaso usted buscará a Juan Largo el entregador, aquel con quien vino la otra noche? No lo pude negar, dije que al mismo, y me contestó: amigo, pues ése no es don ni doña, cuando más, y mucho, será don Petate y don Encuerado como nosotros...

68

A este tiempo fue entrando el susodicho, y luego que lo vieron comenzaron todos a darle broma, diciéndole: ¡Oh, don Januario! ¡Oh, señor don Juan Largo! Pase su merced. ¿Dónde ha estado? Y otras sandeces, que todas se reducían a mofarlo por su tratamiento que yo le había dado.

Él no me había visto y, como lo ignoraba todo, estaba como tonto en vísperas, hasta que uno de los encuerados, para sacarlo de la duda, le dijo: aquí ha venido preguntando por el caballero don Januario Garrapiña o Garrapeña el señor, y diciendo esto me señaló.

No bien me vio Januario, cuando exaltado de gusto no tuvo su amistad expresiones más finas con que saludarme que echarse a mis brazos y decirme: *¿es posible, Periquillo Sarniento, que nos volvemos a ver juntos?* En cuanto aquellos hermanos oyeron mi sobrenombre, renovaron los caquinos, y comenzaron a indagar su etimología, cuya explicación no les negó Januario.

Aquí fue el mofarme y el *periquearme* todos a cual más, como que al fin eran gente soez y grosera; yo, por más que me incomodé con la burla, no pude menos sino disimular, y hacerme a las armas, como dicen vulgarmente; porque si hubiera querido ser tratado de aquella canalla según merecían mis principios, les hubiera dado mayor motivo de burlarme. Éstos son los chascos a que se expone el hombre flojo, perdido y sinvergüenza.

Cuando me vieron tan jovial y que lejos de amohinarme les llevaba el barreno, se hicieron todos mis amigos y camaradas, marcándome por suyo, pues según decían era yo un muchacho corriente, y con esta confianza nos comenzamos todos a *tutear* alegremente. Costumbre ordinaria de personas malcriadas, que comienza en son de cariño y las más veces acaba con desprecios, aun entre sujetos decentes.[54]

Cátenme ustedes ya cofrade de semejante comunidad, miembro de una academia de pillos, y socio de un complot de borrachos, tahúres y *cuchareros*. ¡Vamos, que en aquella noche quedé yo aventajadísimo, y acabé de honrar la memoria de mi buen padre!

---

54 El tratamiento de tú, lejos de aumentar la amistad como se creen algunos vulgares, la disminuye; porque a la demasiada confianza ordinariamente sigue el menosprecio, a éste el sentimiento, y al sentimiento el enojo, y ¡adiós amistad! Un tratamiento político y cariñoso conserva los buenos amigos.

¿Qué hubiera dicho mi madre si hubiera visto metido en aquella inde-centísima chusma al descendiente de los Ponces, Tagles, Pintos, Velascos, Zumalacárreguis y Bundiburis? Se hubiera muerto mil veces, y otras tantas habría resuelto ponerme al peor oficio antes que dejarme vagamundo; pero las madres no creen lo que sucede, y aun les parece que estos ejemplos se quedan en meros cuentos, y que aun cuando sean ciertos no hablan con sus hijos. En fin, nos acostamos como pudimos los que nos quedamos allí, y yo pasé la noche como Dios quiso.

Seis u ocho días estuve entre aquella familia, y en ellos me dejó Januario sin capote, pues un día me lo pidió prestado para hacer no sé qué diligencia, se lo llevó y me dejó su sarape. A las cuatro de la tarde vino sin él, que-dándome yo muerto de susto cuando me contó mil mentiras, y remató con que el capote estaba empeñado en 5 pesos. ¡En 5 pesos, hombre de Dios!, dije yo. ¿Cómo puede ser eso, si está tan roto y remendado que no vale 20 reales? ¡Oh, qué tonto eres!, me contestó, si vieras los lances que hice con los 5 pesos, te hubieras azorado; ya sabes que soy trepador. Me llegué a ver como con... yo te diré. Quince y siete son veinte y dos, y... ¿nueve?, treinta y uno... ¿y doce?, en fin, como con 50 pesos, por ahí. ¿Y qué es de ellos?, pregunté. ¿Qué ha de ser?, dijo Januario, que estaba yo jugando la *contra-judía* cerrada, le puse todo el dinero a un tres contra una sota, y... Acaba de reventar, le dije, vino la sota y se llevó el diablo el dinero, ¿no es eso? Sí, her-mano, eso es; ¡pero si vieras que tres tan chulo! *Chiquito, contrajudío, nones, lugar de afuera...*[55] vamos, si todas las llevaba el maldito tres. Maldito seas tú,

---

55 Llaman regla los jugadores a cualquier orden de cartas o combinaciones que eligen para
jugar. Así es que grande y chica es una regla, y ésta no tiene que explicar pues que dos
cartas que se echan sobre la mesa, una tiene tantos superiores, y ésa es grande, así como
la que tiene tantos menores es chica. Si una por ejemplo es 4 y la otra 3, la primera será
grande y la segunda chica. Judía quiere decir la más grande en las figuras y la más chica
en las cartas blancas. Contrajudía, viceversa. Pares y nones: los números pares o impares;
pero la gracia está en saber distinguirlos cuando las dos cartas son de una misma clase,
(verbigracia) salieron 2 y 4, ambos son pares: ¿cuál será el par y cuál el non? Salieron 7
y 5, ¿cuál de los dos es el par? Esto la explican con alguna confusión, pero sabiéndose
que la mayor conserva su valor se aclara todo. Así es que en el primer caso, el 4 es par y
el 2 non. En el segundo caso, 7 es non y 5 par. En las figuras hoy la sota representa 8, el
caballo 9 y el rey 10; pero en la época de que se habla en la obra, como las barajas tenían
ochos y nueves, la sota representaba 10, el caballo 11 y el rey 12. Así es que siempre para

y el tres, y el cuatro, y el cinco y el seis, y toda la baraja, que ya me dejaste sin capote. ¡Voto a los diablos!, ser la única alhaja que yo tenía, mi colchón, mi cama, y todo, ¿y dejarme tú ahora hecho un *pilhuanejo*? No te apures, me dijo Januario, yo tengo un proyecto muy bien pensado que nos ha de dar a los dos mucho dinero, y puede sea esta noche; pero has de guardar el secreto. Por ahora ahí tenemos el *sarape* que bien puede servirnos a ambos.

Yo le pregunté ¿qué cosa era? Y él, llevándome a un rincón del cuartito, me dijo: mira, es menester que cuando uno está como nosotros se arroje y se determine a todo; porque peor es morirse de hambre. Sábete, pues, que cerca de aquí vive una viuda rica, sin otra compañía que una criada no de malos bigotes, a la que yo le he echado mis polvos, aunque nada he logrado. Esta viuda ha de ser la que esta noche nos socorra, aunque no quiera. ¿Y cómo?, le pregunté. A lo que Januario me dijo: aquí en la pandilla hay un compañero que le dicen *Culás el Pípilo*, que es un mulatillo muy vivo, de bastante espíritu y grande amigo mío. Éste me ha proporcionado el que esta misma noche entre diez y once vayamos a la casa, sorprendamos a las dos mujeres, y nos habilitemos de reales y de alhajas, que de uno y otro tiene mucho la viuda.

Todo está listo, ya estamos convenidos, y tenemos una ganzúa que hace a la puerta perfectamente. Solo nos falta un compañero que se quede en el zaguán mientras que nosotros avanzamos. Ninguno mejor que tú para el efecto. Con que aliéntate, que por una chispa de capote que te perdí, te voy a facilitar una porción considerable de dinero.

Asombrado me quedé yo con la determinación de Januario, no pudiendo persuadirme que fuera capaz de prostituirse hasta el extremo de declararse ladrón; y así, lejos de determinarme a acompañarlo, le procuré disuadir de su intento, ponderándole lo injusto del hecho, los peligros a que se exponía, y el vergonzoso paradero que le esperaba si por una desgracia lo pillaban.

Me oyó Januario con mucha atención, y cuando hice punto me dijo: no pensaba que eras tan hipócrita ni tan necio que te atrevieras a fingir virtud, y a darle consejos a tu maestro. Mira, mulo, ya yo sé que es injusto el robo,

---

los pares y nones quedan sujetos a la regla general de la mayor etc. Lugar de dentro y de afuera: el primero es en el que se echa la primera carta que sale o el que en las carpetas o cueros está marcado con el número 1, y el segundo el número 2.

Hay otras muchísimas reglas que se inventan según el capricho de cada jugador; pero esta nota debe reducirse a aquéllos de que hace mención la obra en este lugar. E.

71

y que tiene riesgos el oficio; pero dime, ¿qué cosa no los tiene? Si un hombre gira por el comercio, puede perderse; si por la labor del campo, un mal temporal puede desgraciar la más sazonada cosecha; si estudia, puede ser un tonto, o no tener créditos; si aprende un oficio mecánico, puede echar a perder las obras; pueden hacerle drogas, o salir un *chambón*; si gira por oficinista, puede no hallar protección, y no lograr un ascenso en toda su vida; si emprende ser militar, pueden matarlo en la primera campaña, y así todos.

Conque si todos tuvieran miedo de lo que puede suceder, nadie tendría un peso, porque nadie se arriesgara a buscarlo. Si me dices que solicitarlo de los modos que he pintado es justo, tanto como es inicuo el que yo te propongo; te diré que robar no es otra cosa que quitarle a otro lo suyo sin su voluntad; y según esta verdad el mundo está lleno de ladrones. Lo que tiene es que unos roban con apariencias de justicia, y otros sin ellas. Unos pública, otros privadamente. Unos a la sombra de las leyes, y otros declarándose contra ellas. Unos exponiéndose a los balazos y a los verdugos, y otros paseando y muy seguros en sus casas. En fin, hermano, unos roban a lo divino y otros a lo humano; pero todos[56] roban. Conque así esto no será motivo poderoso que me aparte de la intención que tengo hecha; porque *mal de muchos, etc.*

¿Qué más tiene robar con plumas, con varas de medir, con romanas, con recetas, con aceites, con papeles, etc., etc., que robar con ganzúas, cordeles y llaves maestras? Robar por robar, todo sale allá, y ladrón por ladrón, lo mismo es el que roba en coche que el que roba a pie; y tan dañoso a la sociedad, o más, es el asaltador en las ciudades que el salteador de caminos.

No me arrugues las cejas ni comiences a escandalizarte con tus mocherías. Esto que te digo, no es solo porque quiero ser ladrón; otros lo han dicho primero que yo, y no solo lo han dicho, sino que lo han impreso, y hombres de virtud y de sabiduría tales como el padre jesuita Pedro Murillo Velarde, en su catecismo. Oye lo que se lee en el libro II, capítulo XII, folio 177.

---

56   Solo Januario podía hablar con tanta generalidad, porque era un perdido. De la abundancia del corazón se vienen a la boca las palabras. No todos roban; pero son tantos los ladrones, y puede tanto el interés, que apenas hay de quién fiar. Se pierden los hombres de bien entre los que no lo son, y en asunto de intereses no son comunes los que hacen mucho escrúpulo ya de defraudar, o ya de quedarse con lo ajeno. Ésta es una verdad amarga, pero es una verdad. Examinémosla sin pasión.

«Son innumerables los modos, géneros, especies y maneras que hay de hurtar (*dice este padre*). Hurta el chico, hurta el grande, hurta el oficial, el soldado, el mercader, el sastre, el escribano, el juez, el abogado; y aunque no todos hurtan, todo género de gente hurta. Y el verbo *rapio* se conjuga por todos modos y tiempos.[57] Húrtase por activa y por pasiva, por circunloquio y por participio de futuro en rus.» Hasta aquí dicho autor.

¿Qué te parece, pues? Y donde hay tanto ladrón, ¿qué bulto haré yo? Ninguno ciertamente, porque un garbanzo más no revienta una olla. ¿Tú sabes los que se escandalizan de los ladrones y de sus robos? Los de su oficio, tonto. Ésos son sus peores enemigos; por eso dice el refrán que *siente un gato que otro arañe*.

No me acuerdo si en un libro viejo titulado *Deleite de la discreción*, o en otro llamado *Floresta española*, pero seguramente en uno de los dos, he leído aquel cuento gracioso de un loco muy agudo que había en Sevilla, llamado Juan García, el cual viendo cierta ocasión que llevaban un ladrón al suplicio, comenzó a reír a carcajada tendida, y preguntado que ¿de qué se reía en un espectáculo tan funesto?, respondió: *me río de ver que los ladrones grandes llevan a horcar al chico*. Aplique usted, señor Perico.

Todo lo que saco por conclusión, le respondí, es que cuando un hombre está resuelto, como tú, a cualquiera cosa, por mala que sea, interpreta a su favor los mismos argumentos que son en contra. Todo eso que dices tiene bastante de verdad. Que hay muchos ladrones, ¿quién lo ha de negar si lo vemos? Que el hurto se palía con diferentes nombres, es evidente, y que las más veces se roba con apariencias de justicia, es más claro que la luz; pero todo esto no prueba que sea lícito el hurtar. ¿Acaso porque en las guerras justas o injustas se matan los hombres a millares se probará jamás que es lícito el homicidio? La repetición de actos engendra costumbre, pero no la justifica, si ella no es buena de por sí.

Tampoco prueba nada lo que dice el padre Murillo, porque lo dijo satirizando y no aplaudiendo el robo. Pero por no deberte nada, te he de pagar

---

57 Como decir de presente: yo hurto, tú hurtas, aquél hurta, nosotros hurtamos, vosotros hurtáis, aquéllos hurtan. De pretérito: yo hurté, tú hurtaste, aquél hurtó, etc. De futuro: yo hurtaré, tú hurtarás, y así todos los demás tiempos y personas. ¡Qué desgracia!, muchos no saben ni leer, y conjugan este verbo sin turbarse.

tu cuentecito con otro que también he leído en un libro de jesuita, y tiene la recomendación de probar lo que tú dices, y lo que yo digo, esto es, que muchos roban, pero no por eso es lícito el robar. Atiéndeme.

Pintó uno en medio de un lienzo un príncipe, y a su lado un ministro que decía: *sirvo a éste solo, y de éste me sirvo.* Después un soldado que decía: *mientras yo robo, me roban éstos.* A seguida un labrador diciendo: *yo sustento, y me sustento de estos tres.* A su lado un oficial que confesaba: *yo engaño, y me engañan estos cuatro.* Luego un mercader que decía: *yo desnudo cuando visto a estos cinco.* Después un letrado: *yo destruyo cuando amparo a estos seis.* A poco trecho un médico: *yo mato cuando curo a estos siete.* Luego un confesor: *yo condeno cuando absuelvo a estos ocho.* Y a lo último un demonio extendiendo la garra, y diciendo: *pues yo me llevo a todos estos nueve.* Así unos por otros encadenados los hombres van estudiando los fraudes contra el séptimo precepto, y bajando encadenados al infierno». Hasta aquí el cristiano, celoso y erudito padre Juan Martínez de la Parra en su plática moral 45, folio 239 de la edición 24.ª, hecha en Madrid el año de 1788.

Conque ya ves como aunque todos roban, según dices, todos hacen mal, y a todos se los llevará el diablo, y yo no tengo ganas de entrar en esa cuenta.

Estás muy mocho, me dijo Januario, y a la verdad ésa no es virtud sino miedo. ¿Cómo no escrupulizas tanto para hacer una droga, para arrastrar un muerto, ni armarte con una parada, que ya lo haces mejor que yo? ¿Y cómo no escrupulizaste para entregar los 100 pesos del payo? Pues bien sabes que todos ésos son hurtos con distintos nombres.

Es verdad, le respondí, pero si lo hice fue instigado de ti, que yo por mí solo no tengo valor para tanto. Conozco que es robo, y que hice mal; y también conozco que de estas estafas, trampas y drogas se va para allá; esto es, para ladrones declarados. Yo, amigo, no quiero que me tengas por virtuoso. Supón que me recelo de puro miedo; mas cree infaliblemente que no tengo ni tantitas apetencias de morir ahorcado.

Así estuvimos departiendo un gran rato, hasta que nos resolvimos a lo que sabréis, si leéis el capítulo que viene detrás de éste.

74

Capítulo V. En el que nuestro autor refiere su prisión, el buen encuentro de un amigo que tuvo en ella, y la historia de éste

Después de muchos debates que tuvimos sobre la materia antecedente, le dije a Januario: Últimamente, hermano, yo te acompañaré a cuanto tú quieras como no sea a robar; porque, a la verdad, no me estira ese oficio; y antes quisiera quitarte de la cabeza tal tontera.

Januario me agradeció mi cariño; pero me dijo que si yo no quería acompañarlo, que me quedara; pero que le guardara el secreto, porque él estaba resuelto a salir de miserias aquella noche, topara en lo que topara; que si la cosa se hacía sin escándalo, según tenían pensado él y el Pípilo, a otro día me traería un capote mejor que el que me había jugado, y no tendríamos necesidades.

Yo le prometí guardarle el más riguroso silencio, dándole las gracias por su oferta y repitiéndole mis consejos con mis súplicas, pero nada bastó a detenerlo. Al irse me abrazó, y me puso al cuello un rosario diciéndome: por si tal vez por un accidente no nos viéremos, ponte este rosarito para que te acuerdes de mí. Con esto se marchó y yo me quedé llorando; porque lo quería, a pesar de conocer que era un pícaro. No sé qué tiene la comunicación contraída y mantenida desde muchachos que engendra un cariño de hermanos.

Fuese mi amigo, y yo pasé tristísimo lo restante de la tarde sintiendo su abandono y temiendo una funesta desgracia. A las nueve de la noche no cabía yo en mí, extrañando al compañero; y al modo de los enamorados me salí a rondarlo por aquella calle donde me dijo que vivía la viuda.

Embutido en una puerta y oculto a la merced del poco alumbrado de la calle, observé que como a las diez y media llegaron a la casa destinada al robo dos bultos, que al momento conocí eran Januario y el Pípilo; abrieron con mucho silencio, emparejaron la puerta, y yo me fui con disimulo a encender un cigarro en la vela del farol del sereno que estaba sentado en la esquina.

Luego que llegué lo saludé con mucha cortesía; él me correspondió con la misma, le di cigarro, encendí el mío, y apenas empezaba yo a enredar conversación con él esperando el resultado de mi amigo, cuando oímos abrir un balcón y dar unos aritos terribles a una muchacha que sin duda fue la criada de la viuda: *Señor sereno, señor guarda, ladrones; corra usted, por Dios, que nos matan.*

Así gritaba la muchacha, pero muy seguido y muy recio. El guarda luego luego se levantó, chifló lo mejor que pudo y echó unas cuantas bendiciones con su farol en medio de las bocacalles para llamar a sus compañeros, y me dijo: amigo, deme usted auxilio, tome mi farol y vamos.

Cogí el farol, y él se terció su capotito y enarboló su chuzo; pero mientras hizo estas diligencias se escaparon los ladrones. El Pípilo, a quien conocí por su sombrero blanco, pasó casi junto a mí, y por más que corrió el sereno, y yo (que también hice que corría), fue incapaz de darle alcance porque le nacieron alas en los pies. No le valió al sereno gritar, *atájenlo, atájenlo*, pues aquellas calles son poco acompañadas de noche y no había muchos atajadores.

Ello es que el Pípilo se escapó, y con menos susto Januario, que tomó por la otra bocacalle, por donde no hubo sereno ni quien lo molestara para nada.

Entre tanto, llegaron otros dos guardas, y casi tras ellos una patrulla. La muchacha todavía no cesaba de dar gritos en el balcón, pidiendo *un padre*, asegurando que habían matado a su ama. A sus voces acudimos todos y entramos en la casa.

Lo primero que encontramos fue a la dicha muchacha llorando en el corredor, diciéndonos: ¡ay, señores!, un padre y un médico, que ya mataron a mi ama esos indignos.

El sargento de la patrulla con dos soldados, los serenos y yo, que no dejaba el farol de la mano, entramos a la recámara donde estaba la señora tirada en su cama, la cual estaba llena de sangre y ella sin dar muestras de vida.

La vista horrorosa de aquel espectáculo sorprendió a todos, y a mí me llenó de susto y de lástima; de susto, por el riesgo que corría Januario si lo llegaban a descubrir, y de lástima, considerando la injusticia con que habían sacrificado aquella víctima inocente a su codicia.

A poco rato llegaron casi juntos el médico y el confesor, a quienes fue a llamar un soldado por orden del sargento luego que éste desde la calle oyó los gritos de la muchacha.

En cuanto llegaron, se acercó el sacerdote a la cama, y viendo que ni por moverla ni por hablarla se movía, la absolvió bajo de condición, y se retiró a un lado.

76

Entonces se acercó el médico, y como más práctico advirtió que estaba privada y que aquella sangre era un achaque mujeril. Salímonos a la sala ya consolados de que no era la desgracia que se pensaba, mientras entre el médico y la moza curaron caseramente a la enferma.

Concluida esta diligencia y vuelta en sí del desmayo, llamó el sargento a la criada para que viera lo que faltaba en la casa. Ella la registró toda, y dijo que no faltaba más que el cubierto con que estaba cenando su ama, y el hilito de perlas que tenía en el cuello; porque, luego que uno de los ladrones cargó con ella para la cama, el otro se embolsó el cubierto; y sin ser bastante o sin advertir a detener a la que daba esta razón, salió al balcón y comenzó a gritar al sereno, a cuyos gritos no hicieron los ladrones más que salirse a la calle corriendo.

Yo estaba con el farol en la mano, desembozado el sarape y con aquella serenidad, que infunde la inocencia; pero la malvada moza, mientras estaba dando esta razón, no me quitaba un instante la vista, repasándome de arriba abajo. Yo lo advertí, pero no se me daba nada, atribuyéndolo a que no le parecía muy malote.

Preguntole el sargento si ¿conocía a alguno de los ladrones?, y ella respondió: sí señor, conozco a uno que se llama señor Januario, y le dicen por mal nombre Juan Largo, y no sale de este truquito de aquí a la vuelta, y este señor lo ha de conocer mejor que yo. A ese tiempo me señaló, y yo me quedé mortal, como suelen decir. El sargento advirtió mi turbación y me dijo: sí, amigo, la muchacha tiene razón sin duda. Usted se ha inmutado demasiado, y la misma culpa lo está acusando. ¿Usted será quizá el sereno de esta calle? No señor, lo dije yo, antes, cuando la señora salió al balcón a gritar, estaba yo chupando un cigarro con el sereno, y nosotros fuimos los primeros que vinimos a dar el auxilio. Que lo diga el señor.

Entonces el sereno confirmó mi verdad; pero el sargento, en vez de convencerse, prosiguió: sí, sí, tan buena maula será usted como el sereno. ¿Serenos?, ¡ah!, ahorcados los vea yo a todos por alcahuetes de los ladrones; si éstos no tuvieran las espaldas seguras con ustedes, si ustedes no se emborracharan, o se durmieran, o se alejaran de sus puestos, era imposible que hubiera tantos robos.

El sereno se apuraba y juraba atestiguando conmigo que no estaba retirado ni durmiendo; pero el sargento no le hizo caso, sino que preguntó a la muchacha: ¿y tú, hija, en qué te fundas para asegurar que éste conoce al ladrón! ¡Ay, señor!, dijo la muchacha, en mucho, en mucho. Mire su *mercé*, ese *sarape* que tiene el señor es el mismo del señor Juan Largo, que yo lo conozco bien, como que cuando salía a la tienda o a la plaza no más me andaba atajando, por señas que ese rosario que tiene el señor es mío, que ayer me agarró ese pícaro del descote de la camisa y del rosario, y me quería meter en un zaguán, y yo estiré y me zafé y hasta se rompió la camisa, mire su *mercé*, y mi rosario se le quedó en la mano y se reventó; por señas que ha de estar *añidido* y le han de faltar cuentas, y es el cordón nuevecito, es de cuatro y de seda rosada y verde, y en esa bolsita que tiene ha de tener dos estampitas, una de mi amo señor San Andrés Avelino, y otra de Santa Rosalía.

Frío me quedé yo con tanta seña de la maldita moza, considerando que nada podía ser mentira, como que el rosario había venido por mano de Januario, y ya él me había contado la afición que le tenía.

El sargento me lo hizo quitar, descosió la bolsita, y dicho y hecho, al pie de la letra estaba todo conforme había declarado la muchacha. No fue menester más averiguación. Al instante me trincaron codo con codo con un portafusil, sin valer mis juramentos ni alegatos, pues a todos ellos contestó el sargento: bien, mañana se sabrá cómo está eso.

Con esto me bajaron la escalera, y la moza bajó también a cerrar la puerta, y, viendo que no podía meter la llave, advirtió que el embarazo era la ganzúa que habían dejado en la chapa. La quitó y se la entregó al sargento. Cerró su puerta y a mí me llevaron al vivac principal.

Luego que me entregaron a aquella guardia, preguntaron sus soldados a mis conductores que ¿por qué me llevaban? Y ellos respondieron que por *cuchara*, esto es, por ladrón. Los preguntones me echaron mil tales, y como que se alegraron de que hubiera yo caído, a modo que fueran ellos muy hombres de bien. Escribieron no sé qué cosa, y se marcharon; pero al despedirse dijo el sargento a su compañero: tenga usted cuidado con ése, que es reo de consecuencia.

78

No bien oyó el sargento de la guardia tal recomendación, cuando me mandó poner en el cepo de las dos patas.

La patrulla se fue; los soldados se volvieron a encoger en su tarima; el centinela se quedó dando el *quien vive* a cuantos pasaban, y yo me quedé batallando con el dolor del cepo, el molimiento del envigado, una multitud de chinches y pulgas que me cercaron y, lo peor de todo, un confuso tropel de pensamientos tristes que me acometieron de repente.

Ya se deja entender qué noche pasaría yo. No pude pegar los ojos en toda ella, considerando el terrible y vergonzoso estado a que me veía reducido sin comerla ni beberla, solo por haber conservado la amistad de un pícaro.[58]

Amaneció por fin; se tocó la diana, se levantaron los soldados echando votos, como acostumbran, y cuando llegó la hora de dar el parte lo despacharon al Mayor de Plaza, y a mí amarrado como un cohete entre los soldados para la cárcel de corte.

Luego que entré del boquete al patio tocaron una campana que, según me dijeron después, era diligencia que se hacía con todos los presos, para que el alcaide y los guardianes de arriba estuviesen sobre aviso de que había preso nuevo.

En efecto, a poco rato oí que comenzó uno a gritar: *ese nuevo, ese nuevo para arriba*. Advirtiéronme los compañeros que a mí me llamaban, y el presidente, que era un hombretón gordo con un chirrión amarrado en la cintura, me llevó arriba y me metió en una sala larga, donde en una mesita estaba el alcaide, quien me preguntó ¿cómo me llamaba, de dónde era, y quién me había traído preso? Yo por no manchar mi generación dije que me llamaba *Sancho Pérez*, que era natural de Ixtlahuaca, y que me habían traído unos soldados del Principal.

Apuntaron todo esto en un libro y me despacharon. Luego que bajé me cobró el presidente dos y medio, y no sé cuánto de *patente*. Yo, que ignoraba aquel idioma, le dije que no quería asentarme en ninguna cofradía en aquella casa, y así, que no necesitaba de patente. El cómitre maldito, que pensó que me burlaba de él, me dio un bofetón que me hizo escupir sangre, diciéndo-

---

58 A muchos les sucede lo mismo, y no enmiendan a los jóvenes estos ejemplos. El amigo bueno se debe conservar a toda costa; y el malo se debe huir luego que se conoce, porque más vale andar solo etc.

me: so tal (y me lo encajó), nadie se mofa de mí, ni los hombres, *contimás* un mocoso. La patente se le pide, y si no quieres pagarla, harás la limpieza, so cucharero. Diciendo esto se fue, y me dejó, pero me dejó en un mar de aflicciones.

Había en aquel patio un millón de presos. Unos blancos, otros prietos; unos medio vestidos, otros decentes; unos empelotados, otros enredados en sus pichas; pero todos pálidos, y pintada su tristeza y su desesperación en los macilentos colores de sus caras.

Sin embargo, parece que nada se les daba de aquella vida, porque unos jugaban albures, otros saltaban con los grillos, otros cantaban, otros tejían medias y puntas, otros platicaban, y cada cual procuraba divertirse; menos unos cuantos más fisgones que se rodearon de mí a indagar cuál era el motivo de mi prisión.

Yo les contesté ingenuamente, y así que me oyeron se separaron riendo, y en un momento ya me conocían entre todos por *cuchara*.

Nadie me consolaba, y todo el interés que manifestaron por saber la causa de mi arresto fue una simple curiosidad. Pero, para que se vea que en el peor lugar del mundo hay hombres buenos, atended.

Entre los que escucharon el examen que me hacían los presos fisgones estaba un hombre como de cuarenta años, blanco y no de mala presencia, vestido con sola su camisa, unos calzones de pana azul, una manga morada, botas de campo, o campaneras, como llamamos, zapatos abotinados y sombrero blanco tendido. Éste, luego que me dejaron solo, se acercó a mí, y con una afabilidad nueva para mí en aquellos lugares me dijo: amiguito, ¿gusta usted de un cigarro? Y me lo dio sentándose junto a mí. Yo lo tomé agradeciéndole su comedimiento, y él me instó para que fuera a su calabozo a almorzar de lo que tenía. Torné a manifestarle mi gratitud y me fui con él.

Luego que llegamos a su departamento, descolgó un *tompeate* que tenía en la pared, sacó un *trusco*[59] de queso y una torta de pan, y lo puso en mis manos diciéndome: la posada no puede ser peor, ni hay cosa mejor que ofrecerle a usted; pero ¿qué hemos de hacer? Comamos esto poco que Dios

---

59 Trosco, o trusco. Voz corrompida que usa la gente vulgar en vez de trozo, si no es sincopada de trocisco. E.

80

nos da, estimando usted mi afecto, y no el agasajo, porque éste es bastante corto y grosero.

Yo me admiraba de escuchar unos comedimientos semejantes a un hombre, al parecer, tan ordinario, y entre asombrado y enternecido le dije: le doy a usted infinitas gracias, señor, no tanto por el agasajo que me hace, cuanto por el interés que manifiesta en mi desgraciada suerte. A la verdad que estoy atónito, y no acabo de persuadirme cómo puede hallarse un hombre de bien, como usted debe ser, en estos horrorosos lugares, depósitos de la iniquidad y de la malicia.

El buen amigo me contestó: es cierto que las cárceles son destinadas para asegurar en ella a los pícaros y delincuentes; pero algunas veces otros más pícaros y más poderosos se valen de ellas para oprimir a los inocentes, imputándoles delitos que no han cometido, y regularmente lo consiguen a costa de sus cábalas y artificios, engañando la integridad de los jueces más vigilantes; pero según el dictamen de usted sin duda yo me he engañado en el mío.

¿Pues cuál es el de usted?, le dije. El mío, me contestó, es el que acabo de decir, esto es: que aunque el instituto de las cárceles sea asegurar delincuentes, la malicia de los hombres sabe torcer este fin, y hacer que sirvan para privar de su libertad a los hombres de bien en muchos casos, de lo que tenemos abundancia de ejemplares que nos eximen de más pruebas.

Conforme a este mi parecer y no sé por qué particular simpatía me compadeció usted luego que vi el mal tratamiento que le hizo el presidente, y formé idea de que era usted un hombre de bien, y que tal vez lo había sepultado en estas mazmorras algún enemigo poderoso como a mí; mas ya usted me ha hecho variar de pensamiento, pues cree que en las cárceles no puede haber sino reos criminales, y así me persuado ahora que usted, como joven sin experiencia, habrá delinquido más por miseria humana que por malicia; pero cuando así sea, hijo mío, no crea usted que me escandalizo, ni menos que lo dejo de amar y de compadecer; porque en el hombre se debe aborrecer el vicio, pero nunca la persona. Por tanto, pídale usted licencia al presidente para venirse a este calabozo, y si le tiene miedo, yo se la pediré y pondrá usted su cama, cuando se la traigan, junto a la mía, así para servirse de mí en lo poco que sea útil, como para que se libre de las mofas de los demás presos que, como gente muy vulgar, sin principios ni educación alguna, se entretienen siempre burlándose con los pobres nuevos que vienen a ser inquilinos de estas cuadras.

Yo le retorné mis agradecimientos, añadiendo: no puedo menos que considerar en usted un hombre muy sensible y muy de bien, o más propiamente un genio bienhechor que se digna dedicarse a ser mi ángel tutelar en el desamparo en que me hallo, y me he avergonzado de haberme explicado con tanta necedad que pude persuadir a usted que creía que cuantos están en las cárceles son pícaros, pues ciertamente cuando usted no fuera una de las excepciones de esta regla, yo mismo soy una prueba contraria al mal juicio que había formado de las cárceles...

Según eso, interrumpió el amigo, ¿usted no ha venido aquí por ningún delito? Ya se ve que no, dije, y en seguida le conté punto por punto mi vida y milagros hasta la época infeliz de mi prisión.

El compañero me atendió con mucha cortesía, y luego que hube concluido me dijo: amigo, la sencillez con que usted me ha referido sus aventuras me confirma en el primer concepto que hice luego que lo vi, esto es, que usted era un mozo bien nacido, y que había venido por una desgracia imprevista; aunque es constante que no padece sin delito. No robó ni cooperó al robo; pero, ¡ay amigo!, tiene usted sobre sí las lágrimas que arrancó a su madre, y tal vez la muerte que probablemente le anticipó con sus extravíos, y los delitos que se cometen contra los padres claman al cielo por la venganza. Por ahora no hay más que conocer esta verdad, arrepentirse y confiar en la divina Providencia, que, aun cuando castiga, siempre dirige sus decretos a nuestro bien.

Por lo que toca a mí, ya le dije, cuente con un amigo y con mis infelices arbitrios, que los emplearé gustosísimo en servirlo.

Por tercera vez le di las gracias conociendo que su oferta no era de boca, como las que se usan comúnmente; y picándome la curiosidad de saber quién sería aquel hombre amable, no pude contenerme, sino que con pocos circunloquios le supliqué me hiciera el favor de imponerme de sus infortunios. A lo que él me contestó con mucho agrado diciéndome: don Pedro, cuando no fuera por corresponder a la confianza que usted ha usado conmigo contándome sus tragedias, haría de buena gana lo que me suplica, porque es sabido y cierto que las penas comunicadas cuando no sanan se alivian. En esta inteligencia ha de saber usted que yo me llamo Antonio Sánchez; mis padres fueron de buena cuna y arreglada conducta, y ambos tuvieron un florido capital, del que yo habría disfrutado si la Providencia no me hubiera destinado a padecer desde que vi la luz primera; bien que no me quejo de mi suerte cuando recuerdo mis desgracias, pues sería un blasfemo si hablara con resentimiento de un Dios que me ama infinitamente más que yo mismo, y quien infaliblemente todo lo dispone para mi beneficio; pero solo en tono de la relación de mi vida digo que desde que nací fui desgraciado, porque mi madre murió en el momento que salí de sus entrañas, y ya se sabe que esta orfandad desde el nacimiento acarrea una larga serie de fatalidades a los que hemos tenido esta desventura.

Mi buen padre no perdonó fatiga, gasto ni cuidado para suplir esta falta; y así entre nodrizas, ayas y criadas pasé mi puerilidad con aquella alegría propia de la edad, sin dejar de aprender aquellos principios de religión, urbanidad y primeras letras, en que no se descuidó de instruirme mi amante padre, con aquel esmero y cariño con que se tratan por los buenos padres los primeros y únicos hijos.

Quince años contaba yo cuando el mío me puso en el colegio, donde permanecí tres muy contento y lleno de inocentes satisfacciones, que se me acabaron con el fallecimiento de su merced, quedando bajo la tutela del albacea, cuyo nombre dejo en silencio por no descubrir enteramente al autor de mis desgracias. Ya usted conocerá por esta expresión que mi albacea en poco tiempo concluyó con mis bienes, dejándome en las garras de la indigencia, y cuando ya no tuvo qué hacer, se fugó de Orizaba, de donde soy natural, sin dejarme siquiera recomendado a su corresponsal que tenía en México.

Éste, luego que supo su ausencia y el funesto motivo que la había ocasionado, fue al colegio, borró colegiatura, me llevó a su casa, me impuso de mi triste situación, concluyendo con decirme que él era un pobre cargado de familia que se compadecía de mi desgracia, pero que no podía hacerse cargo de mí, y así que solicitara la protección de mis parientes, y viera lo que hacía.

Considere usted qué tal me quedaría con semejante noticia. Tenía entonces dieciocho años y ninguna experiencia; pero por especial favor de Dios ni había contraído ningún vicio vergonzoso ni pensaba a lo muchacho; y así le dije que dentro de ocho días resolvería lo que había de hacer, y le avisaría.

En el momento fui a ver a un estudiante pobre y hombre de bien, a quien, después de contarle mis desgracias, le encargué que me vendiese mi cama, libros, manto, turca, reloj y cuanto consideré que podía valer algo.

En efecto, mi amigo hizo la diligencia con eficacia y prontitud, y al segundo día me trajo ciento y pico de pesos. Le di su gratificación, y cambié la mayor parte en oro, comprando con el resto una manga y unas botas semiviejas.

Hecha esta diligencia, fui a los mesones a buscar un pasajero que estuviera de viaje para mi tierra. Por fortuna no fue vana mi solicitud; hallé un arriero que iba a llevar cigarros y traer tabaco, y por 10 pesos ajusté con él mi marcha. Entonces avisé mi determinación al corresponsal de mi albacea, quien me la aprobó, y despidiéndome de él y de su familia me fui al mesón y a los dos días partimos para Orizaba.

No me pareció este viaje como los anteriores que había hecho por el mismo camino cuando iba a vacaciones, especialmente en vida del señor mi padre; mas era otro tiempo y era forzoso acomodarme a las circunstancias.

Llegué por fin a la expresada villa sin novedad y, recelando algún despego en uno que otro pariente que tenía acomodado, determiné ir a apearme en casa de unas tías viejas que conocía me amaban, y no desdeñarían de hospedarme.

No salió falso mi modo de pensar, porque luego que me vieron las pobrecillas comenzaron a llorar, como que sabían primero que yo mis infortunios, me abrazaron y me internaron a la casita, asegurándome que la mirara como mía.

Les manifesté mi gratitud lo mejor que pude, diciéndoles pensaba en acomodarme en alguna tienda, hacienda o cosa semejante para comenzar a aprender a ganar el pan con el sudor de mi frente, que era ya lo único a que podía aspirar.

Las benditas viejas se enternecían con estas cosas, y yo redoblaba mis agradecimientos a sus sentimientos expresivos.

Seis días contaba yo de hospedaje en su casa, cuando una tarde entró en ella un señor muy decente a quien yo no conocía, y mis tías trataban con confianza, porque le lavaban y cosían su ropa cuando transitaba por allí,

84

y valiéndose de su comunicación le dijeron: señor don Francisco, ¿conoce usted a este niño?, señalándome. El caballero dijo que no, y ellas añadieron: es nuestro sobrino Antoñito, el hijo de su amigo de usted nuestro difunto don Lorenzo Sánchez, que en paz descanse.

¿Es posible, dijo el caballero, que este joven desgraciado es el hijo de mi amigo? ¿Y qué hace aquí, en este traje tan indecente? ¿No estaba en el colegio? Sí, señor, respondieron mis tías, pero como su albacea echó por ahí todo su patrimonio, se halla el pobrecillo reducido a buscar en qué ganar la vida con su trabajo, y mientras se ha venido con nosotras.

Ya tenía yo noticia de la fechoría de ese bribón, dijo el caballero, pero no lo quería creer. ¿Y qué, amiguito, nada le dejó a usted? Nada, señor, le contesté, de suerte que para poder trasladarme a esta villa tuve que vender manto, cama, libros y otras frioleras.

¡Válgame Dios! ¡Pobre joven!, prosiguió el don Francisco. ¡Ah, pícaros, pícaros albaceas, que tan mal desempeñáis los encargos de los testadores, enriqueciéndoos con lo ajeno y dejando por puertas a los miserables pupilos!

Amiguito, no se desanime usted, sea hombre de bien, que no todos los que tienen que comer han heredado, así como las horcas no suspenden a cuantos ladrones hay, que si así lo hicieran no se pasearan riendo tantos albaceas ladrones que hay como el de su padre de usted. ¿Sabe usted escribir razonablemente? Señor, le dije, verá usted mi letra, y en seguida escribí en un papel no sé qué.

Le gustó mucho mi letra, y me examinó en cuentas, y viendo que sabía alguna cosa me propuso que si quería irme con él a tierra adentro, donde tenía una hacienda y tienda, que me daría 15 pesos cada mes el primer año, mientras me adiestraba, a más de plato y ropa limpia.

Yo vi el cielo abierto con semejante destino, que entonces me pareció inmejorable, como que no tenía ninguno, ni esperanza de lograrlo; y así admití al instante, dándole yo y mis tías muchas gracias.

El caballero debía partir al día siguiente a su destino, y así me dijo que desde aquella hora corría yo por su cuenta, que me despidiera de mis tías, y me fuera con él a su posada.

Resolví hacerlo así, y saqué de la faldriquera cuatro onzas de oro que me habían quedado de la realización de mis haberes, dándoles tres de ellas a mis tías, que no querían admitir por más que yo porfiaba en que las recibieran, asegurándolas que no las había reservado con otro objeto que el dárselas luego que me acomodara, que ya había llegado ese caso, y de consiguiente el de que yo les manifestara mi gratitud.

Con todo esto rehusaban mis tías el admitirlas, hasta que mi amo (que ya es menester nombrarlo así) les dijo que las recibieran, pues yo a su lado nada necesitaría.

Tomáronlas, por fin, y despedímonos entre lágrimas, abrazos y propósito de escribirnos. A otro día salimos de Orizaba, y al mes y días llegamos a Zacatecas, donde estaba la ubicación de mi amo.

Antes de ponerme en su tienda hizo llamar al sastre y a la costurera, y con la mayor presteza se me hizo ropa blanca y de color, ordinaria y de gala, comprándoseme cama, baúl y todo lo necesario.

Yo estaba contento pero azorado al ver su munificencia, considerando que según lo que había gastado en mí y mi ruin sueldo de 15 pesos, ya estaba yo vendido por cuatro o cinco años cuando menos.

Ya habilitado de esta suerte y recomendándome con el título de su ahijado, me entregó en la tienda a disposición del cajero mayor.

No acabaría si circunstanciadamente quisiera contar a usted los favores que le debí a este mi nuevo padre, pues así lo amaba, y él me quiso como a hijo; porque era viudo y no tuvo sucesión. Baste decir a usted que en doce años que viví con él me apliqué tanto, trabajé con tal tesón y fidelidad, y le gané de tal modo la voluntad, que yo fui no solo el cajero mayor y el árbitro de sus confianzas, sino que llenaba la boca llamándome hijo, y yo le correspondía tratándolo de padre.

Pero como los bienes de esta vida no permanecen, llegó el tiempo de que se me acabara el poco que había logrado de descanso.

Un sujeto, a quien había fiado en la administración de real hacienda, quebró y cubrió mi amo esta falta con la mayor parte de sus intereses, y a seguida le acometió una terrible fiebre de la que falleció al cabo de quince días, dejándome lleno de dolor, que procuraba desahogar en vano con mis lágrimas, las que no enjugué en mucho tiempo, sin embargo de verme heredero de todo cuanto le había quedado, que después de realizado se redujo a 8.000 pesos.

Traté de separarme de aquella tierra, así para no tener a la vista objetos que me renovasen cada día el sentimiento de su falta, como para atender y recoger a una de mis pobres tías que había quedado.

Con esta determinación me hice de una libranza para Veracruz, y marché con dos mozos y mi equipaje para mi tierra. Llegué en pocos días, tomé una casa, la equipé, y a la primera visita que hice a mi bienhechora tía me la llevé a ella.

Fui después a Veracruz, empleé mis mediecillos y me dediqué a la viandancia, en la que no me fue mal, pues en seis años ya mi capitalito ascendía a 20.000 pesos.

La que llaman fortuna parece que se cansaba pronto de serme favorable. Contraje amistad estrecha con dos comerciantes ricos de Veracruz, y éstos me propusieron que si quería entrar a la parte con ellos en cierta negociación de un contrabando interesante que estaba a bordo de la fragata Anfitrite. Para esto me mostraron las facturas originales de Cádiz, sobre cuyos precios designaba el dueño para sí una muy corta utilidad, pues siendo todos los efectos ingleses, escogidos y comprados también por alto, el interesado se contentaba con un quince por ciento, pero con la condición de que antes de desembarcarlos se debía poner el dinero en su poder, siendo el desembarque de cuenta y riesgo de los compradores.

Yo me mosquié un poco con tal condición, pero los compañeros me animaron, asegurándome que eso era lo de menos, pues ya estaban comprados los guardas, que una noche se verificaría el desembarco por la costa en dos botes o lanchas del mismo puerto.

Como la codicia agitada por el interés atropella por todo, fácilmente convine con mis camaradas, creyendo hacerme de un principal respetable en dos meses.

Con esta resolución procuré realizar cuanto tenía, y puse mi plata en poder de mis amigos, quienes celebraron el trato con el marino poniendo todo el importe a su disposición.

Todo estaba facilitado para desembarcar seguramente el contrabando, y se hubiera verificado si uno de los mismos guardas comprados no hubiera hecho una de las suyas, dando al virreinato la más cabal y circunstanciada noticia del desembarque clandestino, con cuya diligencia se tomaron contra nosotros las precauciones y providencias que exigía el caso, de modo que cuando lo supimos fue cuando el cargamento estaba en tierra y decomisado.

No nos valió diligencia para rescatarlo, y tomamos escapar las personas. Yo era de los tres el más pobre, y sin duda el más codicioso, porque invertí todo mi capital en la negociación, por cuya razón lo perdí todo.

Cáteme usted de la noche a la mañana sin blanca, y perdido en una hora todo lo que había adquirido en dieciocho años de trabajo.

Poco faltó para desesperarme, y más cuando murió la pobre de mi tía, que no pudo resistir este golpe; pero, en fin, procuré hacer, como dicen, de tripas corazón, y vendiendo lo poco que me quedó, y cobrando algunos picos que me debían, me junté con cerca de 2.000 pesos, y con ellos comencé de nuevo a trabajar; pero ya con tan poco puntero lo más que hacía era mantenerme.

En este tiempo (ilocuras de los hombres!), en este tiempo se me antojó casarme, y de hecho lo verifiqué con una niña de la villa de Jalapa, quien a una cara peregrina reunía una bella índole y un corazón sencillo; en fin, era una de aquellas muchachas que ustedes los mexicanos llaman payas.

Las muchas prendas que poseía, y el conocimiento que yo tenía de ellas, me la hacían cada día más amable, y por tanto le procuraba dar gusto en cuanto ella quería.

Entre lo que quiso, fue venir a México para ver lo que le habían contado de esta ciudad, a donde jamás había venido. No necesitó más que insinuármelo para que yo dispusiera el traerla... ¡Ojalá y nunca lo hubiera pensado!

Serían como 2.300 pesos con los que emprendí mi marcha para esta capital, a donde llegué con mi esposa muy contento, pensando gastar los 300 pesos en pasearla, y emplear los 2.000 en algunas maritatas, volviéndome a mi tierra dentro de un mes, satisfecho de haber dado gusto a mi mujer, y con mi capitalito en ser; ipero qué errados son los juicios de los hombres! Diversos planes tenía trazados la Providencia para castigar mis excesos y acrisolar el honor de mi consorte.

Posamos en el mesón del Ángel, y luego luego mandé llamar al sastre para que le hiciese trajes del día, en cuya operación, como bien pagado, no se tardó mucho tiempo, porque las manos de los artesanos se mueven a proporción de la paga que han de recibir.

88

A los dos días trajo el sastre los vestidos, que le venían a mi mujer como pintados, pues era tan hermosa de cara como gallarda de cuerpo. Fuera de que, aunque era payita, no era de aquellas payas silvestres y criadas entre las vacas y cerdos de los ranchos; era una de las jalapeñas finas y bien educadas, hija de un caballero que fue capitán de una de las compañías del regimiento de Tres Villas; y por aquí conocerá usted cuán poco tendría que aprender de aquel garbo, o lo que llaman *aire de taco* las cortesanas.

Efectivamente, luego que comencé a presentarla en los paseos, bailes, coliseo y tertulias, advertí con una necia complacencia que todos celebraban su mérito, y muchos con demasiada expresión. ¿Quién creerá que era yo tan abobado que pensaba que no había ningún riesgo en las adulaciones y lisonjas que la prodigaban? Así era, y yo las correspondía con gratitud; y aún hacía más en mi daño, que era franquearla en cuantos lugares públicos podía, congratulándome de que festejaran su mérito y envidiaran mi dicha. ¡Necio! Yo ignoraba que la mujer hermosa es una alhaja que excita muy vivamente la codicia del hombre, y que el honor en estos casos se aventura con exponerla con frecuencia a la curiosidad común; mas...

Aquí llegaba la conversación de mi amigo cuando la interrumpieron unos gritos que decían: *ese nuevo, anda Sancho Pérez, anda cucharero, anda hijo de p...* Mi amigo me advirtió que sin duda a mí me llamaban. Era así, y yo tuvo que dejar pendiente su conversación.

Capítulo VI. Cuenta Periquillo lo que le pasó con el escribano, y don Antonio continúa contándole su historia

Suspendí la conversación de mi amigo, según dije, para ir a ver qué me querían. Subí lleno de cólera al ver el tratamiento tan soez que me daba aquel *meco*, *mulato* o demonio de gritón (que era un preso destinado al efecto de llamar a los demás) que fue el que me condujo a la misma sala o cuadra donde me asentó el alcaide; pero no me llevó a su mesa, sino a otra donde estaba un figurón prietusco y regordete, que por los ojos centellaba el fuego que abrigaba su corazón.

Luego que llegamos allí me dijo el picarón: éste es el señor secretario que llama a usted. El tal escribano entonces volvió la cara y, echándome una mirada infernal, me dijo: espérate ahí. El gritón se fue, y yo me quedé un poco retirado de la mesa, y muy fruncido, esperando que acabara de moler a un pobre indio que tenía delante.

Luego que despachó a éste, me llamó y, haciéndome poner la señal de la cruz, me dijo que si ¿sabía lo que era jurar? Que por ningún caso debía mentir ni quebrantar el juramento, sino decir la verdad en lo que supiere y fuera preguntado, aunque me ahorcaran. Que si ¿juraba hacerlo así? Yo respondí afirmativamente, y él añadió con una gravedad de un varón apostólico, si así lo hicieres, Dios te ayude; y si no, te lo demande.

Concluida esta formalidad, comenzó a preguntarme: ¿Quién era yo? ¿Cómo me llamaba? ¿Qué calidad, cuántos años, qué oficio y estado tenía? ¿De dónde era? De manera que ya estaba yo desesperado con tantas preguntas, creyendo que llevaba traza de preguntarme de qué color eran las primeras mantillas que me pusieron.

Tantas preguntas y repreguntas pararon en que me hizo contarle cuanto quiso acerca del modo con que había adquirido el rosario de la moza, de la amistad que llevaba con Januario, de los conocidos del truquito, y de otras cosillas de éstas, que a mí entonces me parecieron menudencias.

Así que escribió como dos pliegos de papel, me hizo que los firmara, después de lo cual me envió a mi destino.

Bajeme muy contento, deseando acabar de oír la tragedia de mi amigo, a quien hallé recostado en su cama, divertido con la lectura de un libro.

Luego que me vio, cerrolo, y sentándose en la cama me preguntó que ¿cómo me había ido? Yo le respondí que ni bien ni mal, pues la llamada se redujo a hacerme mil preguntas el escribano y a escribir dos pliegos de papel, los que firmé, y quedé expedito para volver a gustar de su amable conversación.

Él me contestó con urbanidad, y me dijo: esas preguntas que han hecho a usted se llama tomar la declaración preparatoria. Es menester que tenga usted muy presente lo que ha respuesto para que no se enrede o se contradiga cuando le tomen la confesión con cargos, que es el paso más serio de la causa, y del que depende, las más veces, el buen o mal éxito de los reos.

¡Virgen Santísima!, eso sí está malo, dije, porque hoy me hicieron una infinidad de preguntas y de cosas que muchas me parecieron frioleras. ¿Quién

90

se acordará después de todo lo que yo contesté a ellas? ¿Y de aquí a cuándo será la confesión con cargos?

Eso va largo, dijo don Antonio, porque, como el robo no fue cuantioso, es regular que no haya parte que agite, y en este caso la causa se seguirá de oficio; y como estas causas no producen, por lo regular, costas a los escribanos, porque los delincuentes no tienen tras qué caer, las dejan dormir cuanto quieren, y vea usted como su confesión con cargos la puede esperar de aquí a tres meses, por ahí por ahí.

Mucho me desconsuela esa noticia, le dije, por dos razones: la primera, por la dilación que me espera en esta infame casa; y la segunda, porque en tanto tiempo es muy fácil que me olvide de lo que ahora respondí.

Por lo que toca a la dilación, me contestó mi amigo, no es mucha. Los tres meses que he dicho son el plazo que prudentemente considero que pasará para dar el segundo paso en su causa de usted, pero... Dispense usted, le interrumpí, ¿cómo es eso del segundo paso? ¿Pues qué no es el último, y con el que, justificada mi inocencia, me echarán a la calle?

Riose mi amigo de mi simpleza, diciéndome: ¡qué bien se conoce que en su vida de usted las ha visto más gordas! Sí, se echa de ver que usted no solo no ha estado preso jamás, pero ni se ha juntado con quien lo haya estado. Así es, le dije, y me he acompañado con buenos pillos, mas de nadie he sabido que haya estado preso, y por lo mismo me cogen estas cosas de nuevo. Pero qué, ¿todavía de aquí a tres meses estará mi negocio muy espacio?

Sí, querido, me respondió mi amigo. Las causas (no siendo muy ruidosas, ejecutivas o agitadas por partes) andan con pies de plomo. ¿No ha oído usted por ahí un axioma muy viejo que dice que en entrando a la cárcel se detienen los reos en si es o no es, un mes; si es algo, un año; y si es cosa grave, solo Dios sabe? Pues de esto conocerá usted que aquí se eternizan los hombres.

¿Pero en siendo inocentes?, pregunté. No importa nada, respondió el amigo. Aunque usted esté inocente (como no tiene dinero para agitar su causa ni probar su inocencia) mientras que ello no se manifiesta de por sí, y a pasos tan lentos, pasa una multitud de tiempo.

Ésa es una injusticia declarada, exclamé, y los jueces que tal consienten son unos tiranos disimulados de la humanidad; pues que las cárceles que

91

no se han hecho para oprimir, sino para asegurar a los delincuentes, mucho menos son para martirizar a los inocentes privándolos de su libertad.

Usted dice muy bien, dijo mi amigo. La privación de la libertad es un gran mal, y si a esta privación se agrega la infamia de la cárcel, es un mal no solo grande sino terrible; y tanto, que tenemos leyes que quieren que en ciertos casos y a tales personas se les admitan fianzas de estar a derecho, pagar, etc., y no se sepulten en estos horrorosos lugares; pero sepa usted que los jueces no tienen la culpa de las morosidades de las causas, ni de los perjuicios que por ellas sufren los miserables reos. En los escribanos consiste este y otros daños que se experimentan en las cárceles, porque en ellos está el agitar o echar a dormir los negocios de los reos; y ya le dije a usted que las causas de oficio andan espacio porque no ofrecen mucho lugar a las tenidas.

Eso es decir, repuse yo, que los más escribanos son venales, y que solo se afanan, trabajan y dan curso a cualquier negocio por interés; pero si éste falta, no hay que contar con ellos para maldita la cosa de provecho.

A lo menos, respondió mi amigo, yo no daría tanta extensión a la proposición, si no oyera lamentarse de sus morosidades a tantos infelices que hay en nuestra compañía; pero, don Pedro, es mucho el influjo que tienen los escribanos sobre la suerte de los reos. De manera que si ellos quieren endulzan, y si no agrian las causas, siendo ésta una verdad tan triste como sabida. Hasta los niños dicen que *en el escribano está todo*, y los no niños se consuelan cuando tienen al escribano de su parte, especialmente en las causas criminales.

Según eso, dije yo, ¿los escribanos tienen facilidad de engañar a los jueces cuando quieren?

Y ya se ve que la tienen, me respondió mi amigo, y que toda la responsabilidad que cargaría sobre los magistrados o jueces, carga sobre ellos por el abuso que hacen de la confianza que los dichos jueces depositan en ellos.

No piense usted que es avanzada la proposición. Si me fuera lícito, contaría a usted casos modernos y originales de que soy buen testigo, y en algunos también parte; pero ahí se irá usted comunicando con otros presos que son menos escrupulosos que yo, y ellos informarán a usted por menor de cuanto le digo.

La lástima es que los malos escribanos, los más venales y corrompidos, son los más hipócritas y los que se saben captar más que otro la confianza y benevolencia de los jueces, y, a vueltas de ésta, cometen sus intrigas y sus picardías con tanta mayor satisfacción cuanto que están seguros de que se crea su mala fe.

Vuelvo a decir que éstas son verdades duras para los malos; pero para éstos ¿qué verdades hay suaves? Los jueces más íntegros y timoratos, si están dominados del escribano, ¿cómo sabrán el estado de malicia o de inocencia que presenta la causa de un reo, cuando el escribano solo ha tomado la declaración? ¿Y cuando al darle cuenta con ella añade criminalidades, o suprime defensas, según le conviene? En tal caso, y descansando su conciencia en la del escribano, claro es que sentenciará según el aspecto con que éste le manifieste el del delito del reo.

De esto se ve con mucha frecuencia en los pueblos, y también en las ciudades, especialmente sobre delitos comunes y que no llevan un agregado horroroso. Supongamos, en los delitos de juego, hurtos rateros, embriaguez, incontinencia y otros así; que en los crímenes de estado, asesinatos, robos cuantiosos, sacrílegos, etc., ya sabemos que no se fían los jueces de los escribanos, sino que asisten a las declaraciones, confesiones, careos y demás diligencias que exigen tales causas.

Confieso a usted, señor, le dije, que estas noticias me desconsuelan demasiado, ya porque el delito que se me supone es cabalmente de aquellos cuya averiguación se sujeta a la férula de los escribanos, ya porque yo no tengo plata con que agitar, y ya, en fin, porque no me atrevo a poner la menor duda en lo que usted me dice.

Ni la debe usted poner, me contestó, porque cuando no hubiera aquí dentro tantos testigos de mi verdad, yo mismo soy una prueba de ella. Sí, amigo, dos años cuento de prisión por una injusta calumnia, y mi enemigo no hubiera hallado tanta facilidad para perderme si no hubiera contado con un escribano venal y tracalero.

Pues ya que ha tocado usted ese punto, le dije, sírvase continuar la conversación de sus desgracias, que, si mal no me acuerdo, quedamos en que tenía usted mucha complacencia en lucir a su madama en las mejores concurrencias de México.

Es verdad, dijo don Antonio, y esa necia complacencia la he pagado con una serie no interrumpida de trabajos. Mi esposa sabía bailar diestramente, y aun danzar; pero no por arte sino, como se suele decir, de afición. Yo, deseando que sobresaliera su mérito en todo, y que no la notasen en los bailes de mera aficionada, la solicité un buen maestro, cuyas lecciones aprovechó ella muy bien, y en poco tiempo salió tan adelantada que podía competir con las mejores bailarinas del teatro; y como su garbo y su hermosura natural la favorecían, se llevaba las atenciones en todas partes, y recogía en vítores, lisonjas y palmoteos el fruto de su habilidad.

Encantado estaba yo con mi apreciable compañera, creyendo que, aunque todos me la envidiaran, ninguno se atrevería a seducírmela; y aun en este caso, su constante honor y virtud burlaría las solicitudes inicuas de mis rivales.

Con esta confianza me franqueaba con ella a cualquiera parte donde me convidaban, que era casi a los mejores bailes de México. En estas concurrencias, ¡qué cumplimientos y obsequios nos dispensaban! ¡Qué destinos y acomodos lucrosos no me brindaban! ¡Qué protecciones no se me facilitaron, y qué de regalitos y visitas no me hacían! ¿Y que fuera yo de tan poco mundo y tan majadero que pensara que todas aquellas adoraciones eran a mí? ¡Ah!, bien podía haber cargado la albarda mejor que el jumento de la imagen.

Cierta noche, una señora de respeto, con motivo de ser día de su santo, convidó a mi mujer al baile de su casa. Yo la llevé muy contento, según tenía de costumbre. Fue mi esposa de las primeras que danzaron, sacándola un sujeto de distinción porque era rico y noble (si es que se da verdadera nobleza donde falta la virtud) a quien conoceremos con el título del marqués de T. Este caballero se enloqueció desde aquel momento por mi esposa, pero supo disimular su loca pasión.

Acabó de danzar, y como ya mi esposa y yo éramos conocidos de la casa, le fue fácil informarse de quiénes éramos, de qué tierra, del estado de nuestra suerte y de cuanto quiso y pudo saber; y ya con estas noticias se sentó junto a mí y con la mayor cortesía comenzó a enredar conversación conmigo, y de unas en otras materias vino a caer la plática sobre el comercio y las grandes ventajas que ofrecía.

94

Con este motivo le conté el atraso que había padecido por el contrabando que me decomisaron. Mostró él afligirse mucho y condolerse de mi desgracia, y más cuando supo lo poco que me había quedado de principal. Pero por fin me preguntó: ¿usted qué giro piensa tomar con tan escaso dinero? Yo le respondí: pienso volverme a Jalapa dentro de quince días, llevar empleados en algunas maritatas los pocos medios que han quedado, dejar a mi mujer en casa de su madre y continuar en la viandancia. Amigo, ésa es una bobera, dijo el marqués, creo que, por mucho que usted trabaje, nada medrará; porque un puntero tan miserable ha de dejar más miserables utilidades, las que usted ha de consumir precisamente en gastos de camino y en subsistir, y jamás se juntará con 10.000 pesos suyos, ni se podrá prometer ningún descanso.

Ya lo veo así, le dije, mas es forzoso trabajar para comer, y cuando solo esto consiga no haré poco. Bien, dijo el marqués, pero cuando al hombre de bien se le facilita una proporción ventajosa, no debe ser omiso ni despreciarla. Ésa es la que a mí no se me facilita, le contesté. ¿Luego si a usted se le facilitara, dijo el marqués, admitiría? Precisamente, señor, le respondí, no había de ser tan necio. Pues amigo, añadió, alegrarse, que la situación de usted y los infortunios que ha sufrido me compadecen demasiado. Usted nació para rico, pero la suerte siempre es cruel con los buenos. No obstante, mi compasión no se queda en palabras; amo a usted por una oculta simpatía; soy rico... últimamente, quiero hacerlo hombre. ¿Dónde vive usted? Le contesté que en el mesón. Pues bien, añadió, mañana espéreme usted entre once y doce, y crea que no le pesará la visita. ¿Ya me conoce usted? No, señor, le dije, solo para servirle. Pues soy, prosiguió, su amigo el marqués de T, que tengo proporciones y deseo de emplearlas en favorecer a usted.

Le di las debidas gracias, añadiendo que, si Su Señoría no gustaba incomodarse en pasar a mi casa, yo pasaría a la suya a la hora que mandase. No, no, me contestó, si yo gusto mucho de visitar a los pobres, y a más de que estos pasos los doy también en obsequio de mi salud, porque me conviene hacer algún ejercicio a pie.

Diciendo esto se comenzaron a levantar algunos para bailar contradanza y, llegando a convidar al marqués, se levantó éste y fue a sacar a mi mujer, a tiempo que otro capitán estaba en la misma solicitud. Cate usted que sobre

95

quién de los dos había de bailar se trabó una disputa reñidísima, alegando cada uno las excepciones que le parecían; pero como a ninguno de los dos satisfacían los alegatos del contrario, pues cada uno decía que no podía quedar desairado, ni permitir que su honor se atropellase en público,[60] se fueron excediendo de unas palabras en otras, hasta decírselas tan injuriosas que, a no alborotarse las mujeres y mediar varios sujetos de respeto, se afianzan a bofetadas; pero las señoras les tenían bien guardados los espadines.

En fin, ellos, quisieron que no quisieron, se sosegaron, concluyéndose la cuestión con que mi mujer no bailara con ninguno, como debía ser, y de este modo quedaron algo satisfechos; aunque toda la gente se disgustó, y yo más que nadie, al ver la ridiculez de los contendientes, que no parecía sino que disputaban una cosa suya.

El marqués con algún entono de voz me dijo: Vámonos don Antonio. Y yo, no atreviéndome a oponerme a mi presunto protector, le obedecí, y me salí con él y mi esposa, dejando sin duda harta materia para que se ejercitara la crítica maliciosa de los que se quedaron.

Salimos para la calle, el marqués nos hizo lugar en su coche y mandó que parase en una fonda.

Yo y mi esposa lo resistíamos; pero él insistió en que cenara mi esposa alguna cosita, y que si quería divertirse aquella noche, que se buscaría otro baile, y caso de no hallarse lo haría en su misma casa. Nosotros agradecimos su favor, suplicándole no se empeñara en eso, pues ya era tarde.

---

60 Rigurosamente hablando no es otra cosa el honor sino el conato de conservar la virtud; esto es, que cualquier hombre puede decir con razón que le ofenden su honor cuando lo calumnian de ladrón, le seducen a su mujer o le imputan algún vicio, y en este caso, esto es, estando inocente, le es muy lícito el defenderse y vindicar su honor según el orden de la justicia; pero por desgracia esta palabra honor se ha corrompido, y se ha hecho sinónima de la venganza, vanidad y demás caprichos de los hombres. Muchos hacen consistir su honor en el lujo, aunque para sostenerlo se valgan de unos medios indecorosos y prohibidos; otros en vengar la más mínima ofensa, y los fueros siempre fueron canonizados por el honor; otros quieren que su honor consista en salirse con cuanto quieren, como el marqués; otros exigen con puntualidad la más minuciosa veneración de sus súbditos, y otros en tales cosas como éstas; pero, a la verdad, nada de esto es honor.

En esto llegamos a la fonda, donde el marqués hizo poner una mesa espléndida, al modo de fonda, quiero decir, más abundante que limpia ni curiosa; pero así, y siendo solos tres los cenadores, tuvo que pagar dos onzas de oro, que tanto le cobró el marmitón.

Así que salimos de la fonda, traté yo de despedirme, pero el marqués no lo consintió, sino que nos llevó al mesón en su coche y se volvió a su casa.

Yo tenía un criado muy fiel, llamado Domingo, que hace papel en esta historia, y éste tenía cuidado de abrirnos a la hora que veníamos, como lo hizo esa noche.

Nosotros, que ya habíamos cenado, no tuvimos más que hacer que acostarnos. Aunque yo no cabía en mí de gusto, considerando la fortuna que me aguardaba con la protección de aquel caballero, mi esposa advirtió mi desasosiego, me preguntó la causa, y la referí cuanto me había pasado con el marqués, de lo que la pobrecilla se alegró mucho, no creyendo, como ni yo tampoco, que los fines de tal protección eran contra su honestidad y mi honor.

Hay en el mundo muchos protectores como éste, que no saben dar un medio real de limosna y sacrifican sus respetos y su dinero por satisfacer una pasión. Nos recogimos y dormimos el resto de la noche tranquilamente.

Al día siguiente, a la hora prefijada por el marqués, estaba éste en casa. Justamente era día de años del rey, o no sé qué, ello es que mi gran protector fue en un famoso coche y vestido de gala.

Nos saludó con mucho cariño y cortesía y, después de haber hecho una ligera crítica del pasaje de la noche anterior, me dijo: amigo, he venido a cumplir mi palabra, o más bien a asegurar a usted en mi palabra; porque el marqués de T, lo que una vez dice, lo cumple como si lo prometiera con escritura. Diez mil pesos tengo destinados para habilitar a usted con una memoria bien surtida para que vaya con ella a la feria de San Juan de los Lagos, con el bien entendido de que todas las utilidades serán para usted. Con que manos a la obra. ¿Qué determina usted? Yo le di las gracias por su generosidad, ofreciéndole que dentro de doce o catorce días recibiría la memoria y marcharía para San Juan.

¿Pero por qué hasta entonces?, preguntó el marqués; y yo lo dije que porque quería ir a llevar a mi esposa con su madre, pues en México no tenía casa de confianza donde dejarla, ni me parecía bien se quedara sola, fiada únicamente al cuidado de una criada.

Muy bien pensado está lo segundo, dijo el marqués, pero tampoco puede ser lo primero, porque yo trato de favorecer a usted, mas no de perder mi dinero, como sucedería seguramente si difiriera mandar mis efectos hasta cuando usted quiere; porque, vea usted, se necesitan lo menos seis días para buscar mulas y arrieros, para recibir la memoria y acondicionarla. A más de esto, son menester siquiera doce días para que llegue usted a su destino; la feria no tarda en hacerse, y yo quiero que el sujeto que vaya, si usted no se determina, no pierda tiempo, sino que aligere, para que logre las mejores ventajas siendo de los primeros. Ésta es mi resolución; mas no es puñalada de cobarde que no da tiempo. Voy al besamanos, y de aquí a una hora daré la vuelta por acá. Entre tanto usted vea lo que determina con espacio, y me avisará para mi gobierno. Diciendo esto, se fue.

¿Quién había de pensar que, cuando el marqués mostraba más indiferencia en que me fuera o no me fuera pronto de México, era cuando puntualmente apuraba todos sus arbitrios para violentar mi salida? ¡Ah, pobreza tirana, y cómo estrechas a los hombres de bien a aventurar su honor por sacudirte!

En un mar de dudas nos quedamos yo y mi esposa, pensando en el partido que deberíamos tomar. Por una parte yo advertía que, si dejaba pasar aquella ocasión favorable, no era tan fácil esperar otra semejante, y más en mi edad; y por otra, no sabía qué hacer con mi esposa, ni dónde dejarla, porque no tenía casa de mi satisfacción en México para el efecto.

Mil cálculos estuvimos haciendo sin acabar de determinarnos, y en esta ansiedad y vacilación nos halló el marqués cuando volvió de su cumplido. Entró, se sentó y me dijo: por fin, ¿qué han resuelto ustedes? Yo le respondí de un modo que conoció el deseo que tenía de aprovecharme de su favor, y el embarazo que pulsaba para admitirlo, y consistía en no tener dónde dejar a mi esposa. A lo que él con mucho disimulo me contestó: es verdad. Ése es un motivo tan poderoso como justo para que un hombre del honor de usted prescinda de las mayores conveniencias; porque, en efecto, para ausentarse de una señora del mérito de la de usted es menester pensarlo muy espacio, y en caso de decidirse a ello es necesario dejarla en una casa

98

de mucha honra y de no menos seguridad; pues, no porque la señorita no se sepa guardar en cualquiera parte, sino por la ligereza con que piensa el vulgo malicioso de una mujer sola y hermosa; y también por las seducciones a que queda expuesta, porque no nos cansemos, y usted dispense, señorita, el corazón de una dama no es invencible, nadie puede asegurarse de no caer en un mundo sembrado de lazos, y el mejor jardín necesita de cerca y de custodia; y luego en esta México... en esta México donde sobran tantos pícaros y tantas ocasiones. Así que yo le alabo a usted su muy justo reparo, y desde luego soy el primero que le quitaré de la cabeza todo contrario pensamiento. Éste era el camino único que yo tenía de favorecer a usted, pero Dios me libre de ser una causa ni remota de su desasosiego, o tal vez... No amigo, no; piérdase todo, que el honor es lo primero.

Aquí hizo punto el marqués en su conversación, y yo y mi esposa nos quedamos sin poder disimular el sentimiento que nos causó ver frustradas en un momento las esperanzas que habíamos concebido de mudar de fortuna en poco tiempo. ¡Ah, maldito interés, a qué no expones a los miserables mortales!

Mi piadoso protector era muy astuto, y así fácilmente conoció en nuestros semblantes el buen efecto de su depravada maquinación, la que tuvo lugar de llevar al cabo a merced de la sencillez de mi esposa.

Fue el caso que, adolorida de ver que, aunque sin culpa, ella era el obstáculo de mi ventura, me dijo: pero mira, Antonio, si lo que te detiene para recibir el favor del señor es no tener dónde dejarme, es fácil el remedio. Me iré contigo, que a bien que sé andar a caballo... No, no, dijo el marqués, eso menos que nada. ¡Qué disparate! ¿Cómo había yo de querer que usted se expusiera a una enfermedad en una caminata tan larga? Ni era honor del señor don Antonio el permitirlo. ¿No ve usted que los hombres de bien si trabajan es porque sus mujeres disfruten algunas comodidades? ¿Cómo había de entregar a usted a los soles, desveladas, malas comidas y demás penurias de un camino largo? No señorita, ni pensarlo.

Mejor es el medio que voy a proponer y, siempre que ustedes se conformen con él, me parece que no tendrán por qué arrepentirse.

Con tanta ansia como bobería, le rogamos nos lo declarara, y el marqués sin hacerse de rogar dijo:

99

Pues señores, yo tengo una tía que no solo es honrada, sino santa, si puedo decirlo. Ella es una pobre vieja, beata de San Francisco, doncella que se quedó para vestir santos y regañar muchachos; es muy rezadora y escrupulosa, de las que frecuentan el confesonario cada dos días. Su casa es un convento; pero, ¿qué digo?, es un poco peor. Allí apenas va una u otra visita, y eso de viejas, como dice ella; *porque calzonudos*, según dice, no pisarán su estrado por cuanto el mundo tiene. A las oraciones de la noche ya está cerrada la casa y la llave bajo la almohada. Sus mayores paseos son a la iglesia y a los hospitales el domingo, a consolar a las enfermas. En una palabra, su vida es de lo más arreglado, y su casa puede servir de modelo al más estrecho monasterio.

Pero no piense usted, señorita, por esto, que es una vieja tétrica y ridícula. Nada de eso, es de lo más apacible y cariñosa, y tiene una conversación tan suave y tan divertida que con sola ella entretiene a cuantas la visitan.

En fin, si usted es capaz de sujetarse a una vida tan recóndita por dos o tres meses que podrá dilatarse su esposo de usted, cuando más, me parece que no hay cosa más a propósito.

Mi esposa, a quien en realidad yo había sacado de sus casillas, como dicen, porque ella estaba criada en igual recogimiento que el que acababa de pintar el marqués, no dudó un instante responder que ella iba a los bailes y a los paseos porque yo la llevaba, pero que, siempre que quisiera dejarla en esa casa, se quedaría muy contenta y no extrañaría otra cosa más que mi ausencia. Yo me alegré mucho de su docilidad, y acepté el nuevo favor del marqués, dándole las gracias, y quedando contentísimo de ver resucitadas mis esperanzas, y tan asegurada mi mujer.

El marqués manifestó igual contento, según decía, por haberme servido, y se despidió quedando en volver al otro día, así para darme a conocer en el almacén donde me habían de surtir y entregar la memoria, como para llevarnos a la casa de la buena señora su tía.

El resto de aquel día lo pasamos yo y mi esposa muy alegres, haciendo mil cuentas ventajosas, paseándonos en el jardín de los bobos.

Al siguiente ya el marqués estaba en el mesón muy temprano. Me hizo entrar en su coche y me llevó al almacén, donde dijo se me surtiera la memoria de que había hablado el día anterior, y se me entregase según los ajustes

100

que yo hiciera y como quisiera, y que él no era más que un comisionado para responder por mí y darme aquel conocimiento.

El comerciante, al oír esto, creyendo que era verdad lo que decía el marqués, me hizo mil zalemas, y se despidió de mí con más cariño y cortesía que la que usó cuando entré en su casa. Ya se ve, no era por mí, sino por los pesos que pensaba desembolsarme.

Corrido este paso, volvimos al mesón, y el marqués hizo vestir a mi esposa, y nos fuimos a Chapultepec,[61] donde tenía dispuesto un famoso almuerzo y comida.

Pasamos allí una mañana de campo bien alegre en aquel bosque, que es hermoso por su misma naturaleza. A la tarde, como a las cuatro, nos volvimos a la ciudad y fuimos a parar a la casa de la señora tía.

Apeámonos, entró el marqués, tocó la campanilla del zaguán, bajó una criada vieja preguntando ¿quién era? Respondió el marqués que él. Pues voy a avisar a la señora, dijo la criada, que aquí no se le abre a ningún señor si mi ama no lo ve por el escotillón de la sala. Espérese usted.

En efecto, nos estuvimos esperando o desesperando como un cuarto de hora, hasta que oímos sonar una ventanita en el techo del mismo zaguán. Alzamos la vista y vimos entre tocas a la venerable vieja con sus anteojos, mirándonos muy espacio, y volviendo a preguntar que ¿quién era? El marqués, como enfadado, le dijo: yo tía, yo, Miguel. ¿Abren o no? A lo que la vieja respondió: ¡ah!, sí, Miguelito, ya te conozco mi alma, ya te van a abrir; pero, y ese otro señor, ¿viene contigo, hijo? ¡Oh, porra!, dijo el marqués, ¿pues con quién ha de venir? Pues no te enojes, dijo la vieja, van.

Con esto cerró el escotilloncito, y el marqués nos dijo: ¿qué les parece a ustedes? ¿Han visto clausura más estrecha? Pero no se aturda usted, niña, que no es tan bravo el león como se pinta.

A este tiempo llegó la vieja criada y abrió el postigo. Entramos, subimos las escaleras, y ya estaba esperándonos en el portón la señora tía, vestida con su hábito azul y sus tocas reverendas, con sus anteojos puestos, un paño de

---

61 Un hermoso bosque extramuros de México, aunque sin cosa más notable que el palacio que fabricó en él el señor don Bernardo de Gálvez, virrey que fue de Nueva España; sin embargo, suele servir de paseo.

101

rebozo fino de algodón y su rosario gordo en la mano. Como le debí tantos favores a esta buena señora, conservo su imagen muy viva en la memoria.

Nos recibió con mucho cariño, especialmente a mi esposa, a quien abrazó con demasiada expresión, llenándola de *mi almas y mi vidas*, como si de años atrás la hubiera conocido. Entramos a dentro, y a poco nos sacaron muy buen chocolate.

El marqués la dijo el fin de su visita, que era ver si quería que aquella niña se quedara unos días en su casa. Ella mostró que en eso tendría el mayor gusto, pero que no tenía más defecto que no ser amiga de paseos ni visitas, porque en eso peligraban las almas, y en seguida nos habló como media hora de virtud, escándalo, reatos, muerte, eternidad, etc., amenizando su plática con mil ejemplos, con los que tenía a mi inocente mujer enamorada y divertida, como que era de buen corazón.

Aplazado el día de su entrada en aquel pequeño monasterio, nos dijo: sobrino, señores, vengan ustedes a ver mi casita, y que venga mi novicia a ver si le gusta el convento.

Condescendimos con la reverenda, y a mi esposa le agradó mucho la limpieza y curiosidad de la casa, particularmente los cristales, pajaritos y macetas.

En esto se pasó la tarde, y nos despedimos, saliendo mi mujer prendadísima de la señora.

Nosotros nos quedamos en el mesón y el marqués se fue a su casa. En los seis días siguientes recibí la memoria, solicité mulas y dejé listo mi viaje; pero en todo este tiempo no se descuidó mi protector en obsequiar y pasear a mi esposa, porque decía que era menester divertir a la nueva monja.

Es verdad que yo, mirando el extremo del marqués con ella, no dejaba de mosquearme un poco; pero como tenía tanta satisfacción en el amor y buena conducta de mi esposa, no tuve embarazo para comunicarla mis temores, a lo que ella me contestó que los depusiera, lo uno porque me amaba mucho y no sería capaz de ofenderme por todo el oro del mundo; y lo otro porque el marqués era el hombre más caballero que había conocido, pues aun cuando salía con mi permiso con él y una criada en su coche jamás se había tomado la más mínima licencia, sino que siempre la trataba con decoro. Con esta seguridad me tranquilicé, y ya traté de salir de esta capital a mi destino.

Díjele un día al marqués cómo todo estaba corriente, y él, que no deseaba otra cosa que verse libre de mí, me dijo que a la tarde vendría para llevarme a casa de su deuda, y yo podría salir la mañana siguiente.

Mi esposa me suplicó le dejase al mozo Domingo para tener un criado de confianza a quien mandar si se le ofrecía alguna cosa. Yo accedí a su gusto sin demora, y el marqués no puso embarazo en ello, antes dijo: mejor, se le dará un cuarto abajo a Domingo, y les podrá servir de portero y compañía.

Mientras que el marqués se fue a comer, compuse el baúl de mi esposa, dejándola 1.000 pesos en oro y plata, por si se le ofreciera algo.

Cuando el marqués vino no había más que hacer que la llevada de mi esposa, cuya separación le costó, como era regular, muchas lágrimas; pero al fin se quedó, y yo marché en la misma tarde a dormir fuera de garita.

Aquí llegaba don Antonio cuando uno de los reglamentos de la cárcel volvió a interrumpir su conversación.

Capítulo VII. Cuenta Periquillo la pesada burla que le hicieron los presos en el calabozo, y don Antonio concluye su historia

El motivo por que se volvió a interrumpir la conversación de don Antonio fue porque serían como las cinco de la tarde cuando bajó el alcaide a encerrar a los presos en su respectivo calabozo, acompañado de otros dos que traían un manojo de llaves.

Luego que encerró a los del primer patio, pasó al segundo, y el feroz presidente, aún amostazado contra mí, sin razón, me separó de la compañía de don Antonio y me llevó al calabozo más pequeño, sucio y lleno de gente. Entré el último y, cerrando con los candados, quedamos allí como moscas en cárcel de muchachos.

Por mi desgracia, entre tanto hijo de su madre como estaba encerrado en aquel sótano, no había otro blanco más que yo, pues todos eran indios, negros, lobos, mulatos y castas, motivo suficiente para ser en la realidad, como fui, el blanco de sus pesadas burlas.

Como a las seis de la tarde encendieron una velita, a cuya triste luz se juntaron en rueda todos aquellos mis señores, y, sacando uno de ellos sus asquerosos naipes, comenzaron a jugar lo que tenían.

Me llamaron a acompañarlos, pero, como yo no tenía ni un ochavo, me excusé confesando lisa y llanamente la debilidad de mi bolsa; mas ellos no lo quisieron creer, antes se persuadieron a que o era una ruindad mía, o vanidad.

Jugaron como hasta las nueve, hora en que ya apenas tenía la vela cuatro dedos, y no había otra; y así determinaron cenar y acostarse.

Se deshizo la rueda y comenzaron a calentar sus ollitas de alverjones en un pequeño brasero que ardía con cisco de carbón.

Yo esperaba algún piadoso que me convidara a cenar, así como me convidó don Antonio a comer; pero fue vana mi esperanza, porque aquellos pobres todos parecían de buen diente y mal comidos, según que se engullían sus alverjones casi fríos.

Durante el juego yo me había estado en un rincón, envuelto en mi sarape y rezando el rosario con una devoción que tiempo había que no lo rezaba. Ya se ve, ¿qué navegante no hace votos al tiempo de la borrasca?

Las maldiciones, juramentos y palabrotas indecentes que aquella familia mezclaba con las disputas de juego eran innumerables y horrorosas, y tanto que, aunque para mis oídos no eran nuevas, no dejaban de escandalizarme demasiado. Yo estaba prostituido, pero sentía una genial repugnancia y hastío en estas cosas. No sé qué tiene la buena educación en la niñez que, en la más desbocada carrera de los vicios, suele servir de un freno poderoso que nos contiene, y ¡desdichado de aquel que en todas ocasiones se acostumbra a prescindir de sus principios!

Así que cenaron, cada uno fue haciendo su cama como pudo, y yo, que no tenía petate ni cosa que lo valiera, viendo la irremediable, doblé mi sarape haciendo de él colchón y cubierta, y de mi sombrero almohada.

Habiéndose acostado mis concubicularios, comenzaron a burlarse de mí con espacio diciéndome: ¿Conque, amigo, también usted ha caído en esta ratonera por *cucharero*? ¡Buena cosa! ¡Conque también los señores españoles son ladrones? Y luego dicen que eso de robar se queda para la gente ruin.

No te canses, Chepe, decía otro, para eso todos son unos, los blancos y los prietos; cada uno mete la uña muy bien cuando puede. Lo que tiene es

104

que yo y tú robaremos un rebozo, un capote, o alguna cosa ansí; pero éstos, cuando roban, roban de a gordo.

Y como que es ansina, decía otro; yo apuesto a que mi camarada lo menos que se jurtó jueron doscientos o quinientos; y ¿a que compone, eh?, ¿a que compone?

Así, y a cuál peor, se fueron produciendo todos contra mí, que al principio procuraba disculparme; mas, mirando que ellos se burlaban más de mis disculpas, hube de callar, y, encogiéndome en mi sarape al tiempo que se acabó la velita, hice que me dormí, con cuya diligencia se sosegó por un buen rato el habladero, de suerte que yo pensé que se habían dormido.

Pero, cuando estaba en lo mejor de mi engaño, he aquí que comienzan a disparar sobre mí unos jarritos con orines, pero tantos, tan llenos y con tan buen tino, que en menos que lo cuento ya estaba yo hecho una sopa de meados, descalabrado y dado a Judas.

Entonces sí perdí la paciencia y comencé a hartarlos a desvergüenzas; mas ellos, en vez de contenerse ni enojarse, empezaron de nuevo su diversión hartándome a cuartazos con no sé qué, porque yo que sentí los azotes, no vi a otro día las disciplinas.

Finalmente, hartos de reírse y maltratarme, se acostaron, y yo me quedé en cuclillas junto a la puerta, desnudo y sin poderme acostar, porque mi sarape estaba empapado, y mi camisa también.

¡Válgame Dios!, y qué acongojado no sentí mi espíritu aquella noche al advertirme en una cárcel, enjuiciado por ladrón, pobre, sin ningún valimiento, entre aquella canalla, y sin esperanza de descansar siquiera con dormir, por las razones que he referido; mas al fin, como el sueño es valiente, hubo de rendirme, y poco a poco me quedé dormido, aunque con sobresalto, junto a la puerta, y apenas había comenzado a dormir, cuando saltó una rata sobre mí, pero tan grande que en su peso a mí se me representó gato de tienda; ello es que fue bastante para despertarme, llenarme de temor y quitarme el sueño, pues aún creía que los diablos y los muertos no tenían más que hacer de noche que andar espantando a los dormidos. Lo cierto del caso fue que ya no pude dormir en toda la noche, acosado del miedo, de la calor, de las chinches que me cercaban en ejércitos, de los desaforados ronquidos de aquellos pícaros y de los malditos efluvios que exhalaban sus groseros cuerpos, juntos con otras cosas que no son para tomadas en boca, pues aquel sótano era sala, recámara, asistencia, cocina, comunes, comedor y todo junto. ¡Cuántas veces no me acordé de las ingratas noches que pasé en el *arrastraderito* de Januario!

Al fin quiso Dios echar su luz al mundo, y yo, que fui el primero que la vi, comencé a reconocer mis bienes, que estaban todavía medio mojados por más que los había exprimido; ya se ve, tal fue el aguacero de orines que sufrieron; pero por último me vestí la camisa y calzoncillos, y trabajo me costó para ponerme los calzones, porque mis amados compañeros, creyendo que los botones eran de plata, no se descuidaron en quitárselos.

A las seis de la mañana vinieron a abrir la puerta, y yo fui el primero que muerto de hambre y desvelado me salí para fuera, tanto por quejarme con mi amigo don Antonio, cuanto por esperar al Sol que secara mis trapos.

En efecto, el buen don Antonio se condolió de mi mala suerte, y me consoló lo mejor que pudo, prometiéndome que no volvería a pasar otra noche semejante entre aquellos pícaros, pues él le suplicaría al presidente que me dejara en su calabozo.

¡Ay, amigo!, le dije, que me parece que se avergonzará usted en vano, porque ese cómitre es muy duro, e incapaz de suavizarse con ningunos ruegos del mundo.

No se aflija usted, me contestó, porque yo sé la lengua con que se le habla a esta gente, que es con el dinero; y así, con cuatro o seis reales que le demos, verá usted como todo se consigue.

Aún no acababa yo de darle las gracias a mi amigo, cuando me gritaron, y yo, pensando que era para otra declaración, salí corriendo, y vi que no era la llamada sino para ayudar a la limpieza del calabozo en donde me hicieron tantos daños la noche anterior; ésta se reducía a sacar el barril de las inmundicias, vaciarlo en los comunes y limpiarlo.

No sé cómo no volqué las tripas en tal operación. Allí no me valieron ruegos ni promesas, porque el maldito vejancón que lo mandaba, viendo mi resistencia, ya comenzaba a desatarse el látigo que tenía en la cintura; y así yo, por excusarme mayor pesadumbre, quise que no quise, desempeñé aquel asqueroso oficio, concluido el cual me fui otra vez al calabozo de mi buen amigo, que era mi paño de lágrimas.

106

Luego que lo vi me salieron éstas a los ojos, y le volví a referir mi nuevo castigo. Él no se hartaba de consolarme y procurarme mi alivio de cuantas maneras podía.

Lo primero que hizo fue hacerme acostar en su pobre cama, me dio un pocillo de chocolate, cigarros, y después salió a buscar al feroz presidente, de quien consiguió cuanto quiso, pagando por mí los injustos derechos que estos bribones llaman *patente*,[62] y dándole no sé qué otra gratificación, con lo que, gracias a Dios, me dejaron en paz.

Yo no tenía palabras con que significar mi gratitud a don Antonio después que entendí (porque me lo dijo otro preso) todo lo que había hecho por mí, pues él apenas me aseguró que no me mortificarían más. Éste es el verdadero carácter de un buen amigo, y de un caritativo, no jactarse del beneficio que hace, hacerlo sin mérito, y tratar aun de que no lo sepa el agraciado para que no le cueste el trabajo de agradecerlo. Pero ¡qué pocos amigos hay de éstos!, y ¡qué pocas caridades se hacen con tanta perfección! Ordinariamente las más caridades o favores que llevan este nombre suelen hacerse más bien por pasar plaza de generosos y buenos cristianos (lo que a la verdad es hipocresía) que por hacer un beneficio, y esto es puntualmente contra el orden mismo de la caridad, pues Jesucristo dijo que lo que dé la mano derecha no lo sepa la izquierda. Es decir, que todo bien que haga el hombre, lo haga por Dios, sin esperar premio del hombre; porque si éste lo paga, ya Dios no debe nada, para que nos entendamos; y es bastante premio del beneficio publicarlo en nuestro obsequio, o compulsar tácitamente al beneficiado a que nos viva reconocido con su agradecimiento.

Era don Antonio muy prudente, y, como sabía que no había yo dormido en toda la pasada noche, me hizo acostar, y no me despertó hasta la una del día para que lo acompañara a comer.

---

62 Parece que la tal gabela impuesta por la codicia fuera razonable en el reino para eximirse con una corta cantidad del pesado oficio de hacer la limpieza; pero esto debería ser en el caso de que no hubiese reos destinados por castigo al servicio de la cárcel; mas, habiéndolos, claro es que éstos lo hacen, y así jamás deberían obligar a esto a los infelices que no tienen para pagar esta contribución injusta, que siempre para en la bolsa de los más criminales, como por lo ordinario son los presidentes que la cobran. Aún se le verá peor cara a este abuso si se considera que cobrar tales pechos a los presos está prohibido por las leyes.

Me levanté harto de sueño, pero necesitado del estómago, cuya necesidad satisfice a expensas del piadoso preso, quien, luego que se concluyó nuestra mesa frugal, me dijo: amigo, creeré que a pesar de los trabajos que ha sufrido usted aún le habrá quedado gana de acabar de saber el origen de los míos. Yo le dije que sí, porque a la verdad su plática era un suave bálsamo que curaba mi espíritu afligido, y don Antonio continuó el hilo de su historia de esta suerte.

Me acuerdo, dijo, que quedamos en que salí de esta ciudad con mis mulas y arrieros, quedándose en ella mi esposa en casa de la tía vieja, sin más compañía de su parte que el mozo Domingo.

Quisiera no acordarme de lo que sigue, porque, sin embargo del tiempo que ha pasado, aún sienten dolor al tocarlas las llagas de mis agravios, que ya se van cicatrizando; mas es preciso no dejar a usted en duda del fin de mi historia, tanto porque se consuele al ver que yo sin culpa he pasado mayores trabajos, cuanto porque aprenda a conocer el mundo y sus ardides.

Nada particular ocurre que decirle a usted tocante a mí, porque nada tiene de particular el viaje de un viandante, ni su residencia en el paraje de su destino; a lo menos yo caminé y llegué al mío sin novedad, mientras que a mi honrada esposa se le preparaba la más terrible tempestad.

Luego que el pícaro del marqués... perdóneme este epíteto indecoroso, ya que yo le perdono los agravios que me ha hecho. Luego, pues, que conoció que ya yo me había alejado de México, trató de descubrir sus pérfidas intenciones.

Comenzó a frecuentar a todas horas la casa de la vieja, que no tenía ni la virtud que aparentaba, ni el parentesco que decía, y no era otra cosa que una alcahueta refinada; y con semejante auxilio, considere usted lo fácil que le parecería la conquista del corazón de mi mujer; pero se engañó de medio a medio, porque cuando las mujeres son honradas, cuando aman verdaderamente a sus maridos y están penetradas de la sólida virtud, son más inexpugnables que una roca.

Tal fue esta heroína de la fidelidad conyugal. Las astucias del marqués, sus dádivas, sus halagos, sus respetos, sus seducciones, sus promesas y aun sus amenazas, juntas con las repetidas y vehementes diligencias de la maldita vieja, fueron inútiles. Con todas ellas no sacaba el marqués más jugo de mi esposa que el que puede dar un pedernal; y ya desesperado, advirtiendo por tan repetidas experiencias que aquel corazón no era de los que él estaba hecho a conquistar, sino que necesitaba de armas más ventajosas, se determinó a usar de ellas y a satisfacer su apetito a pura fuerza.

Con esta resolución, una noche determinó quedarse en casa para poner en práctica sus inicuos proyectos; pero apenas lo advirtió mi fiel esposa, cuando con el mayor disimulo, aprovechando un descuido, bajó al patio al cuarto de Domingo, y le dijo: el marqués días ha que me enamora; esta noche parece que se quiere quedar acá, sin duda con malas intenciones; la puerta del zaguán está cerrada, no puedo salirme, aunque quisiera; mi honor y el de tu amo está en peligro, no tengo de quién valerme, ni quién me libre del riesgo que me amenaza, más que tú. En ti confío, Domingo. Si eres hombre de bien y estimas a tus amos, hoy es el tiempo en que lo acredites.

El pobre Domingo todo turbado la dijo: y bien, señora, dígame su merced qué quiere que haga, que yo le prometo el hacer cuanto me mande.

Pues hijo, le dijo mi esposa, yo lo que quiero es que te ocultes en mi recámara, y que si el marqués se desmandare, como lo temo, me defiendas, suceda lo que sucediere.

Pues no tenga su merced cuidado. Váyase, no la echen menos, y lo malicien; que yo le juro que solo que me mate el marqués conseguirá sus malos pensamientos. Con esta sencilla promesa se subió mi mujer muy contenta, y tuvo la fortuna de que no la habían extrañado.

Llegó la hora de cenar, y entró Domingo a servir la mesa como siempre. El marqués procuraba que mi esposa se cargara el estómago de vino, pero ella, sin faltar a la urbanidad, se excusó lo más que pudo.

Acabada la cena, mi rival por sobremesa apuró toda la elocuencia del amor para que mi esposa condescendiera con sus torpes deseos; pero ésta, acostumbrada a resistir tales asaltos, no hizo más que reproducir los desengaños que mil veces le había dado, aunque en vano, pues el marqués estaba ciego, y cada desengaño lo obstinaba.

Esta contienda duraría como una hora, tiempo bastante para que la criada se durmiera, y Domingo sin ser sentido se hubiera ocultado bajo la misma cama de su ama, la que, viendo que su apasionado la llevaba larga, se levantó de la mesa diciéndole: señor marqués, yo estoy un poco indispuesta,

109

permítame usted que me vaya a recoger que es bien tarde. Con esto se despidió y se fue a su recámara cuidadosa de si Domingo se habría olvidado de su encargo; pero luego que entró, el criado fiel le avisó dónde estaba, diciéndole que estuviera sin miedo.

Sin embargo de esta compañía, mi esposa no quiso desnudarse ni apagar la vela, según lo tenía de costumbre, recelosa de lo que podía suceder, como sucedió en efecto.

Serían las doce de la noche cuando el marqués abrió la puerta y fue entrando de puntillas, creyendo que mi esposa dormía, pero ésta, luego que lo sintió, se levantó y se puso en pie.

Un poco se sobresaltó el caballero con tan inesperada prevención, pero, recobrado de la primera turbación, le preguntó: señorita, ¿pues qué novedad es esta que tiene a usted en pie y vestida a tales horas de la noche? A lo que mi esposa con gran socarra le respondió: señor marqués, luego que advertí que usted se quedaba en casa de esta santa señora, presumí que no dejaría de querer honrar este cuarto a deshora de la noche, a pesar de que yo no me he granjeado tales favores, y por eso determiné no desnudarme ni dormirme, porque no era decente esperar de esa manera una visita semejante.

Parece que era regular que el marqués hubiera desistido de su intento al verlo prevenido y reprochado tan a tiempo; mas estaba ciego, era marqués, estaba en su casa y según a él le pareció no había ni testigos ni quien embarazara su vileza; y así, después de probar por última vez los ruegos, las promesas y las caricias, viendo que todo era inútil, abrazó a mi mujer, que se paseaba por la recámara, y dio con ella de espaldas en la cama; pero aún no había acabado ella de caer en el colchón, cuando ya el marqués estaba tendido en el suelo, porque Domingo, luego que conoció el punto crítico en que era necesario, salió por debajo de la cama y, abrazando al marqués por las piernas, lo hizo medir el estrado de ella con las costillas.

Mi esposa me ha escrito que, a no haber sido el motivo tan serio, le hubiera costado trabajo el moderar la risa, pues no fue el paso para menos. Ella se sentó inmediatamente en el borde de su cama, y vio tendido a sus pies al enemigo de mi honor, que no osaba levantarse ni hablar palabra, porque el jayán de Domingo estaba hincado sobre sus piernas, sujetándolo del pa-

110

ñuelo contra la tierra y amenazando su vida con un puñal, y diciéndole a mi esposa lleno de cólera: ¿lo mato, señora? ¿Lo mato? ¿Qué dice? Si mi amo estuviera aquí, ya lo hubiera hecho, conque ansina nada se puede perder por horrarle ese trabajo; antes cuando lo sepa, me lo agradecerá muncho.

Mi esposa no dio lugar a que acabara Domingo de hablar, sino que, temerosa no fuera a suceder una desgracia, se echó sobre el brazo del puñal y con ruegos y mandatos de ama, a costa de mil sustos y porfías, logró arrancárselo de la mano y hacer que dejara al marqués en libertad.

Este pobre se levantó lleno de enojo, vergüenza y temor, que tanto le impuso la bárbara resolución del mozo. Mi esposa no tuvo más satisfacción que darle sino mandar a Domingo que se retirara a la segunda pieza y no se quitara de allí, y, luego que éste la obedeció, le dijo al marqués: ¿Ve usted, señor, al riesgo a que lo ha expuesto su inconsideración? Yo presumí, según le insinué poco hace, que se había de determinar a mancillar mi honor y el de mi esposo por la fuerza, y, para impedirlo, hice que este criado se ocultara en mi recámara. Llegó el caso temido, y a este pobre payo, que no entiende de muchos cumplimientos, le pareció que el único modo de embarazar el designio de usted era tirarlo al suelo y asesinarlo, como lo hubiera verificado a no haber yo tomado el justo empeño que tomé en impedirlo.

Yo conozco que él se excedió bárbaramente, y suplico a usted que lo disculpe; pero también es forzoso que usted conozca y confiese que ha tenido la culpa. Ya le he dicho a usted mil veces que le agradezco muy mucho y le viviré reconocida por los favores que tanto a mí como a mi marido nos ha dispensado, mucho más cuando advierto que ni el uno ni la otra los merecemos; pero, señor, no puedo pagarlos en la moneda que usted quiere. Soy casada, amo a mi marido más que a mí, y sobre todo tengo honor, y éste, si una vez se pierde, no se restaura jamás. Usted es discreto, conozca la justicia que me asiste, trate de desechar ese pensamiento que tanto lo molesta, y me incomoda; y como no sea en eso, yo me ofrezco a servirle como la última criada de su casa.

El marqués guardó un profundo silencio mientras que habló mi esposa, pero, luego que concluyó, se levantó diciendo: señorita, ya quedo impuesto en el motivo que ocasionó a usted pretender quitarme la vida alevosamente, y quedo medio persuadido a que si no tuviera esposo me amaría, pues yo no soy tan despreciable. Yo trataré de quitar este embarazo y, si usted no me correspondiere, se acordará de mí, se lo juro.

Diciendo esto, sin esperar respuesta, se salió de la recámara, y mirando a Domingo en la puerta le dijo: has procedido como un villano vil de quien no me es decente tomar una satisfacción cuerpo a cuerpo; mas ya sabrás quién es el marqués de T.

Mi esposa, que me escribió estas cosas tan por menor como las estoy contando a usted, no entendió que aquellas amenazas se dirigieran contra mí y la existencia de mi criado.

Ella esperaba la aurora para tratar de librarse de los riesgos a que su honor se hallaba expuesto en aquella casa prostituida, y mucho más cuando el criado la contó lo que le había dicho el marqués, añadiendo que él pensaba partirse a otro día de la ciudad, porque temía que lo hiciera asesinar.

Mi esposa aprobó su determinación, pero le rogó que la dejara en salvo y fuera de aquella casa, y mi mozo se lo prometió solemnemente; para que se vea que entre esta gente, que llamamos *ordinaria* sin razón, se hallan también almas nobles y generosas.[63]

Rasgó el Sol los velos de la aurora y manifestó su resplandeciente cara a los mortales, y mi esposa al instante trató de mudarse de la casa; ¿pero adónde, si carecía absolutamente de conocimiento en México? Mas ¡oh lealtad de Domingo! Él le facilitó todo y le dijo: lo que importa es que su merced no esté aquí, y más que esté en medio de la plaza. Voy a llamar los cargadores.

Diciendo esto se fue a la calle, y a poco rato volvió con un par de indios a quienes imperiosamente mandó cargar la cama y baúl de mi esposa, que ya estaba vestida para salir; y aunque la vieja hipócrita procuró estorbarlo, diciendo que era menester esperar al señor marqués, el mozo lleno de cólera

---

63 Verdad es que a los criados se los llama enemigos domésticos, que, por lo regular, ni tienen buena cuna ni educación, y que casi siempre más sirven por el salario que por amor; pero no es menos cierto que ésta no es regla general. Hay de todo, así como hay amos altaneros y soberbios cuyo trato duro no merece el amor de sus domésticos. Trátense los criados con cariño y humanidad, y rara vez dejarán de corresponder a sus señores con amor, gratitud y respeto.

le dijo: ¡qué marqués ni que talega! Él es un pícaro y usted una alcahueta, de quien ahora mismo iré a dar cuenta a un alcalde de corte.

No fue menester más para que la vieja desistiera de su intento, y a los quince minutos ya mi esposa estaba en la calle con Domingo y los dos cargadores; pero cuando vencían una dificultad, hallaban otras de nuevo que vencer.

Se hallaba mi esposa fatigada en medio de la calle, con los cargadores ocupados y sin saber a dónde irse, cuando el fiel Domingo se acordó de una nana Casilda que nos había lavado la ropa cuando estábamos en el mesón; y, sin pensar en otra cosa, hizo dirigir allí a los cargadores.

En efecto llegaron y, descargados los muebles, le comunicó a la lavandera cuanto pasaba, añadiéndole que él dejaba a mi esposa a su cuidado, porque su vida corría riesgo en esta capital; que la señora su ama tenía dinero, que de nada necesitaba sino de quien la librara del marqués; y que su amo era muy honrado y muy hombre de bien, que no se olvidaría de pagar el favor que se hiciera por su esposa. La buena vieja ofreció hacer cuanto estuviera de su parte en nuestro obsequio; mi fiel consorte le dio 100 pesos a Domingo para que se fuera a su tierra y nos esperara en ella, con lo cual él, llenos los ojos de lágrimas, marchó para Jalapa, advertido de no darse por entendido con la madre de mi esposa.

Luego que el mozo se ausentó, la viejita fue en el momento a comunicar el asunto con un eclesiástico sabio y virtuoso a quien lavaba la ropa, y éste, después de haber hablado con mi esposa, dispuso las cosas de tal manera que a la noche durmió mi mujer en un convento, desde donde me escribió toda la tragedia.

Dejemos a esta noble mujer quieta y segura en el claustro, y veamos los lazos que el marqués me dispuso, mucho más vengativo cuando no halló a mi esposa en la casa de la vieja, ni aun pudo presumir en dónde se ocultaba de su vista.

Lo primero que hizo fue ponerme un propio avisándome estar enfermo, y que luego, leída la suya, enfardelara las existencias y me pusiera en camino a la ligera para México, porque así convenía él sus intereses.

Yo inmediatamente obedecí las órdenes de mi amo, y traté de ponerme en camino; pero no sabía la red que me tenía prevenida.

113

Ésta fue la siguiente. En una de las ventas donde yo debía parar tenía mi amo apostados dos o tres bribones mal intencionados (que todo se compra con el oro), los cuales, sin poder yo prevenirlo, se me dieron por amigos, diciéndome iban a cumplimentarme de parte del marqués.

Yo los creí sincerísimamente, porque el hombre mientras menos malicioso es más fácil de ser engañado, y así me comuniqué con ellos sin reserva. En la noche cenamos juntos y brindamos amigablemente, y ellos, no perdiendo tiempo para su intriga, embriagaron a mis mozos y a buena hora mezclaron entre los tercios de ropa una considerable porción de tabaco, y se acostaron a dormir.

A otro día madrugamos todos para venirnos a la capital, a la que llegamos en el preciso día a marchas forzadas. Pasaron mis cargas de la garita sin novedad y sin registro; bien es verdad que no sé qué diligencia hicieron con los guardas, porque como no todos los guardas son íntegros, se compran muchos de ellos a bajo precio.

Yo no hice alto en esto, pensando que mis camaradas iban a platicar con ellos porque tal vez serían conocidos; y así con esta confianza llegamos a México y a la misma casa del marqués.

Luego que me apié, mandó éste desaparejar las mulas y embodegar las cargas, haciéndome al mismo tiempo mil expresiones.

En vista de ellas, aunque ya tenía en el cuerpo las malas noticias, de mi esposa, que había recibido en el camino, no pude excusarme de admitir sus obsequios y, aunque deseaba ir a verla al convento, me fue forzoso disimular y condescender con las instancias del marqués.

A pesar de la molestia y cansancio que me causó el camino, no pude dormir aquella noche pensando en mi adorada Matilde, que éste es el nombre de mi esposa; pero por fin amaneció y me vestí, esperando que despertara el marqués para salir de casa.

No tardó mucho en despertar, pero me dijo que en la misma mañana quería que concluyéramos las cuentas, porque tenía un crédito pendiente y deseaba saber con qué contaba de pronto para cubrirlo.

Como yo, aunque lo veía con tedio, no presumía que trataba de aprovechar aquellos momentos para perderme, y a más de esto anhelaba también por entregarle su ancheta y romper de una vez todas las conexiones que me habían acarreado su amistad, no me costó mucho trabajo darle gusto.

En efecto, comencé a manifestarle las cuentas, y a ese tiempo entraron en el gabinete dos o tres amigos suyos, cuyas visitas suspendieron nuestra ocupación, bien a mi pesar, que estaba demasiado violento por quitarme de la presencia de aquel pérfido; pero no fue dable, porque el pícaro, pretextando urbanidad y cariño, sacó al comedor a sus amigos sin dejarme separar de ellos, antes tratándome con demasiada familiaridad y expresión, y de esta suerte nos sentamos juntos a almorzar.

Aún no bien habíamos acabado, cuando entró un lacayo con un recado del cabo del resguardo que esperaba en el patio con cuatro soldados.

¿Soldados en mi casa?, preguntó el marqués fingiendo sorprenderse. Sí señor, respondió el lacayo, soldados y guardas de la aduana. ¡Válgate Dios! ¿Qué novedad será ésta? Vamos a salir del cuidado.

Diciendo esto, bajamos todos al patio, donde estaban los guardas y soldados. Saludaron a mi amo cortésmente, y el cabo o superior de la comparsa le preguntó quién de nosotros era su dependiente que acababa de llegar de tierra adentro. El marqués contestó que yo, e inmediatamente me intimaron que me diese por preso, rodeándose de mí al mismo tiempo los soldados.

Considere usted el sobresalto que me ocuparía al verme preso, y sin saber el motivo de mi prisión; pero mucho más sofocado quedé cuando, preguntándolo el marqués, le dijeron que por contrabandista, y que en achaque de géneros suyos había pasado la noche antecedente una buena porción de tabaco entre los tercios, que aún debían estar en su bodega; que la denuncia era muy derecha, pues no menos venía que por el mismo arriero que enfardeló el tabaco, por señas que los tercios más cargados eran los de la marca T; y por último, que de orden del señor director prevenían al señor marqués contestase sobre el particular y entregase el comiso.

El marqués con la más pérfida simulación decía: si no puede ser eso, sobre que este sujeto es demasiado hombre de bien, y en esta confianza le fío mis intereses sin más seguridad que su palabra, ¿cómo era posible que procediera con tanta bastardía que tratase de abochornarme y de perderse? ¡Vamos, que no me cabe en el juicio!

Pues señor, decían los guardas, aquí está el escribano que dará fe de lo que se halle en los tercios, registrémoslos y saldremos de la duda.

Así será, dijo el marqués, y como lleno de cólera mandó pedir las llaves. Trajéronlas, abrieron la bodega, desliaron los tercios y fueron encontrándolos casi rellenos de tabaco.

Entonces el marqués, revistiendo su cara de indignación y echándome una mirada de rico enojado, me dijo: so bribón, trapacero, villano y mal agradecido, ¿éste es el pago que ha dado a mis favores? ¿Así se me corresponde la ciega o imprudente confianza que hice de él? ¿Así se recompensan mis servicios que en nada me los tenía merecidos? Y por fin, ¿así se retorna aquella generosidad con que le di mi dinero para que él solo se aprovechara de sus utilidades, sin que conmigo partiera ni un ochavo, cosa que tiene pocos ejemplares? ¿No le bastaba al muy pícaro robarme y defraudarme, sino que trató de comprometer a un hombre de mi honor y de mi clase? Muy bien está que él pague el fraude hecho contra la real hacienda, bogando en una galera o arrastrando una cadena en un presidio por diez años; pero a mí ¿quién me limpiará de la nota en que me ha hecho incurrir, a lo menos entre los que no saben la verdad del caso? Y ¿quién restaurará mis intereses, pues es claro que cuanto tienen de tabaco los tercios, tanto les falta de géneros y existencias? Mi honor yo lo vindicaré y lo aquilataré hasta lo último; pero ¿cómo resarciré mis intereses?

Vamos, no calle, ni quiera hacerse ahora mosca muerta. Diga la verdad delante del escribano. ¿Yo lo mandé a comerciar en tabaco? ¿O tengo interés en este contrabando?

Yo, que había estado callado a semejante inicua reprensión, aturdido, no por mi culpa, que ninguna tenía,[64] sino por la sorpresa que me causó aquel hallazgo, y por las injurias que escuchaba de la boca del marqués, no pude menos que romper el silencio a sus preguntas y confesar que él no tenía la más mínima parte en aquello, pero que ni yo tampoco, pues Dios sabía que ni pensamiento había tenido de emplear un real en tabaco. A esto se rieron

---

64 No siempre la turbación prueba delito. Ésta es una prueba muy equívoca; antes el hombre de bien se aturde más presto que el pícaro procaz cuando se vea acusado de un delito que no ha cometido. El inmutarse, desfigurarse el semblante y balbucir las palabras, probará terror o vergüenza, pero no siempre la realidad del delito.

116

todos y, después de emplazar al marqués para que contestara, cargaron con los tercios para la aduana, y conmigo para esta prisión, sin tener el ligero gusto de ver a mi querida esposa, causa inocente de todas mis desgracias.

Dos años hace que habito las mansiones del crimen reputado por uno de tantos delincuentes; dos años hace que sin recurso lidio con las perfidias del marqués empeñado en sepultarme en un presidio, que hasta allá no ha parado su vengativa pasión, porque después que con infinito trabajo he probado con las declaraciones de los arrieros que no tuve ninguna noticia del tabaco, él me ha tirado a perder demandándome el resto que dice falta a su principal; dos años hace que mi esposa sufre una horrorosa prisión, y dos años hace que yo tolero con resignación su ausencia y los muchos trabajos que no digo; pero Dios, que nunca falta al inocente que de veras confía en su alta Providencia, ha querido darse por satisfecho y enviarme los consuelos a buen tiempo; pues cuando ya los jueces, engañados con la malicia de mi poderoso enemigo y con los enredos del venal escribano de la causa, que lo tenía comprado con doblones, trataban de confinarme a un presidio, asaltó al marqués la enfermedad de la muerte, en cuya hora, convencido de su iniquidad y temiendo el terrible salto que iba a dar al otro mundo, entregó a su confesor una carta escrita y firmada de su puño en la que, después de pedirme un sincero perdón, confiesa mi buena conducta, y que todo cuanto se me había imputado había sido calumnia y efecto de una desordenada y vengativa pasión.

De esta carta tenga copia, y se les ha dado a los jueces privadamente, para que no pare en perjuicio del honor del marqués, de manera que de un día a otro espero mi libertad y el resarcimiento de mis intereses perdidos.

Ésta, amigo, es mi trágica aventura. Se la he contado a usted para que no se desconsuele, sino que aprenda a resignarse en los trabajos, seguro de que, si está inocente, Dios volverá por su causa.

Aquí llegaba don Antonio cuando fue preciso separarnos para rezar el rosario y recogernos. Sin embargo, después de cenar y cuando estuvimos más solos, le dije lo siguiente.

117

Capítulo VIII. Sale don Antonio de la cárcel, entrégase Periquillo a la amistad de los tunos sus compañeros y lance que le pasó con el Aguilucho

Cuando estuvimos acostados le dije a don Antonio: ciertamente, querido amigo, que en este instante he tenido un gusto y un pesar. El gusto ha sido saber que su honor de usted quedó ileso, tanto de parte de su fidelísima consorte, cuanto de parte del marqués, en virtud de la tan pública y solemne retractación que ha hecho, según la cual usted será restituido brevemente a su libertad, y disfrutará la amable compañía de una esposa tan fiel y digna de ser amada; y el pesar ha sido por advertir el poco tiempo que gozaré la amigable compañía de un hombre generoso, benéfico y desinteresado.

Reserve usted esos elogios, me dijo don Antonio, para quien los sepa merecer. Yo no he hecho con usted más que lo que quisiera hicieran conmigo, si me hallara en su situación; y así, solo he cumplido en esta parte con las obligaciones que me imponen la religión y la naturaleza; y ya ve usted que el que hace lo que debe no es acreedor ni a elogios ni a reconocimiento.

¡Oh, señor!, le dije, si todos hicieran lo que deben, el mundo sería feliz; pero hay pocos que cumplan con sus deberes, y esta escasez de justos hace demasiado apreciables a los que lo son, y usted no lo dejará de ser para mí en cuanto me dure la vida. Apetecería que mi suerte fuera otra, para que mi gratitud no se quedara en palabras, pues si según usted el que hace lo que debe no merece elogios, el que se manifiesta agradecido a un favor que recibe hace lo que debe justamente; porque ¿quién será aquel indigno que recibiendo un favor, como yo, no lo confiese, publique y agradezca, a pesar de la modestia de su benefactor? Mi padre, señor, era muy honrado y dado a los libros, y yo me acuerdo haberle oído decir que el que inventó las prisiones fue el que hizo los primeros beneficios; ya se ve que esto se entiende respecto de los hombres agradecidos, pero ¿quién será el infame que recibiendo un beneficio no lo agradezca? En efecto, el ingrato es más terrible que las fieras. Usted ha visto la gratitud de los perros, y se acordará de aquel león a quien habiéndole sacado un caminante una espina que tenía clavada en la mano, siendo éste después preso y sentenciado a ser víctima de las fieras en el circo de Roma, por suerte, o para lección de los ingratos, le tocó que saliese a devorarlo aquel mismo león a quien había curado de la mano, y éste, con admiración de los espectadores, luego que por el olfato conoció a su benefactor, en vez de arremeterle y despedazarlo como era natural, se le acerca,[65] lo lame, y con la cola, boca y cuerpo todo lo agasaja y halaga, respetando a su favorecedor. ¿Quién, pues, será el hombre que no sea reconocido? Con razón las antiguas leyes no prescribieron pena a los ingratos, pensando el legislador que no podía darse tal crimen; y con igual razón dijo Ausonio que *no producía la naturaleza cosa peor que un ingrato.*

Conque vea usted, amigo don Antonio, si podré yo excusarme de agradecer a usted los favores que me ha dispensado.

Yo jamás hablo contra lo que me dicta la razón, me respondió; conozco que es preciso y justo agradecer un beneficio; yo así lo hago, y aun lo publico, pues a más no poder es una media paga el publicar el bien recibido, ya que no se pueda compensar de otra manera; pero, con todo eso, desearía que no lo hicieran conmigo, porque no apetezco la recompensa del tal cual beneficio que hago del que lo recibe, sino de Dios y del testimonio de mi conciencia; porque yo también he leído en el autor que usted me citó que *el que hace un beneficio no debe acordarse de que lo hizo.*

Conque así, dejando esta materia, lo que importa es que usted no desmaye en los trabajos, ni se abata cuando yo lo falte, pues le queda la Providencia, que acudirá a sostenerlo en ese caso, así como lo hace ahora por mi medio, pues yo no soy más que un instrumento de quien a la presente se vale.

En estas amistosas conversaciones nos quedamos dormidos, y a otro día, sin esperarlo yo, me llamaron para arriba. Subí sobresaltado, ignorando para qué me necesitaban; pero pronto salí de la duda, haciéndome entender el escribano que me iba a tomar la *confesión con cargos.*

Me hicieron poner la cruz y me conjuraron cuanto pudieron para que confesara la verdad so cargo del juramento que había prestado.

Yo en nada menos pensaba que en confesar ni una palabra que me perjudicara, pues ya había oído decir a los léperos que en estos casos *primero es ser mártir que confesor;* pero sin embargo yo juró decir verdad, porque decir que sí no me perjudicaba.

---

65   Es de advertir que cuando los romanos echaban fieras a los delincuentes, les cercenaban el alimento para hacerlas más feroces con el hambre.

119

Comenzaron a preguntarme mucho de lo que ya se me había preguntado en la declaración preparatoria, y yo repetí las mismas mentiras a muchas de las mismas preguntas, que sospechaba no me eran favorables, y así negué mi nombre, mi patria, mi estado, etc., añadiendo acerca del oficio que era labrador en mi tierra; confesé, porque no lo podía negar, que era verdad que Januario era mi amigo, y que el sarape y rosario eran suyos; pero no dije cómo habían venido a mi poder, sino que me los había empeñado.

A seguida se me hicieron varios cargos, pero nada valió para que yo declarara lo que se quería, y en vista de mi resistencia se concluyó aquella formalidad haciéndome firmar la declaración y despachándome al patio.

Yo obedecí prontamente, como que deseaba quitarme de su presencia. Bajeme a mi calabozo y, no hallando en él a don Antonio, salí para el patio a tomar Sol.

Estando en esta diligencia se juntaron cerca de mí unos cuantos cofrades de Birjan, y tendiendo una frazadita en el suelo se sentaron a jugar a la redonda en buena paz y compañía, la que por poco les deshace el presidente si no le hubieran pagado dos o cuatro reales de licencia, que tanto llevaba de pitanza, con nombre de licencia, por cada rueda de juego que se ponía, y tal vez más, según era la cantidad que se jugaba.

Yo me admiraba al ver que en la cárcel se jugaba con más libertad y a menos costo que en la calle, envidiando de paso las buscas de los presidentes, pues, a más de las generales, éste de quien hablo tenía otras que no le dejaban poco provecho, porque por tercera persona metía aguardiente y lo vendía como se le antojaba, prestaba sobre prendas con dos reales de logro por peso, y hacía otras diligencias tan lícitas y honestas como las dichas.

Deseaba yo mezclarme con los tahúres a ver si me *ingeniaba* con alguna de las gracias que me había enseñado Juan Largo; pero no me determiné por entonces, porque era nuevo y veía la clase de gente que jugaba, que cada uno podía darme lecciones en el arte de la fullería; y así me contenté con divertirme mirándolos.

Pasado un largo rato de ociosidad, como todos los que se pasan en nuestras cárceles, repetí mi viaje al calabozo y ya estaba don Antonio esperándome. Le conté todo mi acaecimiento con el escribano, y él mostró admirarse diciéndome: me hace fuerza que tan presto se haya evacuado la confesión

120

con cargos, pues ayer le dije a usted que podía esperar este paso de aquí a tres meses, y en efecto puedo citarle muchos ejemplares de estas dilaciones. Bien es verdad que cuando los jueces son activos y no hay embarazo que lo impida, o urge mucho la conclusión del negocio, se determina pronto esta diligencia.

Pero vamos a esto: ¿ha hecho usted muchas citas? Porque siendo así se enreda o se demora más la causa. No sé lo que son citas, le respondí; a lo que don Antonio me dijo: citas son las referencias que el reo hace a otros sujetos poniéndolos por testigos, o citándolos con cualquiera ingerencia en la causa, y entonces es necesario tomarles a todos declaración, para examinar por ésta la verdad o falsedad de lo que ha dicho; y esto se llama evacuar citas. Ya usted verá que naturalmente estas diligencias demandan tiempo.

Pues amigo, le dije, mal estamos; porque yo, para probar que no salí con Januario la noche del robo, atestigüé que me había estado en el truquito con todos los inquilinos de él, y éstos son muchos.

En verdad que hizo usted mal, dijo don Antonio, pero si no había prueba más favorable, usted no podía omitirla. En fin, si con la prisa que ha comenzado el negocio, continúa, puede usted tener esperanza de salir pronto.

En estas y otras conversaciones entretuvimos el resto de aquel día, en el que mi caritativo amigo me dio de comer; y en los quince o veinte más que duró en mi compañía no solo me socorrió en cuanto pudo, sino que me doctrinó con sus consejos. ¡Ah, si yo los hubiera tomado!

Cuando me veía adunarme con algunos presos cuya amistad no le parecía bien, me decía: mire usted, don Pedrito, dice el refrán que *cada oveja con su pareja*. Podía usted no familiarizarse tanto con esa clase de gente como N. y Z., pues no porque son pobres ni morenos, éstos son accidentes por los que solamente no debe despreciarse al hombre ni desecharse su compañía, en especial si aquel color y aquellos trapos rotos cubren, como suele suceder, un fondo de virtud; sino porque esto no es lo más frecuente; antes la ordinariez del nacimiento y el despilfarro de la persona suelen ser los más seguros testimonios de su ninguna educación ni conducta; y ya ve usted que la amistad de unas gentes de esta clase no puede traerle ni honra ni provecho; y ya se acuerda de que, según me ha contado, los extravíos que ha padecido y los riesgos en que se ha visto no los debe a otros que a sus malos amigos, aun en la clase de bien nacidos, como el señor Januario.

A este tenor eran todos los consejos que me daba aquel buen hombre, y así con sus beneficios como con la suavidad de su carácter se hizo dueño de mi voluntad, en términos que yo lo amaba y lo respetaba como a mi padre.

Esto me acuerda que yo debí a Dios un corazón noble, piadoso y dócil a la razón. La virtud me prendaba, vista en otros; los delitos atroces me horrorizaban, y no me determinaba a cometerlos; y la sensibilidad se excitaba en mis entrañas a la presencia de cualquiera escena lastimosa.

Pero ¿qué tenemos con estas buenas cualidades si no se cultivan? ¿Qué con que la tierra sea fértil, si la semilla que en ella se siembra es de cizaña? Eso era cabalmente lo que me sucedía. Mi docilidad me servía para seguir el ímpetu de mis pasiones y el ejemplo de mis malos amigos; pero cuando lo veía bueno, pocas veces dejaba de enamorarme la virtud, y si no me determinaba a seguirla constantemente, a lo menos me sentía inclinado a ello, y me refrenaba mientras tenía el estímulo a la vista.

Así me sucedió mientras tuve la compañía de don Antonio, pues lejos de envilecerme o contaminarme más con el perverso ejemplo de aquellos presos ordinarios, que conocemos con el nombre de *gentalla*, según me aconteció en el truquito, lejos de esto, digo, iba yo adquiriendo no sé qué modo de pensar con honor, y no me atrevía a asociarme con aquella broza por vergüenza de mi amigo, y por la fuerza que me hacían sus suaves y eficaces persuasiones. ¡Qué cierto es que el ejemplo de un amigo honrado contiene a veces más que el precepto de un superior, y más si éste solo da preceptos y no ejemplos!

Pero como yo apenas comenzaba a ser aprendiz de hombre de bien con los de mi buen compañero, luego que me faltaron rodó por tierra toda mi conducta y señorío, a la manera que un cojo irá a dar al suelo luego que le falte la muleta.

Fue el caso que una mañana que estaba yo solo en mi calabozo, leyendo en uno de los libros de don Antonio, bajó éste de arriba, y dándome un abrazo me dijo muy alborozado: querido don Pedro, ya quiso Dios, por fin, que triunfara la inocencia de la calumnia, y que yo logre el fruto de aquélla en el goce completo de mi libertad. Acaba el alcaide de darme el correspondiente

122

boleto. Yo trato de no perder momentos en esta prisión para que mi buena esposa tenga cuanto antes la complacencia de verme libre y a su lado, y por este motivo resuelvo marcharme ahora mismo. Dejo a usted mi cama, y esa caja con lo que tiene dentro para que se sirva de ella entre tanto la mando sacar de aquí; pero le encargo me la cuide mucho.

Yo prometí hacer cuanto él me mandara, dándole los plácemes por su libertad y las debidas gracias por los beneficios que me había hecho, suplicándole que mientras estuviera en México, se acordara de su pobre amigo Perico, y no dejara de visitarlo de cuando en cuando. Él me lo ofreció así, poniéndome dos pesos en la mano, y estrechándome otra vez en sus brazos me dijo: sí, mi amigo... mi amigo... ¡pobre muchacho!, bien nacido y mal logrado... A Dios... No pudo contener este hombre sensible y generoso su ternura, las lágrimas interrumpieron sus palabras y, sin dar lugar a que yo hablara otra, marchó dejándome sumergido en un mar de aflicción y sentimiento, no tanto por la falta que me hacía don Antonio, cuanto por lo que extrañaba su compañía, pues en efecto, ya lo dije y no me cansaré de repetirlo, era muy amable y generoso.

Aquel día no comí, y a la noche cené muy parcamente; mas como el tiempo es el paño que mejor enjuga las lágrimas que se vierten por los muertos y los ausentes, al segundo día ya me fui serenando poco a poco; bien es verdad que lo que calmó fue el exceso de mi dolor, mas no mi amor ni mi agradecimiento.

Apenas los pillos mis compañeros me vieron sin el respeto de don Antonio y advirtieron que quedé de depositario de sus bienecillos, cuando procuraron granjearse mi amistad, y para esto se me acercaban con frecuencia, me daban cigarros cada rato, me convidaban a aguardiente, me preguntaban por el estado de mi causa, me consolaban, y hacían cuanto les sugería su habilidad por apoderarse de mi confianza.

No les costó mucho trabajo, porque yo, como buen bobo, decía: no, pues estos pobres no son tan malos como me parecieron al principio. El color bajo y los vestidos destrozados no siempre califican a los hombres de perversos; antes a veces pueden esconder algunas almas tan honradas y sensibles como la de don Antonio; y ¿qué sé yo si entre estos infelices me encontraré con alguno que supla la falta de mi amigo?

Engañado con estos hipócritas sentimientos, resolví hacerme camarada de aquella gentuza, olvidándome de los consejos de mi ausente amigo y, lo que es más, del testimonio de mi conciencia que me decía que, cuando no en lo general a lo menos en lo común, raro hombre sin principios ni educación deja de ser vicioso y relajado.

A los tres días de la partida de don Antonio ya era yo consocio de aquellos tunos, llevando con ellos una familiaridad tan estrecha como si de años atrás nos hubiéramos conocido, porque no solo comíamos, bebíamos y jugábamos juntos, sino que nos tuteábamos y retozábamos de manos como unos niños.

Pero con quien más me intimé fue con un mulatillo gordo, aplastado, chato, cabezón, encuerado y demasiadamente vivo y atrevido, que le llamaban la *Aguilita*, y yo jamás le supe otro nombre, que verdaderamente le convenía así por la rapidez de su genio como por lo afilado de su garra. Era un ladrón astuto y ligerísimo, pero de aquellos ladrones rateros, incapaces de hacer un robo de provecho pero capaces de sufrir veinte y cinco azotes en la picota por un vidrio de a dos reales o un pañito de a real y medio. Era, en fin, uno de estos macutenos o corta bolsas, pero delicado en la facultad. No se escapaba de sus uñas el pañuelo más escondido, ni el trapo más bien asegurado en el tendedero. ¡Qué tal sería, pues los otros presos que eran también profesores de su arte le rendían el *pórrigo*,[66] le confesaban la primacía y se guardaban de él como si fueran los más lerdos en el oficio!

Él mismo, haciendo alarde de sus delitos, me los contó con la mayor franqueza, y yo le referí mis aventuras punto por punto en buena correspondencia, sin ocultarle que, así como a él por mal nombre le llamaban *Aguilita*, así a mí me decían *Periquillo Sarniento*.

No fue menester más que revelarle este secreto para que todos lo supieran, y desde aquel día ya no me conocían con otro nombre en la cárcel.

---

66 Plinio y otros autores usan la frase Herbam porrigere en boca del que confiesa haber sido vencido. Por esto antiguamente en las escuelas y cátedras de gramática se usó que los que habían dicho algún disparate se hincasen ante el que se lo corrigió, diciéndole pórrigo tibi, y a esto alude la frase poco usada hoy de rendir el pórrigo, que para su inteligencia pareció necesario explicar en esta nota. E.

124

Éste fue, según dije, el gran sujeto con quien yo trabé la más estrecha amistad. Ya se deja entender qué ejemplos, qué consejos y qué beneficios recibiría de mi nuevo amigo y de todos sus camaradas. Como de ellos.

Al plazo que dije ya habían concluido los dos pesos que me dejó don Antonio, y yo no tenía ni qué comer ni qué jugar. Es cierto que el amigo Aguilucho partía conmigo de su plato, pero éste era tal que yo lo pasaba con la mayor repugnancia, pues se reducía a un poco de atole aguado por la mañana, un trozo de toro mal cocido en caldo de chile al medio día y algunos alverjones o habas por la noche, que ellos engullían muy bien, tanto por no estar acostumbrados a mejores viandas, como por ser éstas de las que les daba la caridad; pero yo apenas las probaba, de manera que si no hubiera sido por un bienhechor que se dignó favorecerme, perezco en la cárcel de enfermedad o de hambre, pues era seguro que si comía las municiones alverjonescas y el toro medio vivo me enfermaría gravemente, y si no comía eso, no habiendo otros alimentos, la debilidad hubiera dado conmigo en el sepulcro.

Pero nada de esto sucedió, porque desde el cuarto día de la ausencia de don Antonio me llevaron de la calle un canastito con suficiente y regular comida, sin poder yo averiguar de dónde, pues siempre que lo preguntaba al mandadero solo sacaba de éste que me la daba un amigo, quien mandaba decir que no necesitaba saber quién era.

En esta inteligencia yo recibía el canastillo, daba las gracias a mi desconocido benefactor y comía con mejores apetencias, y casi siempre en compañía del Aguilucho o de alguno de sus cofrades.

Mas como la amistad de éstos no era verdadera, ni se dirigía a mi bien, sino al provecho que esperaban sacar de mí, no cesaban de instarme a jugar, y esto lo hacían por medio del Aguilita, quien me decía a cada cuarto de hora: amigo Perico, vamos a jugar, hombre, ¿qué haces tan triste y arrinconado con el libro en la mano hecho santo de colateral? Mira, en la cárcel solo bebiendo o jugando se puede pasar el rato, pues no hay nada que hacer ni en qué ocuparse. Aquí el herrero, el sastre, el tejedor, el pintor, el arcabucero, el bateoja, el hojalatero, el carrocero y otros muchos artesanos, luego que se ven privados de su libertad, se ven también privados de su oficio, y de consiguiente constituidos en la última miseria ellos y sus familias en fuerza de la holgazanería a que se ven reducidos; y los que no tienen oficio perecen de la misma manera; y así, camarada, ya que no hay más que hacer, pasemos el rato jugando y bebiendo mientras que nos ahorcan o nos envían a comer pescado fresco a San Juan de Ulúa, porque lo demás será quitarnos la vida antes que el verdugo o los trabajos nos la quiten.

Acabó mi amigo su persuasiva conversación, y le dije: no pensé jamás que un hombre de tu pelaje hablara tan razonablemente; porque la verdad, y sin que sirva de enojo, los de tu clase no se explican en materia ninguna de ese modo. Aunque no es esa regla tan general como la supones, me contestó, sin embargo, es menester concederte que es así, por la mayor parte; mas esa dureza o idiotismo que adviertes en los indios, mulatos y demás castas no es por defecto de su entendimiento, sino por su ninguna cultura ni educación. Ya habrás visto que muchos de esos mismos que no saben hablar hacen mil curiosidades con las manos, como son cajitas, escribanías, monitos, matraquitas y tanto cachivache que atrae la afición de los muchachos y aun de los que no lo son. Pues lo más especial que hay en el caso es el precio en que los venden y la herramienta con que los trabajan. El precio es poco menos que medio real o cuartilla, y la herramienta se reduce a un pedazo de cuchillo, una tira de hoja de lata y casi siempre nada más.

Esto prueba bien que tienen más talento del que tú les concedes, porque si no siendo escultores, carpinteros, carroceros, etc., ni teniendo conocimiento en las reglas de las artes que te he nombrado, hacen una figura de un hombre o de un animal, una mesa, un ropero, un cochecito y cuanto quieren, tan bonitos y agradables a la vista, si hubieran aprendido esos oficios claro es que harían obras perfectas en su línea.

Pues de la misma manera debes considerar que, si los dedicaran a los estudios, y su trato ordinario fuera con gente civilizada, sabrían muchos de ellos tanto como el que más, y serían capaces de lucir entre los doctos no obstante la opacidad de su color.[67] Yo, por ejemplo, hablo regularmente el

---

67 Aún se acuerdan en esta ciudad de aquel negrito lego, pero poeta improvisador y agudísimo, de quien entre muchas de sus repentinas agudezas se celebra la que dijo al sabio padre Samudio, jesuita, con ocasión de preguntar éste al compañero si nuestro negro, que iba cerca, era el mismo de quien tanto se hablaba; lo oyó éste y respondió:

Yo soy el negrito poeta

castellano porque me crié al lado de un fraile sabio, quien me enseñó a leer, escribir y hablar. Si me hubiera criado en casa de mi tía la tripera, seguramente a la hora de ésta no tuvieras nada que admirar en mí.

Pero dejemos estas filosofías para los estudiantes. Aquí nada vale hablar bien ni mal, ser blancos ni prietos, trapientos o decentes; lo que importa es ver cómo se pasa el rato, y cómo se les pelan los medios a nuestros compañeros; y así vamos a jugar, Periquillo, vamos a jugar, no tengas miedo, a mí no me la dan de malas en el naipe, de eso entiendo más que de castrar monas, y en fin, amarro un albur a veinte cartas. Conque vamos hombre.

Yo le dije que iría de buena gana si tuviera dinero, pero que estaba sin blanca. ¡Sin blanca!, exclamó el Girifalte. No puede ser. ¿Pues para qué quieres esas sábanas ni esa colcha que tienes en la cama, ni los demás trebejos que guardas en la cajita? Aquí el presidente, y otros de tan arreglada conciencia como él, prestan ocho con dos sobre prendas, o al valer, o a si chifla.

El logro de recibir dos reales por premio de ocho que se presten, le dije, ya lo entiendo, y sé que eso se llama prestar ocho con dos; pero en esto de la valedura y del chiflido no tengo inteligencia. Explícame qué cosas son.

Prestar al valer, me respondió, es prestar con la obligación de dar el agraciado al prestador medio o un real de cada albur que gane, y prestar a si chifla es prestar con un plazo señalado, sin usura, pero con la condición de que pasado éste, y no sacando la prenda, se pierde ésta sin remedio en el dinero que se prestó sobre ella, sin tener el dueño acción para reclamar las demasías.

Muy bien, dije yo, he quedado bien enterado en el asunto, y saco por buena cuenta que ya de uno, ya de otro modo está el empeñador muy expuesto a quedarse sin su alhaja y los tales logreros en ocasión próxima de que se los lleve el diablo.

Eso no te apure, dijo el Aguilucho, que se los lleve o no, ¿qué cuidado se te da? ¿Acaso tú los pariste? El caso es que nos habiliten con monedas para jugar, y por lo demás allá se las avenga.

Aunque sin ningún estudio,
Si no tuviera esta geta
Fuera otro padre Samudio.

Todo está bueno, hermano, pero si esas prendas no son mías, ¿cómo las puedo empeñar? Con las manos, decía mi gran amigo, y si no quieres hacerlo tú, yo lo haré, que sé muy bien quién presta, y quién no, en nuestra casa. Lo que te puede detener es lo que responderás a don Antonio cuando venga por ellas, ¿no es eso? Pues mira, la respuesta es facilísima, natural y que debe pasar a la fuerza, y es decir que te robaron. No pienses que don Antonio lo ha de dudar, porque a él mismo le hemos robado yo y otros no tan asimplados como tú; y así es preciso que él se acuerde y diga: si a mí que era dueño de lo mío me robaban, ¿cómo no han de robar a este tonto, nuevo y que no ha de cuidar lo mío tanto como yo propio?

Fuera de que, aun cuando no discurriera de este modo, sino que pensara que era trácala tuya, ¿qué te había de hacer? Ya estás en la cárcel, hijo, ni más adentro, ni más afuera.

Pero no tengas cuidado de que lo sepa, aunque vendas hasta los bancos públicamente, pues aquí todos nos tapamos con una frazada,[68] y no te descubriéramos, si el diablo nos llevara.

Yo creo cuanto me dices, le contesté; pero mira, ese sujeto es un buen hombre; ha hecho confianza de mí, se ha dado por mi amigo y lo ha manifestado llenándome de favores. ¿Cómo, pues, es posible que yo proceda con él de esa manera?

¡Qué animal eres!, decía el Gavilán; lo primero que esa amistad de don Antonio era por su conveniencia, por tener con quien platicar, y porque con nosotros no tenía partido por mono, ridículo y misterioso. Lo segundo que, ya embriagado con su libertad, no se acordará en la vida de estos *tiliches*,[69] así como no se ha acordado en cuatro días que ha que salió. Lo tercero que, en caso que se acuerde, es fuerza que crea la disculpa sin hacerte cargo del robo; y lo cuarto y último, que eso no se llama agraviar a los amigos, pues tú no le haces ningún agravio, ni le quitas su mujer ni su crédito, ni sus intereses, ni le das una puñalada, ni le haces ninguna injuria a sus sabiendas. Le vendes una que otra friolerilla por pura necesidad y sin que lo sepa, lo que es señal de grande amistad. Si le hicieras algún daño cierto de que lo había

---

68 Frase familiar con la que se da a entender que dos o más se disculpan mutuamente, encubriendo así sus picardías o manejos comunes. E.

69 Trapos viejos y hechos pedazos. E.

128

de saber, era señal de que lo querías agraviar; pero venderle cuatro trapos, seguro de que no lo sabrá, es la prueba más incontestable de que lo quieres bien, lo que puede aquietar tu interior.

Finalmente, tanto hizo y dijo el pícaro mulatillo, que yo, que poco había menester, me convencí y empeñé en cinco pesos unos calzones de paño azul muy buenos, con botones de plata, que había en la caja, y nos fuimos a poner el montecito sin perder tiempo.

Como moscas a la miel acudieron todos los pillos enfrazadados a jugar. Se sentaron a la redonda y comenzó mi amigo a barajar y yo a pagar alegremente.

En verdad que era fullero el Aguilucho, pero no tan diestro como decía, porque en un albur que iba interesado con cosa de doce reales, hizo una deslomada tan tosca y a las claras que todos se la conocieron, y comenzando por el dueño de la apuesta amparándolo sus amigos, y al montero los suyos, se encendió la cosa de tal modo que en un instante llegamos a las manos, y, hechos un nudo unos sobre otros, caímos sobre la carpeta del juego, dándonos terribles puñetes, y algunos de amigos, pues como estábamos tan juntos y ciegos de la cólera, los repartíamos sin la mejor puntería, y solíamos dar el mejor mojicón al mayor amigo. A mí, por cierto, me dio uno tan feroz el Aguilucho que me bañó en sangre, y fue tal el dolor que sentí que pensé que había escupido los sesos por las narices.

El alboroto del patio fue tan grande que ni el presidente podía contenerlo con su látigo, hasta que llegó el alcaide, y como no era de los peores nos sosegamos por su respeto.

Luego que nos serenamos, y estando yo en mi departamento, me fue a buscar mi compañero el Aguilucho, quien, como acostumbrado a estas pendencias en la cárcel y fuera de ella, estaba más fresco que yo; y así con mucha sorna me preguntó ¿cómo me había ido de campaña? De los diablos, le respondí, todos los dientes tengo flojos y las narices quebradas, siendo lo más sensible para mí que tú fuiste quien me hizo tan gran favor.

Yo no lo sé, dijo el mulatillo, pero no lo niego, que cuando me enojo no atiendo cómo ni a quién reparto mis cariños. Ya viste que aquellos malditos casi me tenían con la cara cosida contra el suelo, y así yo no veía a dónde

129

dirigía la mano. Sin embargo, perdóname, hermano, que no lo hice a mal hacer. ¿Y es mucha la sangre que has echado? No había de haber sido tanta, le respondí, sobre que hasta desvanecido estoy. No le hace, añadió él. Sábete que no hay mal que por bien no venga, y regularmente un trompón de éstos bien dado, de cuando en cuando, es demasiado provechoso a la salud, porque son unas sangrías copiosas y baratas que nos desahogan las cabezas y nos precaven de una fiebre.

Maldito seas tú y tu remedio condenado, le dije, y será mejor que en la vida no me apliques otra semejante sangría. Pero dime, ¿cómo salimos de monedas? Porque será la del diablo que después de sangrados y magullados hayamos salido sin blanca.

Eso sí que no, me respondió mi camarada, las tripas hubiera dejado en manos de mis enemigos primero que un real. Luego que vi que nos comenzamos a enojar, procuré afianzar la plata, de suerte que cuando el general tocó a embestir ya los medios estaban bien asegurados.

¿Y dónde?, le pregunté, porque tú no tienes chupa, ni camisa, ni calzones, ni cosa que lo valga, ¿conque dónde los escondiste tan presto? En la pretina de los calzones blancos, me contestó, y entre el ceñidor, y por acabar esa maniobra me pusieron como viste, que si desde el principio del pleito me cogen con ambas manos francas, otro gallo les cantara a esos tales; pero no somos viejos y sobran días en el año.

Vaya, deja esos rencores, le dije, a ver lo que me toca, porque ya me muero de hambre y quisiera mandar traer de almorzar. Ya está corrida esa diligencia, me contestó el Aguilucho, y por señas que ahí viene tío Chepito el mandadero con el almuerzo.

En efecto llegó el viejecito con una canasta bien habilitada de manitas en adobo, cecina en tlemole, pan, tortillas, frijoles y otras viandas semejantes. Llamó el Aguilón a sus camaradas y nos pusimos todos en rueda a almorzar en buena paz y compañía, pero en medio de nuestro gusto nos acordábamos del pulquillo, y su falta nos entristecía demasiado; mas al fin se suplió con aguardiente de caña, y fueron tan repetidos los brindis que yo, como poco o nada acostumbrado a beber, me trastorné de modo que no supe lo que sucedió después, ni cómo me levanté de allí. Lo cierto es que a la noche, cuando volví en mí, me hallé en mi cama, no muy limpio y con un fuerte dolor

130

de cabeza; y de esta manera me desnudé y procuré volver a dormir, lo que no me costó poco trabajo.

Capítulo IX. En el que Periquillo da razón del robo que le hicieron en la cárcel, de la despedida de don Antonio, de los trabajos que pasó y de otras cosas que tal vez no desagradarán a los lectores

Luego que amaneció, se levantaron los presos de mi calabozo y yo el último de todos, aunque con bastante hambre, como que no había cenado en la noche anterior. Mi primera diligencia fue ir a sacar una tablilla de chocolate para desayunarme; pero ¡cuál fue mi sorpresa cuando, buscando en mi bolsa la llave de la cajita, no la hallé en ella, ni debajo de la almohada, ni en parte alguna, y hostigado de mi apetencia rompí la expresada caja y la encontré limpia de todo el ajuar de don Antonio, al que yo miraba con demasiado cariño! Confieso que estuve a pique de partirme la cabeza contra la pared de rabia y desesperación, considerando la realidad del suceso, esto es, que los mismos compañeros, luego que me vieron borracho, me sacaron la llavecita de la bolsa y despabilaron cuanto la infeliz depositaba.

Yo acertaba en el juicio, pero no podía atinar con el ladrón, ni recabar el robo, y esto me llenaba de más cólera; por manera que no me detenía en advertir los funestos resultados que trae consigo la embriaguez, pues, adormeciendo las potencias y embargando los sentidos, constituye al ebrio en una clase de insensibilidad que lo hace casi semejante a un leño, y en este miserable estado no solo está propenso a que lo roben, sino a que lo insulten y aun lo asesinen, como se ha visto por repetidos ejemplares.

En nada menos pensaba yo que en esto, lo que me hubiera importado bastante para no haber contraído este horroroso vicio, como lo contraje aunque no con mucha frecuencia.

Suspenso, triste, cabizbajo y melancólico estaba yo sentado en la cama royéndome las uñas, mirando de hito en hito la pobre caja limpia de polvo y paja, maldiciendo a los ladrones, echando la culpa a éste y al otro, y sin acordarme ya del chocolate para nada; bien que aunque me acordara en aquel acto ¿de qué me habría servido, si no había quedado ni señal de que había habido tablillas en la caja?

Estando en esta contemplación llegó mi camarada el Aguilucho, quien con una cara muy placentera me saludó y preguntó que ¿cómo había pasado la noche? A lo que yo le dije: la noche no ha estado de lo peor; pero la mañana ha sido de los perros. ¿Y por qué, Periquillo? ¿Cómo por qué?, le dije. Porque me han robado. Mira cómo han dejado la caja de don Antonio. Asomose el Aguilucho a verla y exclamó como lastimado de mi desgracia: en verdad, hombre, que está la caja más vacía que la que llamaba don Quijote yelmo de Mambrino. ¡Qué diablura! ¡Qué picardía! ¡Qué infamia! A mí no me espanta que roben, vamos, si yo soy del arte, ¿cómo me he de escandalizar por eso? Lo que me irrita es que roben a los amigos; porque, no lo dudes, Periquillo, en el monte está quien el monte quema. Sí, seguramente que los ladrones son de casa, y yo jurara que fueron algunos de los mismos pícaros que almorzaron ayer con nosotros. Si yo hubiera olido sus intenciones, no sucede nada de esto; porque no me hubiera apartado de ti, y no que, deseoso de desquitarme de lo que gasté, fui a jugar con el resto que nos quedó, y se nos arrancó de cuajo; pero no te apures, que otro día será mañana.

Conque, según eso, le dije, ¿ni para el desayuno te ha quedado? ¡Qué desayuno ni qué talega, me contestó, si anoche me acosté sin un cigarro! Pero dime, ¿qué fue lo que se llevaron de la caja? Una friolera, le dije: dos camisas, un par de calzoncillos, unas botas, unos zapatos buenos, unos calzones de tripe, dos pañuelos, unos libros, mi chocolate... últimamente, todo. ¡Qué bribonada!, decía el mulatillo, yo lo siento, hermano, y andaré listo por todos los calabozos y entresuelos a ver si rastreo algo de eso que has dicho, que con una hilacha que encontremos, pierde cuidado, todo parecerá; pero por ahora no te achucharres, enderézate, levanta la cabeza, párate,[70] vamos, sal acá fuera y serénate, que no estamos hechos de trapos; más se perdió en el diluvio y todo fue ajeno, como lo que tú has perdido. Con que anda, Periquillo, ven, no seas tonto, te desayunarás.

Queriendo que no queriendo me levanté deseoso del desayuno prometido. Fuimos al calabozo del presidente, con quien habló el Aguilucho como en secreto. Abrió el cómitre una caja, y cuando yo pensé que iba a sacar una tablilla o dos, y alguna torta de pan, vi que sacó una botella y un vaso

---

70   Esto es, ponte en pie, levántate. Es comunísimo este provincialismo entre nosotros, aunque el verbo pararse no tiene tal acepción o significación en castellano. E.

y le echó como medio cuartillo de aguardiente, el que tomó mi camarada y lo pasó de su mano a la mía diciéndome: toma, Periquillo, haz la mañana. Hombre, le dije, yo no sé desayunarme si no es con chocolate. Pues éste es chocolate, me contestó, lo que sucede es que el que tú has bebido otras veces es de metate y éste es de clavija; pero hijo, cree que éste es mejor, porque fortalece el estómago y anima la cabeza... anda, pues, bebe, que el señor presidente está esperando el vaso.

Con esta y semejantes persuasiones me convenció, y entre los dos dimos vuelta al medio cuartillo, subiéndoseme la parte que me tocó más presto de lo que era menester; pero por fin, con tan ligero auxilio, a las dos horas ya estaba yo muy contento y no me acordaba de mi robo.

Así pasamos como quince días, dándole yo al Aguilucho qué comer, y él dándome qué beber en mutua y recíproca correspondencia; bien es verdad que cada instante me decía que vendiéramos o empeñáramos las sábanas y colcha de la cama, pero no lo pudo conseguir de mí por entonces, porque le juré y rejuré que no las vendería por cuanto había en este mundo, y para mejor cumplirlo se las llevé al presidente rogándole que me las guardara para cuando su dueño las mandara llevar a su casa.

El dicho presidente me hizo el favor de guardarlas, y yo me quedé sin más abrigo que mi sarapillo, con lo que perdió el taimado de mi buen amigo las esperanzas de tener parte en ellas; mas no por eso se dio por sentido conmigo, ya porque era de los que no tienen vergüenza, y ya porque no le tenía cuenta ser delicado y perder la coca de mi convite al medio día, a cuya hora jamás faltó de mi lado, pues la comida que mi incógnito bienhechor me enviaba provocaba a cortejarla, así por su sazón como por su abundancia, no digo al tosco paladar del Aguilucho, sino a otros más exquisitos.

Yo conceptué que el tal pícaro había sido el principal agente de mi robo, como fue en efecto, pero no me di por entendido porque consideré que me daba a odiar demasiado entre aquella gente, y al fin más fácil sería sacar un judío de la inquisición que un real de lo que ellos tendrían ya hasta digerido.

Con este disimulo fuimos pasando, recibiendo yo de tragos de aguardiente los bocados que le daba al Gavilán.

Un día que estaba yo espulgando mi sucia y andrajosa camisa me llamaron para arriba. Subí corriendo, creyendo que fuera para alguna diligencia judicial; pero no fue el escribano quien me llamó, sino mi buen amigo don Antonio y su esposa, que tuvieron la bondad de visitarme.

Luego que me vio, me abrazó con demasiado cariño, y su esposa me saludó con mucho agrado. Yo, en medio del gusto que tenía de ver a aquel verdadero y generoso amigo, no dejé de asustarme bastante considerando que iba por sus trastos, y yo había de darle las cuentas del Gran Capitán; pero don Antonio me sacó pronto del cuidado, pues a pocas palabras me dijo que ¿por qué estaba tan sucio y despilfarrado? Porque ya sabe usted, le contesté, que no tengo otra cosa que ponerme. ¿Cómo no?, dijo mi amigo, ¿pues qué se ha hecho la ropita que dejé en la caja? Turbeme al oír esta pregunta, y no pude menos que mentir con disimulo, pues, sin responder derechamente a la pregunta, le signifiqué que no la usaba por no ser mía, diciéndole con miedo, que él supuso efecto de vergüenza: como esa ropa no es mía sino de usted... No, señor, interrumpió don Antonio, es de usted y por eso la dejé en su poder. Úsela norabuena. Le encargué que me la guardara por experimentarlo; pero pues la ha sabido conservar hasta hoy, úsela.

La alma me volvió al cuerpo con esta donación, aunque en mi interior me daba a Barrabás reflexionando que si él me exoneraba de la responsabilidad de la ropa, ya los malditos ladrones me habían embarazado el uso. Preguntele si había de llevar su cama, para ir a disponerla, y me dijo que no, que todo me lo daba. Agradecile, como era justo, su afecto y caridad, contándole a la señorita los favores que debía a su marido y desatándome en sus elogios; pero él embarazó mi panegírico refiriéndome cómo luego que salió de la cárcel fue a ver a su esposa, quien ya le tenía una carta cerrada que le había llevado un caballero encargándole que, luego que la viera, fuera a su casa pues le importaba demasiado; que habiéndole hecho así, supo por boca del mismo individuo que era el primer albacea del marqués, quien le suplicó encarecidamente no cesase hasta sacar a don Antonio de la prisión, que le pidiese perdón otra vez en su nombre, y a su esposa, de todos sus atentados, y que se le diesen de contado 8.000 pesos, tanto para compensarle su trabajo cuanto para resarcirle de algún modo los perjuicios que le había inferido, y que a su esposa se le diese un brillante cercado de rubíes, que lo tenía destinado para precio de su lubricidad, en caso de haber accedido a sus ilícitas seducciones, pero que habiendo experimentado su fidelidad conyugal se lo donaba de toda voluntad como corto obsequio a su virtud, suplicando a ambos lo perdonasen y encomendasen a Dios.

Don Antonio y su esposa me mostraron el cintillo, que era alhaja digna de un marqués rico; pero los dos se enternecieron al acabar de contarme lo que he escrito, añadiendo la virtuosa joven: cuando advertí las malas intenciones de ese caballero, y vi cuánto tuvo que padecer Antonio por su causa, lo aborrecí y pensé que mi odio sería eterno; pero cuando he visto su arrepentimiento y el empeño con que murió por satisfacernos, conozco que tenía una grande alma, lo perdono y siento su temprana muerte.

Haces muy bien, hija, en pensar de esa manera, dijo don Antonio, y lo debemos perdonar aun cuando no nos hubiera satisfecho. El marqués era un buen hombre, ¿pero qué hombre, por bueno que sea, deja de tener pasiones? Si nos acordáramos de nuestra miseria seríamos más indulgentes con nuestros enemigos, y remitiríamos los agravios que recibimos con más facilidad; pero por desgracia somos unos jueces muy severos para con los demás, nada les disculpamos, ni una inadvertencia, ni una equivocación, ni un descuido; al paso que quisiéramos que a nosotros nos disculparan en todas ocasiones.

En estas pláticas pasamos gran rato de la mañana, preguntándome sobre el estado de mi causa y que si tenía qué comer. Díjele que sí, que todos los días me llevaban una canasta con comida, cena, dos tortas de pan y una cajilla de cigarros; que yo lo recibía y lo agradecía, pero que tenía el sentimiento de no saber a quién, pues el mozo no había querido decirme quién era mi bienhechor.

Eso es lo de menos, dijo don Antonio, lo que importa es que continúe en su comenzada caridad, que espero en Dios que sí continuará.

Diciendo esto se levantaron despidiéndose de mí, y añadiendo don Antonio que al día siguiente saldrían de esta capital para Jalapa, a donde podría yo escribirles mis ocurrencias, pues tendrían mucho gusto en saber de mí, y que si salía de la prisión y quería ir por allá supuesto que era soltero, no me faltaría en qué buscar la vida honradamente por su medio.

No era don Antonio, como habéis visto, de los amigos que toda su amistad la tienen en el pico, él siempre confirmaba con las obras cuanto decía con las palabras; y así, luego que concluyó lo que os dije, me dio 10 pesos, la

135

señorita su esposa otros tantos, y repitiendo sus abrazos y finas expresiones se despidieron de mí con harto sentimiento, dejándome más triste que la primera vez, porque me consideraba ya absolutamente sin su amparo.

No dejó el Aguilucho de estar en observación de lo que pasaba con la visita, y ni pestañeaba cuando se despidieron de mí mis bienhechores, y así vio muy bien el agasajo que me hicieron, y se debió de dar las albricias como que se juzgaba coheredero conmigo de don Antonio.

Luego que éste se fue, me bajé para mi calabozo bastante confundido; pero ya me esperaba en él mi amigo carísimo el Aguilucho con un vaso de aguardiente y un par de chorizones, que no sé de dónde los mandó traer tan pronto; y sin darse por entendido de que había estado alerta sobre mis movimientos, me dijo: ¡vamos, Periquillo, hijo! ¿Que me hayas tenido sin almorzar hasta ahora por esperarte? ¡Caramba, y qué visita tan larga! Si a mano viene sería don Antonio que te vendría a cobrar sus cosas. ¿Qué tal? ¿Cómo saliste? ¿Creyó el robo? Yo salí bien y mal, le respondí. Bien, porque mi buen amigo no solo no me cobró nada de lo que dejó a mi cuidado, sino que me lo dio todo, y unos cuantos duros de socorro; y me fue mal, porque pienso que éste será el último auxilio que tendré, pues él mañana sale para su tierra con su familia, y a más de que siento su ausencia como amigo, lo he de extrañar como bienhechor.

Dices muy bien, y harás muy bien de sentirlo, dijo el Gavilán al pollo tonto, porque de esos amigos no, no se hallan todos los días; pero cómo ha de ser, Dios es grande y a nadie crió para que se muera de hambre. Que mal que bien, tú verás como no te falta nada conmigo. Soy un pobre moreno, mas hermano, aunque yo lo diga, el color me agravia, pero soy buen amigo, y arañaré la tierra porque no te falte nada. No sé si me verías allá arriba cuando estabas con tu visita. No te lo quería decir, por eso me hice disimulado ahora que bajaste; pero subí luego que supe que quien te llamaba era don Antonio, por prevenir los testigos en caso que te cobrara y tú te acortaras; mas así que al despedirse te abrazó, perdí el cuidado con que me tenías y bajé a prevenirte este bocadito, y si no te gusta, te mandaré traer otra cosita, que todavía tengo aquí cuatro reales que acabo de ganar al rentoy. ¿Los has menester?, tómalos. No hermano, le dije, Dios te lo pague; por ahora estoy habilitado.

136

No te pregunto cuántos años tienes, decía el negrillo, sino que si los has menester gástalos, y si no tíralos; pero sábete que yo siento más un desprecio de un amigo que una puñalada. Si no fueras mi amigo ni yo te estimara tanto como te estimo, seguro está que te ofreciera nada.

Te lo agradezco, Aguilita, le respondí, pero no es despecio, sino que por ahora estoy bastantemente socorrido. Pues me alegro infinito de tus ventajas como si yo las disfrutara, me respondió; pero mira qué chorizoncitos tan sabrosos. Come...

Es la lisonja astuta, y como tal se introduce al corazón por los oídos más prevenidos y circunspectos, ¿cómo no se introduciría por los míos incautos y no acostumbrados a sus malicias? En efecto, yo quedé prendadísimo del negrito, y mucho más cuando, después de repetir los brindis a menudo, me dijo con la mayor seriedad: amigo Periquillo, yo soy amigo de los amigos y no de su dinero. Acaso tú lo dudarás de mí porque me ves enredado en esta picha y sin camisa; pero te voy a dar una prueba que debe dejarte satisfecho de mi verdad.

Ya hemos tomado más de lo regular, especialmente tú que no estás acostumbrado al aguardiente. No digo que estás borracho, pero sí sarazoncito. Temo no te cargues más y te vaya a suceder lo que el otro día, esto es, que te acabes de privar y te roben ese dinero de la bolsa; porque aquí, hijo, en tocando al pillaje, el que menos corre vuela, y en son de una Águila hay un sin número de Gavilanes, Girifaltes, Halcones y otras aves de rapiña; y así me parece muy puesto en razón que vayamos a dar a guardar esos medios que tienes al presidente, pues dándole una corta galita, porque no da paso sin lanterna, te los asegurará en su baúl y tendrás un peso o dos cuando los hayas menester, y no que disfruten de tu dinero otros pícaros que no solo no te lo agradecerán, sino que te tendrán por un salvaje, pues no escarmentaste con la espumada que te dieron no mucho hace.

Agradecile su consejo, no previniendo la finura de su interés, y fui con él a buscar al presidente, a quien entregué peso sobre peso los veinte que acababa de recibir.

Concluida esta diligencia, me dijo mi grande amigo que fuera a esperarlo al calabozo, que no tardaba.

137

Yo lo obedecí puntualmente, y sentándome en la cama decía entre mí: no hay remedio, éste es un negro fino, su color le agravia, como él dice; hasta hoy no he conocido lo que me ama, a la verdad, es mi amigo y digno de tal nombre. Sí, yo lo amaré, y después de don Antonio lo preferiré a cualesquiera otros, pues tiene la cualidad más recomendable que se debe apetecer en los que se eligen para amigos, que es el desinterés.

En estos equivocados soliloquios estaba yo, cuando entró mi camarada con cigarros, chorizones y aguardiente, y me dijo: ahora sí, hermano Perico, podemos chupar, comer y beber alegres con la confianza de que tus realillos están seguros.

Así lo hice sin haber menester muchos ruegos, hasta que en fuerza de la repetición de tragos me quedé dormido. Entonces mi tierno amigo me puso en la cama, teniendo cuidado de soplarse la comida que me trajeron.

A la tarde desperté más fresco, como que ya se habían disipado los vapores del aguardiente, y el Aguilucho, comenzando a realizar sus proyectos, me hizo sacar los calzones empeñados, diciéndome era lástima se perdieran en tan poco dinero. Su fin era aprovecharse de mis mediecillos poco a poco, valiéndose para esto de las repetidas lisonjas que me vendía, y con las que me aseguraba que todo cuanto me aconsejaba era para mi bien; y así por mi bien me aconsejó que sacara los calzones, que pidiera la ropa de la cama que había dado a guardar, y los mediecillos que tenía depositados; y por mi bien, pues, deseando mis adelantos, según decía, me provocó a jugar, se compactó con otro y me dejaron sin blanca dentro de dos días; y dentro de ocho sin colcha ni colchón, sábanas, caja ni sarape.

Ya que me vio reducido a la última miseria, fingió no sé qué pretexto para reñir conmigo, y abandonar mi amistad enteramente. Concluido este negocio, solo trató de burlarse de mí siempre que podía. Efecto propio de su mala condición, y justo castigo de mi imprudente confianza.

Es verdad que el frío que se me introducía por los agujeros de mis trapos, los piojillos que anidaban en las hilachas, la tal cual vergüenza que me causaba mi indecencia, la ingratitud de los amigos, en especial del Aguilucho, y la dureza conque el suelo me recibía por la noche, eran suficientes motivos para que yo estuviese lleno de confusión y tristeza; sin embargo, algo calmaba esta pasión al medio día cuando me llegaba el canastito y satisfacía mi hambre con algún bocadito sazonado; pero después que hasta esto me faltó, porque dejó de venir el cuervo al medio día sin saber la causa, me daba a Barrabás y a todo el infierno junto, maldiciendo mi imprudencia y falta de conducta, más a mala hora.

Desnudo y muerto de hambre sufrí algunos cuantos meses más de prisión, en los cuales me puse en la espina, como suele decirse, porque mi salud se estragó en términos que estaba demasiado pálido y flaco, y con sobrada causa, porque yo comía mal y poco, y los piojos bien y bastante como que eran infinitos.

Después de estas penalidades y miserias que tenía que tolerar por el día, seguía, como acabé de apuntar, el terrible tormento que me esperaba por la noche con mi asperísima cama, pues ésta se reducía a un petate viejo harto surtido de chinches y nada más; porque nada más había que supliera por almohada, sábanas y colcha que mis antecedentes arambeles, los que sensible y prontamente se iban disminuyendo a mi vista, como que trabajaban sin intermisión de tiempo.

Considerad, hijos míos, a vuestro padre qué noches y qué días tan amargos viviría en tan infeliz situación; pero considerad también que a éstos y a peores abatimientos se ven los hombres expuestos por pícaros y descabezados. Ya en otra parte os he dicho que el joven cuanto es más desarreglado, tanto más propenso está a ser víctima de la indigencia y de todas las desgracias de la vida; al paso que el hombre de bien, esto es, el de una conducta moral y religiosa[71] tiene un escudo poderoso para guarecerse de muchas de

---

71   ¡Oportuna reflexión de Periquillo! Algunos equivocan las ideas de la hombría de bien con las del lujo y del dinero, y en su concepto esta palabra hombre de bien, equivale a rico o semi-rico, así como la de pobre la juzgan limosna de pícaro, de manera que según estos falsos principios no es mucho que deduzcan unos disparates como éstos: Pedro es rico, tiene dinero, anda decente; luego es hombre de bien. Juan es pobre, no tiene destino, anda trapiento; luego es un pícaro. ¡Consecuencias absurdas e ideas torpísimas que no debían tener lugar en el entendimiento de los hombres! Si una conducta arreglada a la sana moral es el testimonio más seguro que califica la verdadera hombría de bien, ¿quién duda que ésta muchas veces se observa en los pobres, así como suele faltar en los que no lo son? Evidente prueba de que el brillo o la opacidad de la persona no son termómetros seguros para graduar el carácter de los hombres. Es verdad que el relumbrón o la miseria son muchas veces el premio o castigo de nuestro buen o mal proceder; pero esta observación padece tantas excepciones que no se puede adoptar como regla infalible.

ellas. Tal es la que os acabo de repetir. Pero dejemos a los demás que hagan lo que quieran de su conducta, y volvamos a atar el hilo de mis trabajos.

De día me era insoportable la hambre y la desnudez, y de noche la cama y falta de abrigo, sin el que me hubiera quedado todo el tiempo que duré en la cárcel si no hubiera sido por una graciosa contingencia, y fue ésta.

Un pobre payo que estaba también preso se llegó a mí una mañana que estaba yo en el patio esperando a que llegara el Sol a vengarme de las injurias de la fría noche, y me dijo: mire, señor, yo *quero* decirle un asunto, para que me saque de un empeño pagando lo que *juere*. Pues, pero mire que no *quero* que lo sepa ninguno de los compañeros porque son muy burlistas. Está muy bien, le respondí, diga usted lo que quiera, que yo lo serviré de buena gana y con todo secreto. Pues ha de saber usted que me llamo *Cemeterio Coscojales...* Eleuterio dirá usted, le interrumpí, o Emeterio, porque *Cemeterio* no es nombre de santo. *Axcan*, dijo el payo, una cosa ansí me llamo, sino que con mis cuidados ni atino a veces con mi nombre; pero en fin, ya señor lo sabe, vamos al cuento. Yo soy de San Pedro Ezcapozaltongo, que estará de esta *ciudá* como dieciocho leguas. Pues señor, allí vive una muchacha que se llama Lorenza, la hija del tío Diego Terrones, *jerrador* y curador de caballos de lo que hay poco. Yo, andando días y viniendo días, como su casa estaba barda con barda de la mía, y el diablo que no duerme hizo que yo me enamorara de recio de la Lorenza sin poderlo remediar; porque, ¡ah, señor!, qué *diache* de muchacha tan bonita, pues mírela que es alta, gorda y derecha como una *Parota* o a lo menos como un Encino, cari-redonda, muy colorada, con sus ojos pardos y sus narices grandes y buenas; no tiene más *defeuto* sino que es media bizca y le faltan dos dientes delanteros, y eso porque se los tiró un macho de una coz, porque ella se descuidó y no le tuvo bien la pata un día que estaba ayudando a su señor padre a *jerrarlo*; pero por lo demás la muchacha hace raya de bonita por todo aquello. Pues sí señor, yo la enamoré, la regalé y le rogué, y tanto anduve en estas cosas que, por fin, ella *quijo* que no *quijo* se ablandó, y me dijo que sí se casaría conmigo; pero que ¿cuándo?, porque no *juera* el diablo que yo la engañara y se le *juera* a hacer malobra. Yo le dije que qué capaz que yo la engañara, pues me moría por ella; pero que el casamiento no se podía *efetuar* muy presto porque yo estaba *probe* más que Amán, y el señor cura era muy tieso,

140

que no fiara un casamiento si el diablo se llevara a los novios, ni un entierro aunque el muerto se *gediera* ocho días en su casa, y ansina que, si me quería, me esperara tres o cuatro meses mientras que levantaba mi cosecha de maíz, que pintaba muy bien y tenía cuatro fanegas tiradas en el campo.

Ella se avino a cuanto yo *quije*, y ya *dende* ese día nos *viamos* como marido y mujer según lo que nos queríamos. Pues una noche, señor, que venía yo de mi milpa y le iba a hablar por la barda como siempre, divisé un bulto platicando con ella, y luego luego me puse hecho un *bacinito* de coraje... Un basilisco querrá usted decir, le repliqué, porque los bacinitos no se enojan. Eso será, señor, sino que yo concibo, pero no puedo parir, prosiguió el payo; mas ello es que yo me *jui* para donde estaba el bulto, hecho un Santiago, y, luego que llegué, conocí que era Culás el *guitarristo*, porque tocaba un jarabe y una justicia en la guitarra a lo rasgado que la hacía hablar.

En cuanto llegué, le dije que ¿qué buscaba en aquella casa y con Lorenza? El muy *engringolado* me dijo que lo que *quijiera*, que yo no era su padre para que le tomara cuentas. Entonces yo, como que era dueño de la *aición*, no aguanté mucho, sino que, alzando una coa que me *truje* de un *pión*, le asenté tan buen trancazo en el *gogote* que cayó redondo pidiendo confesión.

A esta misma hora iba pasando el *tiñente* por allí que iba de ronda con los *topiles*; oyó los gritos de Culás, y, por más que yo corrí, me alcanzaron y me *trajieron* liado como un cuete a su *presiencia*.

Luego luego di mi declaración, y el *cerjuano* dijo que no fiaba al enfermo, porque estaba muy mal *gerido* y echaba mucha sangre. Con esto en aquella *gora* se llevaron a la *probe* Lorenza depositada *an* casa el señor cura, y a mí a la cárcel, donde me pusieron en el cepo.

A otro día me *invió* la Lorenza un recaudo con la vieja cocinera del cura, diciéndome que ella no tenía la culpa, y que Culás la había llamado a la barda y le estaba dando un recaudo fingido de mi parte, diciéndole que yo decía que saliera un *ratito* a la tienda con él, y otras cosas que ya se me han olvidado; pero la vieja me contó que la *probe* lloraba por mí sin consuelo.

Al otro día el *tiñente* me *invió* aquí a esta cárcel en una mula con un par de grillos y un envoltorio de papeles que le dio a los indios que me *tragieron* para que los entregaran al señor juez de acá.

141

Ya llevo tres meses de prisión y no sé qué harán conmigo, aunque Lorenza me ha *escribido* que ya Culás está bueno y sano, y anda tocando la guitarra. Pues yo, señor, *quero* que me haga el favor, pagando lo que *juere*, por el santo de su nombre y por los *güesitos* de su madre, de *escrebirme* dos cartas, una para mi padrino que es el señor barbero de mi tierra a ver si viene a componer por mí estas cosas, y otra para la alma mía de Lorenza diciéndole, como ya sé que salió del depósito, y que todavía Culás la persigue, que cuidado como va a hacer una tontera, que no sea ansina, y todas las cosas que sepa señor que se deben poner; pero como de su mano, que yo lo pago.

Acabó mi cliente su cansado informe y petición, y le pregunté ¿para cuándo quería las cartas? Para *orita*, señor, me dijo, para *agora*, porque mañana sale el correo. Pues amigo, le dije, deme usted dos reales a cuenta para papel. Al instante me los dio, y yo mandé traer el papel, y me puse a escribir los dos mamarrachos que salieron como Dios quiso; pero ello es que al payo le gustaron tanto que no solo me dio por ellos doce reales que le pedí, sino lo que más agradecí, un pedazo de trapo que algún día fue capote, ello hecho mil pedazos, con medio cuello menos y tan corto que apenas me llegaba a las rodillas. ¿Qué tal estaría pues su dueño lo perdió a un albur en cuatro reales?

Malo malísimo estaba el dicho trapo, pero yo vi con él el cielo abierto. Con los doce realillos comí, chupé, tomé chocolate, cené y me sobró algo; y con el capisayo dormí como un tudesco.

Pensaba yo que iba variando mi fortuna; pero el pícaro del Aguilucho me sacó de este error con una bien pesada burla que me hizo, y fue la que sigue.

Al otro día de mi buena aventura del capotillo entró bien temprano a mi calabozo y sentándose junto a mí muy serio y triste me dijo: mucho descuido es ése, señor Perico, y la verdad que los instantes del tiempo son preciosos y no se dejan pasar tan fríamente, y más cuando el peligro que amenaza a usted es muy horrible y está muy próximo. Yo he sido amigo de usted y quiero que lo conozca aun cuando no me puede servir de nada; pero en fin, siquiera por caridad es menester agitarlo porque no sea tan perezoso.

142

Yo lleno de susto y turbación le pregunté ¿qué había habido? ¿Cómo qué?, me dijo él, ¿pues qué no sabe usted cómo ha salido la sentencia de la sala desde ayer para que, pasados estos días de fiesta que vienen, le den los doscientos azotes en forma de justicia por las calles acostumbradas con la ganzúa colgando del pescuezo?

¡Santa Bárbara!, exclamé yo penetrado del más vivo sentimiento, ¿qué es lo que me ha sucedido? ¿Doscientos azotes le han de dar a don Pedro Sarmiento? ¿A un hidalgo por todos cuatro costados? ¿A un descendiente de los Tagles, Ponces, Pintos, Velascos, Zumalacárreguis y Bundiburis? Y lo que es más, ¿a un señor bachiller en artes graduado, en esta real y Pontificia Universidad, cuyos graduados gozan tantos privilegios como los de Salamanca? Vamos, dijo el negrito, no es tiempo ahora de esas exclamaciones. ¿Tiene usted algún pariente de proporciones? Sí tengo, le respondí. Pues andar, decía el Aguilucho, escríbale usted que agite por fuera con los señores de la sala sobre el asunto, y que le envíe a usted dos o tres onzas para contener al escribano. También puede comprar un pliego de papel de parte, y presentar un escrito a la sala del crimen alegando sus excepciones y suplicando de la sentencia mientras califica su nobleza. Pero eso pronto, amigo, porque en la tardanza está el peligro. Diciendo esto se levantó para irse, y yo le di las gracias más expresivas.

Tratando de poner en obra su consejo, registré mi bolsa para ver con cuánto contaba para papel, la presentación del escrito y la carta a mi tío el licenciado Maceta; pero, ¡ay de mí!, ¡cuál fue mi conflicto cuando vi que apenas tenía tres y medio reales, faltándome cinco apretadamente!

En circunstancias tan apuradas fui a ver a mi buen payo, le conté mis trabajos y le pedí un socorro por toda la corte celestial. El pobrecillo se condolió de mí, y con la mayor generosidad me dio cuatro reales y me dijo: siento, señor, su cuidado; no tengo más que esto, téngalo que ya un real cualquier compañero se lo emprestará o se lo dará de caridá.

Tomé mis cuatro reales y casi llorando le di las gracias; pero no pude encontrar otro corazón tan sensible como el suyo entre cerca de trescientos presos que habitaban aquellos recintos.

Compré, pues, el papel sellado, y medio real del común para la carta, reservando tres reales y faltándome aún real y medio para completar la presentación y pagar al mandadero.

En el día hice mi memorial como pude y escribí la carta a mi tío, en la que le daba cuenta de mi desgracia, de la inocencia que me favorecía, a lo menos en lo sustancial, del estado en que me hallaba y de la afrenta que amenazaba a toda la familia, concluyendo con decirle que aunque yo había ocultado mi nombre poniéndome el de Sancho Pérez, de nada serviría esto si me sacaban a la calle, pues todos me conocerían y se haría manifiesta nuestra infamia; y así que en obsequio del honor de su pariente el señor mi padre y de sus mismos hijos y descendencia, cuando no por mí, hiciera por redimirme de tal afrenta, mandándome en el pronto alguna cosa para granjear al escribano.

Cerré la carta, y de fiado se la encomendé a tío Chepito el mandadero para que se la llevara a mi pariente. Esto fue a las oraciones de la noche; mas siempre me faltaba un real para completar los cuatro que debía dar al portero por la presentación del escrito.

En toda la noche no pude dormir así con el sobresalto de los temidos azotes, como con echar cálculos para ver de dónde sacaba aquel real tan necesario.

En estos tristes pensamientos me halló el día. Púseme a hacer un escrutinio riguroso de mi haber, y a examinar mi ropa pieza por pieza, a ver si tenía alguna que valiera real y medio; pero ¡qué había de valer!, si mi camisa era menester llamarla por números para acomodármela en el cuerpo, mis calzones apenas se podían tener de las pretinas, las medias no estaban útiles ni para tapar un caño, los zapatos parecían dos conchas de tortuga, solo se detenían en mis pies por el respeto de un par de lacitos de cohetero, rosario no lo conocía, y el triste retazo de capote me hacía más falta que todo mi ajuar entero y verdadero.

Ya desesperaba de presentar el escrito esa mañana porque no tenía cosa que valiera un real, cuando por fortuna alcé la cara y vi colgado en un clavito mi sombrero; y considerándolo pieza inútil en aquella mazmorra y la mejor que me acompañaba, exclamé lleno de gusto: ¡gracias a Dios que a lo menos tengo sombrero que me valga en esta vez! Diciendo esto, lo descolgué, y al primero que se me presentó se lo vendí en una peseta, con la que salí de mi cuidado y me desayuné de pilón.

Serían las diez de la mañana cuando fue entrando tata Chepito con la respuesta de mi tío, que os quiero poner a la letra para que aprendáis, hijos míos, a no fiarnos jamás en los amigos y parientes; y sí únicamente en vuestra buena conducta y en lo poco o mucho que adquiriereis con vuestros honestos arbitrios y trabajo. Decía así la respuesta: «Señor Sancho Pérez: cuando usted en la realidad sea quien dice y lo saquen afrentado públicamente por ladrón, crea que no se me dará cuidado, pues el pícaro es bien que sufra la pena de su delito. La conminación que usted me hace de que se deshonrará mi familia es muy frívola, pues debe saber que la afrenta solo recae en el delincuente, quedando ilesos de ella sus demás deudos. Conque si usted lo ha sido, súfralo por su causa; y si está inocente, como me asegura, súfralo por Dios, que más padeció Cristo por nosotros.

»Su Majestad socorra a usted como se lo pide —*el Licenciado Maceta*».

La sensible impresión que me causaría esta agria respuesta no es menester ponderarla a quien se considere en mi lugar. Baste decir que fue tal, que dio conmigo en tierra postrado de una violenta fiebre.

Luego que se me advirtió, me subieron a la enfermería y me asistió la caridad prontamente.

Cuando me hallaron con la cabeza despejada, el médico, que por fortuna era hábil, había advertido mi delirio y se había informado de mi causa, hizo que me desengañara el mismo escribano junto con el alcaide de que no había tal sentencia, ni tenía que temer los prometidos azotes.

Entonces, como si me sacaran de un sepulcro, volví en mí perfectamente, me serené, y se comenzó a restablecer mi salud de día en día.

Cuando estuve ya convaleciente bajó el escribano a informarse de mí de parte de los señores de la sala para que le dijera quién me había metido semejante ficción en la cabeza; porque fueron sabedores de toda mi tragedia así porque yo se los dije en el escrito, como porque leyeron la carta del tío que os he dicho, y formaron el concepto de que yo sin duda era bien nacido, y por lo mismo se debieron de incomodar con la pesadez de la burla y deseaban castigar al autor.

145

Con esto el escribano y el alcaide se esforzaban cuanto podían para que lo descubriera; pero yo, considerando su designio, las resultas que de mi denuncia podían sobrevenir al Aguilucho, y que no me resultaba ningún bien con perjudicar a este infeliz necio, que bastantemente agravado estaba con sus crímenes, no quise descubrirlo, y solo decía que como eran tantos no me acordaba a punto fijo de quién era.

No me sacaron otra cosa los comisionados de los ministros por más que hicieron, y así, formando de mí el concepto de que era un mentecato, se marcharon.

Quedeme en la enfermería más contento que en el calabozo, ya porque estaba mejor asistido, y ya, en fin, porque entre los que allí estaban había algunos de regulares principios, y cuya conversación me divertía más que la de los pillos del patio.

Como el escribano vio mi letra en el escrito se prendó de ella, y fue cabalmente a tiempo que se le despidió el amanuense, y valiéndose de la amistad del alcaide me propuso que si quería escribirle a la mano que me daría cuatro reales diarios. Yo admití en el instante, pero le advertí que estaba muy indecente para subir arriba. El escribano me dijo que no me apurara por eso, y en efecto al día siguiente me habilitó de camisa, chaleco, chupa, calzones, medias y zapatos; todo usado, pero limpio y no muy viejo.

Me planté de punta en blanco, de suerte que todos los presos extrañaban mi figura renovada; ¿mas qué mucho si yo mismo no me conocía al verme tan otro de la noche a la mañana?

Comencé a servir a este mi primer amo con tanta puntualidad, tesón y eficacia, que dentro de pocos días me hice dueño de su voluntad, y me cobró tal cariño que no solo me socorrió en la cárcel, sino que me sacó de ella y me llevó a su casa con destino, como veréis en el capítulo siguiente.

Capítulo X. En el que escribe Periquillo su salida de la cárcel, hace una crítica contra los malos escribanos y refiere, por último, el motivo por que salió de la casa de Chanfaina y su desgraciado modo

Hay ocasiones de tal abatimiento y estrechez para los hombres, que los más pícaros no hallan otro recurso que aparentar la virtud que no tienen para granjearse la voluntad de aquellos que necesitan. Esto hice yo puntualmente con el escribano, pues, aunque era enemigo irreconciliable del trabajo, me veía confinado en una cárcel, pobre, desnudo, muerto de hambre, sin arbitrio para adquirir un real, y temiendo por horas un fatal resultado por las sospechas que se tenían contra mí; con esto le complacía cuanto me era dable, y él cada vez me manifestaba más cariño, y tanto que en quince o veinte días concluyó mi negocio; hizo ver que no había testigos ni parte que pidiera contra mí, que la sospecha era leve y quién sabe qué más. Ello es que yo salí en libertad sin pagar costas, y me fui a servirlo a su casa.

Llamábase este mi primer amo don Cosme Casalla, y los presos le llamaban el escribano Chanfaina, ya por la asonancia de esta palabra con su apellido, o ya por lo que sabía revolver.

Era tal el atrevimiento de este hombre que una ocasión le vi hacer una cosa que me dejó espantado, y hoy me escandalizo al escribirla.

Fue el caso que una noche cayó un ladrón conocido y harto criminal en manos de la justicia. Tocole la formación de su causa a otro escribano, y no a mi amo. Convenciose y confesó el reo llanamente todos sus delitos, porque eran innegables. En este tiempo una hermana que éste tenía, no mal parecida, fue a ver a mi amo empeñándose por su hermano, y llevándole no sé qué regalito; pero mi dicho amo se excusó diciéndole que él no era el escribano de la causa, que viera al que lo era. La muchacha le dijo que ya lo había visto, mas que fue en vano, porque aquel escribano era muy escrupuloso y le había dicho que él no podía proceder contra la justicia, ni tenía arbitrio para mover a su favor el corazón de los jueces, que él debía dar cuenta con lo que resultase de la causa, y los jueces sentenciarían conforme lo que hallaran por conveniente, y así que él no tenía qué hacer en eso; que ella, desesperada con tan mal despacho, había ido a ver a mi amo sabiendo lo piadoso que era y el mucho valimiento que tenía en la sala, suplicándole la viese con caridad, que aunque era una pobre le agradecería este favor toda su vida, y se lo correspondería de la manera que pudiese.

Mi amo, que no tenía por dónde el diablo lo desechara, al oír esta proposición, vio con más cuidado los ojillos llorosos de la suplicante, y no pareciéndole indignos de su protección se la ofreció diciéndole: vamos, chata, no llores, aquí me tienes; pierde cuidado que no correrá sangre la causa de tu

147

hermano; pero... al decir este pero se levantó y no pude escuchar lo que le dijo en voz baja. Lo cierto es que la muchacha por dos o tres veces le dijo sí señor, y se fue muy contenta.

Al cabo de algunos días, una tarde que estaba yo escribiendo con mi amo, fue entrando la misma joven toda despavorida, y entre llorosa y regañona le dijo: no esperaba yo esto, señor don Cosme, de la formalidad de usted, ni pensaba que así se había de burlar de una infeliz mujer. Si yo hice lo que hice, fue por librar a mi hermano según usted me prometió, no porque me faltara quién me dijera por ahí te pudras, pues, pobre como usted me ve, no me he querido echar por la calle de enmedio, que si eso fuera, así, así me sobra quien me saque de miserias, pues no falta una media rota para una pierna llagada; pero maldita sea yo y la hora en que vine a ver a usted pensando que era hombre de bien y que cumpliría su palabra y... Cállate, mujer, le dijo mi amo, que has ensartado más desatinos que palabras. ¿Qué ha habido? ¿Qué tienes? ¿Qué te han contado? Una friolera, dijo ella, que está mi hermano sentenciado por ocho años al Morro de La Habana. ¿Qué dices, mujer?, preguntó mi amo todo azorado, si eso no puede ser, eso es mentira. Qué mentira ni qué diablos, decía la adolorida, acabo de despedirme de él y mañana sale. ¡Ay, alma mía de mi hermano! ¡Quién te lo había de decir, después que yo he hecho por ti cuanto he podido!... ¿Cómo mañana, mujer? ¿Qué estás hablando? Sí, mañana, mañana, que ya lo desposaron esta tarde y está entregado en lista para que lo lleven. Pues no te apures, dijo mi amo, que primero me llevarán los diablos que a tu hermano lo lleven a presidio. Anda, vete sin cuidado, que a la noche ya estará tu hermano en libertad.

Diciendo esto, la muchacha se fue para la calle y mi amo para la cárcel, donde halló al dicho reo esposado con otro para salir en la cuerda al día siguiente, según había dicho su parienta.

Turbose el escribano al ver esto, mas no desmayó, sino que haciendo una de las suyas desunció al reo condenado de su compañero, y unció con éste a un pobre indio que había caído allí por borracho y aporreador de su mujer.

Este infeliz fue a suplir ocho años al Morro de La Habana por el ladrón hermano de la bonita, el que a las oraciones de la noche salió a la calle por arriba libre y sin costas, apercibido de no andar en México de día; aunque él no anduvo ni de noche, porque temiendo no se descubriera la trácala del

148

escribano, se marchó de la ciudad lo más presto que pudo, quedando de este modo más solapada la iniquidad.

Si tanta determinación tenía el amigo Chanfaina para cometer un atentado semejante, ¿cuánta no tendría para otorgar una escritura sin instrumentales, para recibir unos testigos falsos a sabiendas, para dar una certificación de lo que no había visto, para ser escribano y abogado de una misma parte, para comisionarme a tomar una declaración, para omitir poner su signo donde se le antojaba, y para otras ilegalidades semejantes? Todo lo hacía con la mayor frescura, y atropellaba con cuantas leyes, cédulas y reales órdenes se le ponían por delante, siempre que entre ellas y sus trapazas mediaba algún ratero interés; y digo ratero porque era un hombre tan venal que por una o dos onzas, y a veces por menos, hacía las mayores picardías.

A más de esto, era de un corazón harto cruel y sanguinario. El infeliz que caía en sus manos por causa criminal, bien se podía componer si era pobre, porque no escapaba de un presidio cuando menos; y se vanagloriaba de esto altamente, teniéndose por un hombre íntegro y justificado, jactándose de que por su medio se había cortado un miembro podrido a la república. En una palabra, era el hombre perverso a toda prueba.

Parece que en mí es una reprensible ingratitud el descubrimiento de los malos procederes de un hombre a quien debí mi libertad y subsistencia por algún tiempo; pero como mi intención no es zaherir su memoria ni murmurar su conducta, sino solo representar en ella la de algunos de sus compañeros, y esto a tiempo que el original dejó de existir entre los vivos, con la fortuna de no dejar un pariente que se agravie, es regular que los hombres que piensan me excusen de aquella nota, y más cuando sepan que el favor que me hizo no fue por hacerme bien, sino por servirse de mí a poca costa; pues en cerca de un año que le serví, a excepción de cuatro trapos viejos y un real o dos para cigarros que me daba, podía yo asegurar que estaba como los presidarios, sirviendo a ración y sin sueldo; porque aunque me ofreció cuatro reales diarios, éstos se quedaron en ofrecimientos.

Sin embargo, no debo pasar en silencio que le merecí haber aprendido a su lado todas sus malas mañas *pro famotiori*, como dicen los escolares, quiero decir, que las aprendí bien y salí aprovechadísimo en el arte de la cábala con la pluma.

149

En el corto término que os he dicho supe otorgar un poder, extender una escritura, cancelarla, acriminar a un reo o defenderlo, formar una sumaria, concluir un proceso y hacer todo cuanto puede hacer un escribano; pero todo así así, y como lo hacen los más, es decir, por rutina, por formularios y por costumbre o imitación; mas casi nada porque yo entendiera perfectamente lo que hacía, si no era cuando obraba con malicia particular, que entonces sí sabía el mal que hacía, y el bien que dejaba de hacer; pero por lo demás no pasaba de un papelista intruso, semi-curial ignorante y cagatinta perverso.

Con todas estas recomendables circunstancias, se fiaba mi maestro de mí sin el menor escrúpulo. Ya se ve, ¿de quién mejor se había de fiar sino de un su discípulo que le había bebido los alientos?

Un día que él no estaba en casa, me entretenía en extender una escritura de venta de cierta finca que una señora iba a enajenar. Ya casi la estaba yo concluyendo cuando entró en busca de mi amo Chanfaina el licenciado don Severo, hombre sabio, íntegro e hipocondriaco. Luego que se sentó me preguntó por mi maestro, y a seguida me dijo: ¿qué está usted haciendo? Yo, que no conocía su carácter, ni su profesión, ni luces, le contesté que una escritura. ¿Pues qué, repitió él, la está pasando a testimonio o extendiéndola original? Sí señor, le dije, esto último estoy haciendo, extendiéndola original. Bueno, bueno, dijo, ¿y de qué es la escritura? Señor, respondí, es de la venta de una finca. ¿Y quién otorga la escritura? La señora doña Damiana Acevedo. ¡Ah!, sí, dijo el abogado, la conozco mucho, es mi deuda política; está para casarse tiempo hace con mi primo don Baltasar Orihuela; por cierto que es la moza harto modista y disipadora. ¿Qué ya estará en el estado de vender las fincas que podía llevar en dote? Aunque en ese caso no sé cómo habrá de otorgar la escritura. A ver, sírvase usted leerla.

Yo, hecho un salvaje y sin saber con quién estaba hablando, leí la escritura, que decía así ni más ni menos: «En la ciudad de México a 20 de julio de 1780, ante mí el escribano y testigos, doña Damiana Acevedo vecina de ella otorga: que por sí y en nombre de sus herederos, succesores e hijos, si algún día los tuviere, vende para siempre a don Hilario Rocha natural de la Villa del Carbón y vecino de esta capital, y a los suyos, una casa, sita en la calle del Arco de la misma que en posesión y propiedad le pertenece por herencia de su difunto padre el señor don José María Acevedo, y se compone de cuatro piezas altas que son: sala, recámara, asistencia y cocina; un cuarto bajo, un pajar y una caballeriza; tiene quince pies de fachada y treinta y ocho de fondo, todo lo que consta en la respectiva cláusula del testamento de su expresado difunto padre, por cuyo título le corresponde a la otorgante, la cual declara y asegura no tenerla vendida, enajenada ni empeñada, y que está libre de tributo, memoria, capellanía, vínculo, patronato, fianza, censo, hipoteca y de cualquiera otra especie de gravamen; la cual le dona con toda su fábrica, entradas, salidas, usos, costumbres y servidumbres en forma de derecho, en 4.000 pesos en moneda corriente y sellada con el cuño mexicano, que ha recibido a su satisfacción. Y desde hoy en adelante para siempre jamás se abdica, desprende, desapodera, desiste, quita y aparta, y a sus herederos y succesores, de la propiedad, dominio, título, voz, recurso y otro cualquier derecho que a la citada casa le corresponde, y lo cede, renuncia y traspasa plenamente con las acciones reales, personales, útiles, mixtas, directas, ejecutivas y demás que le competen, en el mencionado don Hilario Rocha, a quien confiere poder irrevocable con libre, franca y general administración, y constituye procurador actor en su propio negocio, para que la goce, y sin dependencia ni intervención de la otorgante la cambie, enajene, use y disponga de ella como de cosa suya adquirida con justo legítimo título, y tome y aprenda de su autoridad o judicialmente la real tenencia y posesión que en virtud de este instrumento le pertenece; y para que no necesite tomarla y antes bien conste en todo tiempo ser suya, formaliza a su favor esta escritura de que le daré copia autorizada. Asimismo declara que el justo precio y valor de la tal finca son los dichos 4.000 pesos, y que no vale más ni ha hallado quien le dé más por ella; y si más vale o valer pudiere, hace del exceso grata donación pura, mera, perfecta o irrevocable que el derecho llama *inter vivos*, al expresado Rocha y sus herederos, renunciando para esto la ley I. tít. XI. lib. 5 de la *Recopilación*, y la que de esto trata fecha en cortes de Alcalá de Henares, como también la de *non numerata pecunia*, la del senadoconsulto Veleyano, y se somete a la jurisdicción de los señores jueces y justicias de Su Majestad renunciando las leyes *si qua mulier*, la de *si convenerit de jurisdictione omnium judicum*, y cuantas puedan hallarse a su favor por sí y sus herederos, obligándose además a que nadie le inquietará ni moverá

151

pleito sobre la propiedad, posesión o disfrute de dicha casa, y si se le inquietare, moviere o apareciere algún gravamen, luego que la otorgante y sus herederos y succesores sean requeridos conforme a derecho, saldrán a su defensa y seguirán el pleito a sus expensas en todas instancias y tribunales hasta ejecutoriarse, y dejar al comprador en su libre uso y pacífica posesión; y no pudiendo conseguirlo le darán otra igual en valor, fábrica, sitio, renta y comodidades, o en su defecto le restituirán la cantidad que ha desembolsado, las mejoras útiles, precisas y voluntarias que tenga a la sazón, el mayor valor que adquiera con el tiempo, y todas las costas, gastos y menoscabos que se le siguieren, con sus intereses, por todo lo cual se les ha de poder ejecutar solo en virtud de esta escritura, y juramento del que la posea o lo represente en quien defiere su importe relevándole de otra prueba. Así pues, y a la observancia de todo lo referido obliga su persona y bienes habidos y por haber, y con ellos se somete a los jueces y justicias de Su Majestad para que a ello la compelan como por sentencia pasada, consentida y no apelada en autoridad de cosa juzgada, renunciando su propio fuero, domicilio y vecindad con la general del derecho, y así lo otorgó. Y presente don Hilario Rocha, a quien doy fe conozco, impuesto en el contenido de este instrumento, sus localidades y condiciones, dijo: que aceptaba y aceptó la compra de la expresada casa como en ello se contiene, y se obliga...». Basta, dijo el licenciado Severo, que es menester gran vaso para escuchar un instrumento tan cansado, y a más de cansado, tan ridículo y mal hecho. ¿Usted, amiguito, entiende algo de lo que ha puesto? ¿Conoce a esa señora? ¿Sabe cuáles son las leyes que renuncia? Y... A este tiempo entró mi amo Chanfaina, e impuesto de las preguntas que me estaba haciendo el licenciado le dijo: este muchacho poco ha de responder a usted de cuanto le pregunte, porque no pasa de un escribientillo aplicado. Esta escritura que usted ha escuchado la hizo por el machote que le dejé y por los que me ha visto hacer, y como tiene una feliz memoria se le queda todo fácilmente. Hemos de advertir que hasta aquí ni yo ni mi patrón sabíamos si era licenciado el tal don Severo, y solo pensábamos que era algún pobre que iba a ocuparnos.

Con este error mi amo, que como gran ignorante era gran soberbio, creyó aturdir a la visita y acreditarse a costa de desatinar con arrogancia según que lo tenía de costumbre; y así añadió: lo que usted dude, caballero, a mí,

152

a mí me lo ha de preguntar, que lo satisfaré completamente. Ya usted tendrá noticia de quién soy pues me viene a buscar; pero si no la tiene, sépase que soy don Cosme Apolinario Casalla y Torrejalva, escribano real y receptor de esta real audiencia, para que mande.

Ya, ya tengo noticia de la habilidad y talento de usted, señor mío, dijo el abogado, y yo mismo felicito mi ventura que me condujo a la casa de un hombre lleno, y tanto más cuanto que soy muy amigo de saber lo que ignoro, y me acomodo siempre a preguntar a quien más sabe para salir de mi ignorancia.

En esta virtud y antes de tratar del negocio a que vengo, quisiera preguntar a usted algunas cosillas que hace días que las oigo y no las entiendo.

Ya he dicho a usted, amigo, contestó Chanfaina con su acostumbrada arrogancia, que pregunte lo que guste, que yo le sacaré de sus dudas de buena gana.

Pues señor, continuó el letrado, sírvase usted decirme ¿qué significan esas renuncias que se hacen en las escrituras? ¿Qué quiere decir la ley *si qua mulier*? ¿Cuál es la de *sive a me*? ¿Qué significa aquella de *si convenerit de jurisdictione omnium judicum*? ¿Cuál es el beneficio del *senatus-consulto Veleyano* que renuncian las mujeres? ¿Qué significa la *non numerata pecunia*? ¿Qué quiere decir *renuncio mi propio fuero, domicilio y vecindad*? ¿Cuál es la ley I. tít. XI. del lib. 5 de la *Recopilación*? Y por fin, ¿quiénes pueden o no otorgar escrituras? ¿Cuáles leyes pueden renunciarse y cuáles no? Y ¿qué cosa son o para qué sirven los testigos que llaman instrumentales?

Ha preguntado usted tantas cosas, dijo mi amo, que no es muy fácil el responderle a todas con prolijidad; pero, para que usted se sosiegue, sepa que todas esas leyes que se renuncian son antiguallas que de nada sirven, y así no nos calentamos los escribanos la cabeza en saberlas, pues eso de saber leyes les toca a los abogados, no a nosotros. Lo que sucede es que como ya es estilo el poner esas cosas en las escrituras y otros instrumentos públicos, las ponemos los escribanos que vivimos hoy y las pondrán los que vivirán de aquí a un siglo con la misma ciencia de ellas que los primeros escribanos del mundo; pero ya digo, el saber o ignorar estas *maturrangas* nada importa. ¿Está usted?

153

Por lo que hace a lo que usted pregunta de que ¿qué personas pueden otorgar escrituras?, debo decirle que menos los locos, todos. A lo menos yo las extenderé en favor del que me pague su dinero, sea quien fuere, y si tuviere algún impedimento, veré cómo se lo aparto, y lo habilito. ¿Está usted?

Últimamente, los testigos instrumentales son unas testas de hierro o más bien unos nombres supuestos; pues en queriendo Juan vender, y Pedro comprar, ¿qué cuenta tienen con que haya o no testigos de su contrato? De modo que verá usted que yo, muchos de mis compañeros, y casi todos los alcaldes mayores, tenientes y justicias de pueblos, extendemos estos instrumentos en nuestras casas y juzgados solos, y cuando llegamos a los testigos ponemos que lo fueron don Pasencio, don Nicacio y don Epitacio, aunque no haya tales hombres en veinte leguas en contorno, y lo cierto es que las escrituras se quedaron otorgadas, las fincas vendidas, nuestros derechos en la bolsa, y nadie, aunque sepa esta friolera, se mete a reconvenirnos para nada.

Esto es lo que hay, amigo, en el particular. Vea usted si tiene algo más que preguntar, que se le responderá *in terminis*, camarada, *in terminis*, terminantemente.

Levantose de la silla el licenciado medio balbuciente de la cólera, y con un mirar de perro con rabia le dijo a mi preclarísimo maestro: pues señor don Cosme Casalla, o Chanfaina, o calabaza, o como le llaman, sepa usted que quien le habla es el licenciado don Severo Justiniano, abogado también de esta real audiencia en la que pronto me verá usted colocado, y sabrá, si no quiere saberlo antes, que soy doctor en ambos derechos, y que no le he hablado con mera fanfarronada como usted, a quien en esta virtud le digo y le repito que es un hombre lleno, pero no de sabiduría, sino lleno de malicia y de ignorancia. ¡Bárbaro! ¿Quién lo metió a escribano? ¿Quién lo examinó? ¿Cómo supo engañar a los señores sinodales respondiendo quizás preguntas estudiadas, comunes o prevenidas, o satisfaciendo hipócritamente los casos arduos que le propusieron?

Usted y otros escribanos o receptores tan pelotas y maliciosos como usted tienen la culpa de que el vulgo, poco recto en sus juicios, mire con desafecto, y aun diré con odio, una profesión tan noble, confundiendo a los escribanos instruidos y timoratos con los criminalistas trapaceros, satisfechos de que abundan más éstos que aquéllos.

Sí señor, el oficio de escribano es honorífico, noble y decente. Las leyes lo llaman *público y honrado*; prescriben que *el que haya de ejercerlo sea sujeto de buena fama, hombre libre y cristiano; aseguran que el poner escribanos es cosa que pertenece a los reyes. Ca en ellos es puesta la guarda e lealtad de las cartas que facen en la corte del rey, e en las ciudades e en las villas. E son como testigos públicos en los pleitos, e en las posturas (pactos) que los omes facen entre sí; y mandan que para ser admitidos a ejercer dicho cargo justifiquen con citación del procurador síndico, ante las justicias de sus domicilios, limpieza de sangre, legitimidad, fidelidad, habilidad, buena vida y costumbres.*[72]

Sí, amigo, es un oficio honroso, y tanto que no obsta, como han pensado algunos, para ser caballeros y adornarse el pecho con la cruz de un hábito, siempre que no falten los demás requisitos necesarios para el caso, de lo que tenemos ejemplar. No siendo esto nada particular ni violento, si se considera que un escribano *es una persona depositaria con autoridad del soberano de la confianza pública, a quien, así en juicio como fuera de él, se debe dar entera fe y crédito en cuanto actúe como tal escribano.*

¿No es pues una lástima que cuatro zaragates desluzcan con sus embrollos, necedades y raterías, una profesión tan recomendable en la sociedad? A lo menos en el concepto de los muchos, que los pocos bien saben que, en expresión de cierto autor moderno, *el abuso de tan decoroso ministerio no debe degradarle, como ni a los demás de la república, de la estimación y aprecio que le son debidos.*

Esa escritura que usted ha puesto o mandado poner es un fárrago de simplezas que no merece criticarse, y ella misma publica la ignorancia de usted cuando no la hubiera confesado. ¿Conque usted se persuade que el escribano no necesita saber leyes, y que esto solo compete a los abogados? Pues no, señor, los escribanos deben también estudiarlas para desempeñar su oficio en conciencia.*[73]

---

72 En el prólogo del Febrero ilustrado se hallan citadas las respectivas leyes.
73 Es imposible ejercer los escribanos su oficio, dice don Marcos Gutiérrez en el lugar citado, sin saber mucho de Jurisprudencia; pues de lo contrario forzosamente han de cometer

155

Ésta es una aserción muy evidente, y si no vea usted en cuántos despil-farros y nulidades ha incurrido en ese mamarracho que ha forjado. Usted cita y renuncia leyes que para nada vienen al caso, manifestando en esto su ignorancia, al mismo tiempo que omite poner la edad de esa señora, circunstancia esencialísima para que sea válida la escritura, pues es mayor de veinticinco años; no es casada ni hija de familia; tiene la libre administra-ción de sus bienes, y puede otorgar por sí lo mismo que cualquier hombre libre; y de consiguiente es un absurdo la renuncia que hace en su nombre del *Senatus-consulto Veleyano*, pues no tiene aquí lugar ni le favorece. Sepa usted que esta ley se instituyó en Roma, siendo cónsul Veleyo, en favor de las mujeres para que no puedan obligarse ni salir por fiadoras por persona alguna, y ya que puedan serlo en ciertos casos es menester que renuncien esta ley romana, o más bien las patrias que les favorecen, y entonces será válido el contrato y estarán obligadas a cumplirlo; pero, cuando estando ha-bilitadas por derecho, se obligan por sí y por su mismo interés, es excusada tal cláusula, porque entonces ninguna ley las exime de la obligación que han otorgado.

Lo mismo se puede decir de las demás renuncias disparatadas que usted ha puesto, como las de *si qua mulier, sive a me*, etc., pues éstas se contraen a asegurar los bienes de las mujeres casadas o por razón de bienes dotales; y así solo a estas favorecen, y ellas únicamente pueden renunciar su benefi-cio, y no las doncellas o solteras como es doña Damiana Acevedo.

Mas para que usted acabe de conocer hasta dónde llega su ignorancia y la de todos sus compañeros que extienden instrumentos y ponen en ellos latinajos, leyes y renuncias de éstas, sin entender lo que hablan, sino porque así lo han visto en los protocolos de donde sacaron su formulario, atienda: dice usted que vendió la casa en 4.000 pesos que el comprador recibió a su satisfacción, y a poco dice que renuncia la ley de la *non numerata pecunia*. Si usted supiera que esta ley habla del dinero no contado, y no del contado y recibido, no incurriría en tal error.

Últimamente, el poner por testigos instrumentales los nombres que usted quiere, al hacer el instrumento usted solo, como ha dicho, y el no explicarle

---

infinitos absurdos que originen costosos e interminables litigios, y de que sean víctimas innumerables ciudadanos en sus bienes y derechos.

156

a las partes la cláusula de él y las leyes que renuncian, puede anular la escritura y cuanto haga con esta torpeza; porque es obligación precisa de los escribanos el imponer a las partes perfectamente en estas que usted llama *antiguallas*; pero como «regularmente los escribanos poco menos ignoran el contenido de las leyes renunciadas que las mismas partes, ¿cómo deberemos persuadirnos que cerciorarán aquello que creemos ignoran? ¿Llamaremos acaso a juicio al escribano para que, examinado del contenido de dichas leyes, si rectamente responde, creamos que cercioró bien a las partes, y si no da razón de su persona hagamos el contrario concepto? Mejor sería».[74]

Conque, señor Casalla, aplicarse, aplicarse y ser hombre de bien; pues es un dolor que por las faltas de usted y otros como usted sufran los buenos escribanos el vejamen de los necios. El negocio a que yo venía pide un escribano de más capacidad y conducta que usted, y así no me determino a fiárselo. Estudie más y sea más arreglado, y no le faltará que comer con más descanso y tranquilidad de espíritu. Y usted, amiguito (me dijo a mí), estudie también si quiere seguir esta carrera, y no se enseñe a robar con la pluma, pues entonces no pasará de ave de rapiña. A Dios, señores.

Ni visto ni oído fue el licenciado luego que acabó de regañar a mi amo, quien se quedó tan aturdido que no sabía si estaba en cielo o en tierra, según después me dijo.

Yo me acordé bastante de mi primer maestro de escuela, cuando le pasó igual bochorno con el clérigo; pero mi amo no era de los que se ahogan en poca agua, sino muy procaz o sin vergüenza; y así disimuló su incomodidad con mucho garbo, y luego que se recobró un poco me dijo: ¿sabes, Periquillo, por qué ha sido esta faramalla del abogado? Pues sábete que no por otra causa sino porque siente un gato que otro lo arañe. Estos letradillos son muy envidiosos, no pueden ver ojos en otra cara, y quisieran ser ellos solos abogados, jueces, agentes, relatores, procuradores, escribanos, y hasta corchetes y verdugos para soplarse a los litigantes en cuerpo y alma.

Vea usted al bribón del Severillo y qué charla nos ha encajado haciéndose del hipócrita y del instruido, como si fuera lo mismo zurcir un escrito acuñándole cuarenta textos, que extender un instrumento público. Aquí no más has de conocer lo que va del trabajo de un abogado al de un escribano: el

---

74 Aliaga en su Espejo de Escribanos, tom. 2, cap. 1, cláus. 13, fol. 62.

escrito de aquél se tira, si se ofrece, por inútil, y el instrumento que nosotros autorizamos se guarda y se protocola eternamente.

El letradillo se escandaliza de lo que no entiende, pero no se asustará de dejar un litigante sin camisa. Sí, ya lo conozco, ¡bonito yo para que me diera atole con el dedo! No digo él, ni los de toga. ¿Sabes por qué tomé el partido de callarme? Pues fue porque es muy caviloso, y a más de eso tengo malicias de que es asesor de Su Excelencia. Está para ser oidor y no quiero exponerme a un trabajo, porque estos pícaros por tal de vengarse no dejarán libro que no hojeen, ni estante que no revuelvan; que si eso no hubiera sido, yo lo hubiera enseñado a malcriado. Con todo, que vuelva otro día a mi casa a quebrarme la cabeza, quizás no estaré para aguantar, y saldrá por ahí como rata por tirante.

Así que mi amo se desahogó conmigo, abrió su estantito, se refrescó con un buen trago del refino de Castilla, y se marchó a jugar sus alburitos mientras se hacía hora de comer.

Aunque me hicieron mucha fuerza las razones del licenciado, algo me desvanecieron la socarra y mentiras de Chanfaina. Ello es que yo propuse no dejar su compañía hasta no salir un mediano oficial de escribano; mas no se puede todo lo que se quiere.

A las dos de la tarde volvió mi maestro contento porque no había perdido en el juego; puse la mesa, comió y se fue a dormir siesta. Yo fui a hacer la misma diligencia a la cocina, donde me despachó muy bien nana Clara, que era la cocinera. Después me bajé a la esquina a pasar el rato con el tendero mientras despertaba mi patrón.

Éste, luego que despertó, me dejó mi tarea de escribir, como siempre, y se marchó para la calle, de donde volvió a las siete de la noche con una nueva huéspeda que venía a ser nuestra compañera.

Luego que la vi la conocí. Se llamaba Luisa, y era la hermana del ladrón que mi amo soltó de la cuerda con más facilidad que don Quijote a Ginés de Pasamonte. Ya he dicho que la tal moza no era fea y que pareció muy bien a mi amo. ¡Ojalá y a mí no me hubiera parecido lo mismo!

En cuanto entró le dijo mi amo: anda, hija, desnúdate[75] y vete con nana Clara, que ella te impondrá de lo que has de hacer. Fuese ella muy humilde, y cuando estuvimos solos me dijo Chanfaina: Periquillo, me debes dar las albricias por esta nueva criada que he traído; ella viene de recamarera, y te vas a ahorrar de algún quehacer, porque ya no barrerás, ni harás la cama, ni servirás la mesa, ni limpiarás los candeleros, ni harás otras cosas que son de su obligación, sino solamente los mandados. Lo único que te encargo es que tengas cuidado con ella, avisándome si se asoma al balcón muy seguido, o si sale o viene alguno a verla cuando no estuviere yo en casa. En fin, tú cuídala y avísame de cuanto notares. Pues, porque al fin es mi criada, está a mi cargo, tengo que dar cuenta a Dios de ella y no soy muy ancho de conciencia, ni quiero condenarme por pecados ajenos. ¿Entiendes? Sí, señor, le contesté, riéndome interiormente de la necedad con que pensaba que era yo capaz de tragar su hipocresía. Ya se ve, el muy camote me tenía por un buen muchacho o por un mentecato. Como en cerca de dos meses que yo vivía con él había hecho tan al vivo el papel de hombre de bien, pues ni salía a pasear aun dándome licencia él mismo, ni me deslicé en lo más mínimo con la vieja cocinera, me creyó el amigo Chanfaina, muy inocente, o quién sabe qué, y me confió a su Luisa, que fue fiarle un mamón a un perro hambriento. Así salió ello.

Esa noche cenamos y me fui a acostar sin meterme en más dibujos. Al día siguiente nos dio chocolate la recamarerita, hizo la cama, barrió, atizó el cobre, porque plata no la había, y puso la casa albeando, como dicen las mujeres.

Seis u ocho días hizo la Luisa el papel de criada sirviendo la mesa y tratando a Chanfaina como amo, delante de mí y de la vieja; pero no pudo éste sufrir mucho tiempo el disimulo. Pasado este plazo la fue haciendo comer de su plato, aunque en pie; después la hacía sentar algunas veces, hasta que se desnudó del fingimiento y la colocó a su lado señorilmente.

Los tres comíamos y cenábamos juntos en buena paz y compañía. La muchacha era bonita, alegre, viva y decidora; yo era joven, no muy malote y

---

75 En aquella época solo la gente muy infeliz carecía de ropa más decente o aseada para salir a la calle, y así es que por desnudarse se entendía quitarse esa ropa y quedarse con la de dentro de casa. E.

sabía tocar el bandoloncito y cantar no muy ronco; al paso que mi amo era casi viejo, no poseía las gracias que yo; sacándolo de sus trapacerías con la pluma, era en lo demás muy tonto; hablaba gangoso y rociaba de babas al que lo atendía, a causa de que el gálico y el mercurio lo habían dejado sin campanilla ni dientes; no era nada liberal y sobre tantas prendas tenía la recomendable de ser celosísimo en extremo.

Ya se deja entender que no me costaría mucho trabajo la conquista de Luisa teniendo un rival tan despreciable. Así fue en efecto. Breve nos conchabamos, y quedamos de acuerdo correspondiéndonos nuestros afectos amigablemente.

El pobre de mi amo estaba encantado con su recamarera y plenamente satisfecho de su escribiente, quien no osaba alzar los ojos a verla delante de él.

Mas ella, que era pícara y burlona, abusaba del candor de mi amo y me ponía en unos aprietos terribles en su presencia; de suerte que a veces me hacía reír y a veces incomodar con sus chocarrerías.

Algunas ocasiones me decía: señor Pedrito, qué mustio es usted, parece usted novicio o fraile recién profeso; ni alza los ojos para verme, ¿que soy tan fea que espanto? ¡Zonzo! Dios me libre de usted. Será usted más tunante que el que más. Sí, de estos que no comen miel libre Dios nuestros panales, don Cosme.

Otras veces me preguntaba si estaba yo enamorado de alguna muchacha o si me quería casar, y treinta mil simplezas de éstas, con las que me exponía a descubrir nuestros maliciosos tratos; pero el bueno de mi maestro estaba lelo y en nada menos pensaba que en ellos; antes solía preguntarme a excusas de ella si le observaba yo alguna inquietud. Y yo le decía: no, señor, ni yo lo permitiera, pues los intereses de usted los miro como míos, y más en esta parte. Con esto quedaba el pobre enteramente satisfecho de la fidelidad de los dos.

Pero como nada hay oculto que no se revele, al fin se descubrió nuestro mal procedimiento de un modo que pudo haberme costado bien caro.

Estaba una mañana Luisa en el balcón y yo escribiendo en la sala. Antojóseme chupar un cigarro y fui a encenderlo a la cocina. Por desgracia estaba soplando la lumbre una muchacha de no malos bigotes llamada Lorenza, que

160

era sobrina de nana Clara y la iba a visitar de cuando en cuando por interés de los percances que le daba la buena vieja, la que a la sazón no estaba en casa, porque había ido a la plaza a comprar cebollas y otras menestras para guisar. Me hallé, pues, solo con la muchacha, y como era de corazón alegre comenzamos a chacotear familiarmente.

En este rato me echó menos Luisa; fue a buscarme y, hallándome enajenado, se enceló furiosamente y me reconvino con aspereza, pues me dijo: muy bien, señor Perico. En eso se le va a usted el tiempo, en retozar con esa grandísima tal... No, eso de tal, dijo Lorenza toda encolerizada, eso de tal lo será ella y su madre y toda su casta. Y sin más cumplimientos se arremetieron y afianzaron de las trenzas dándose muchos araños y diciéndose primores; pero esto con tal escándalo y alharaca que se podía haber oído el pleito y sabido el motivo a dos leguas en contorno de la casa.

Hacía yo cuanto estaba de mi parte por desapartarlas, mas era imposible según estaban empeñadas en no soltarse.

A este tiempo entró nana Clara y, mirando a su sobrina bañada en sangre, no se metió en averiguaciones sino que, tirando el canasto de verdura, arremetió contra la pobre de Luisa, que no estaba muy sana, diciéndole: eso no, grandísima cochina, *lambe-platos*, piojo resucitado; a mi sobrina no, tal. Agora verás quién es cada cual. Y en medio de estas jaculatorias le menudeaba muy fuertes palos con una cuchara.

Yo no pude sufrir que con tal ventaja estropearan dos a mi pobre Luisa, y así, viendo que no valían mis ruegos para que la dejaran, apelé a la fuerza y di sobre la vieja a pescozones.

Una zambra era aquella cocina, ni pienso que sería más terrible la batalla de César en Farsalia. Como no estábamos quietos en un punto, sino que cayendo y levantando andábamos por todas partes, y la cocina era estrecha, en un instante se quebraron las ollas, se derramó la comida, se apagó la lumbre y la ceniza nos emblanqueció las cabezas y ensució las caras.

Todo era desvergüenzas, gritos, porrazos y desorden. No había una de las contendientes que no estuviera sangrada según el método del Aguilucho, y a más de esto desgreñada y toda hecha pedazos, sin quedarme yo limpio en la función. El campo de batalla o la cocina estaba sembrada de despojos.

161

Por un rincón se veía una olla hecha pedazos, por otra la tinaja del agua, por aquí una sartén, por allí un manojo de cebollas, por esotro lado la mano del metate, y por todas partes las reliquias de nuestra ropa. El perrillo alternaba sus ladridos con nuestros gritos, y el gato todo espeluzado no se atrevía a bajar del brasero.

En medio de esta función llegó Chanfaina vestido en su propio traje, y, viendo que su Luisa estaba desangrada, hecha pedazos, bañada en sangre y envuelta entre la cocinera y su sobrina, no esperó razones, sino que haciéndose de un garrote dio sobre las dos últimas, pero con tal gana y coraje que a pocos trancazos cesó el pleito dejando a la infeliz recamarera, que ciertamente era la que había llevado la peor parte.

Cuando volvimos todos en nuestro acuerdo, no tanto por el respeto del amo, cuanto por el miedo del garrote, comenzó el escribano a tomarnos declaración sobre el asunto o motivo de tan desaforada riña. La vieja nana Clara nada decía, porque nada sabía en realidad; Luisa tampoco, porque no le tenía cuenta; yo menos, porque era el actor principal de aquella escena; pero la maldita Lorenza, como que era la más instruida e inocente, en un instante impuso a mi amo del contenido de la causa diciéndole que todo aquello no había sido más que una violencia y provocación de aquella tal celosa que estaba en su casa, que quizá era mi amiga, pues por celos de mí y de ella había armado aquel escándalo...

Hasta aquí oí yo a Lorenza, porque en cuanto advertí que ésta había descorrido el velo de nuestros indignos tratos más de lo que era necesario, y que mi amo me miraba con ojos de loco furioso, temí como hombre, y eché a correr como una liebre por la escalera abajo, con lo que confirmé en el momento cuanto dijo Lorenza, acabando de irritar a mi patrón, quien, no queriendo que me fuera de su casa sin despedida, bajó tras de mí como un rayo y con tal precipitación que no advirtió que iba sin sombrero ni capa y con la golilla por un lado.

Como dos cuadras corrió Chanfaina tras de mí gritándome sin cesar: párate bribón, párate pícaro. Pero yo me volví sordo y no paré hasta que lo perdí de vista y me hallé bien lejos y seguro del garrote.

Éste fue el honroso y lucidísimo modo con que salí de la casa del escribano, peor de lo que había entrado y sin el más mínimo escarmiento, pues en

162

cada una de éstas comenzaba de nuevo la serie de mis aventuras, como lo veréis en el capítulo siguiente.

Capítulo XI. En el que Periquillo cuenta la acogida que le hizo un barbero, el motivo por que se salió de su casa, su acomodo en una botica y su salida de ésta, con otras aventuras curiosas

Es increíble el terreno que avanza un cobarde en la carrera. Cuando sucedió el lance que acabo de referir eran las doce en punto, y mi amo vivía en la calle de las Ratas; pues corrí tan de buena gana que fui a esperar el cuarto de hora a la Alameda; eso sí, yo llegué lleno de sudor y de susto, mas lo di de barato, así como el verme sin sombrero, roto de cabeza, hecho pedazos y muerto de hambre, al considerarme seguro de Chanfaina, a quien no tanto temía por su garrote como por su pluma cavilosa; pues, si me hubiera habido a las manos, seguramente me da de palos, me urde una calumnia y me hace ir a sacar piedra mucar a San Juan de Ulúa.

Así es que yo hube de tener por bien el mismo mal, o elegí cuerdamente del mal el menos; pero esto está muy bien para la hora ejecutiva, porque pasada ésta se reconoce cualquier mal según es, y entonces nos incomoda amargamente.

Tal me sucedió cuando sentado a la orilla de una zanja, apoyado mi brazo izquierdo sobre una rodilla, teniéndome con la misma mano la cabeza y con la derecha rascando la tierra con un palito, consideraba mi triste situación. ¿Qué haré yo ahora?, me preguntaba a mí mismo. Es harto infeliz el estado presente en que me hallo. Solo, casi desnudo, roto de cabeza, muerto de hambre, sin abrigo ni conocimiento, y, después de todo, con un enemigo poderoso como Chanfaina, que se desvelará por saber de mí para tomar venganza de mi infidelidad y de la de Luisa. ¿Adónde iré? ¿Dónde me quedaré esta noche? ¿Quién se ha de doler de mí, ni quién me hospedará si mi pelaje es demasiado sospechoso? Quedarme aquí, no puede ser, porque me echarán los guardas de la Alameda; andar toda la noche en la calle es arrojo, porque me expongo a que me encuentre una ronda y me despache más presto a poder de Chanfaina; irme a dormir a un cementerio retirado como el de San Cosme, será lo más seguro... pero, ¿y los muertos y las fantasmas

163

son acaso poco respetables y temibles? Ni por un pienso. ¿Qué haré pues, y qué comeré en esta noche?

Embebecido estaba en tan melancólicos pensamientos sin poder dar con el hilo que me sacara de tan confuso laberinto, cuando Dios, que no desampara a los mismos que le ofenden, hizo que pasara junto a mí un venerable viejo, que con un muchacho se entretenía en sacar sanguijuelas con un *chiquihuite* en aquellas zanjitas; y estando en esta diligencia me saludó, y yo le respondí cortésmente.

El viejo, al oír mi voz, me miró con atención, y, después de haberse detenido un momento, salta la zanja, me echa los brazos al cuello con la mayor expresión y me dice: ¡Pedrito de mi alma! ¿Es posible que te vuelva a ver? ¿Qué es esto? ¿Qué traje, qué sangre es ésa? ¿Cómo está tu madre? ¿Dónde vives?

A tantas preguntas yo no respondía palabra, sorprendido al ver a un hombre a quien no conocía que me hablaba por mi nombre y con una confianza no esperada; mas él, advirtiendo la causa de mi turbación, me dijo: ¿que no me conoces? No señor, la verdad, le respondí, si no es para servirle. Pues yo sí te conozco, y conocí a tus padres y les debí mil favores. Yo me llamo Agustín Rapamentas; afeité al difunto señor don Manuel Sarmiento tu padrecito muchos años, sí, muchos, sobre que te conocí tamañito, hijo, tamañito; puedo decir que te vi nacer, y no pienses que no; te quería mucho y jugaba contigo mientras que tu señor padre salía a afeitarse.

Pues, señor don Agustín, le dije, ahora voy recordando especies, y en efecto es así como usted lo dice. ¿Pues qué haces aquí, hijo, y en este estado?, me preguntó.

¡Ay, señor!, le respondí remedando el llanto de las viudas, mi suerte es la más desgraciada; mi madre murió dos años hace; los acreedores de mi padre me echaron a la calle y embargaron cuanto había en mi casa; yo me he mantenido sirviendo a éste y al otro; y hoy el amo que tenía, porque la cocinera echó el caldo frío y yo lo llevé así a la mesa, me tiró con él y con el plato me rompió la cabeza, y, no parando en esto su cólera, agarró el cuchillo y corrió tras de mí, que a no tomarle yo la delantera no le cuento a usted mi desgracia.

164

¡Mire qué picardía!, decía el cándido barbero, ¿y quién es ese amo tan cruel y vengativo? ¿Quién ha de ser, señor?, le dije, el Mariscal de Biron. ¿Cómo? ¿Qué estás hablando?, dijo el rapador, no puede ser eso, si no hay tal nombre en el mundo. Será otro. ¡Ah!, sí señor, es verdad, dije yo, me turbé; pero es el Conde... el Conde... el Conde... ¡válgate Dios por memoria!, el Conde de... de... de Saldaña. Peor está ésa, decía don Agustín, ¿que te has vuelto loco? ¿Qué estás hablando, hijo? ¿No ves que estos títulos que dices son de comedia? Es verdad, señor, a mí se me ha olvidado el título de mi amo porque apenas hace dos días que estaba en su casa; pero para el caso no importa no acordarse de su título, o aplicarle uno de comedia, porque si lo vemos con seriedad, ¿qué título hay en el mundo que no sea de comedia? El Mariscal de Biron, el Conde de Saldaña, el Barón de Trenk y otros mil, fueron títulos reales, desempeñaron su papel, murieron, y sus nombres quedaron para servir de títulos de comedias. Lo mismo sucederá al Conde del Campo azul, al Marqués de Casa nueva, al Duque de Ricabella, y a cuantos títulos viven hoy con nosotros; mañana morirán y *Laus Deo*, quedarán sus nombres y sus títulos para acordarnos solo algunos días de que han existido entre los vivos, lo mismo que el Mariscal de Biron y el gran Conde de Saldaña. Conque nada importa, según esto, que yo me acuerde o me olvide del título del amo que me golpeó. De lo que no me olvidaré será de su maldita acción, que éstas son las que se quedan en la memoria de los hombres, o para vituperarlas y sentirlas, o para ensalzarlas y aplaudirlas, que no los títulos y dictados que mueren con el tiempo, y se confunden con el polvo de los sepulcros.

Atónito me escuchaba el inocente barbero teniéndome por un sabio y un virtuoso. Tal era mi malicia a veces, y a veces mi ignorancia. Yo mismo ahora no soy capaz de definir mi carácter en aquellos tiempos, ni creo que nadie lo hubiera podido comprender; porque unas ocasiones decía lo que sentía, otras obraba contra lo mismo que decía, unas veces me hacía un hipócrita, y otras hablaba por el convencimiento de mi conciencia; mas lo peor era que cuando fingía virtud lo hacía con advertencia, y cuando hablaba enamorado de ella hacía mil propósitos interiores de enmendarme; pero no me determinaba a cumplirlos.

Esta vez me tocó hablar lo que tenía en mi corazón, pero no me aproveché de tales verdades; sin embargo, me surtió un buen efecto temporal, y fue que el barbero, condolido de mí, me llevó a su casa, y su familia, que se componía de una buena vieja llamada tía Casilda y del muchacho aprendiz, me recibió con el extremo más dulce de hospitalidad.

Cené aquella noche mejor de lo que pensaba, y al día siguiente me dijo el maestro: hijo, aunque ya eres grande para aprendiz (tendría yo diecinueve a veinte años, decía bien), si quieres, puedes aprender mi oficio, que si no es de los muy aventajados, a lo menos da qué comer; y así aplícate que yo te daré la casa y el bocadito, que es lo que puedo.

Yo le dije que sí, porque por entonces me pareció conveniente; y según esto, me comedía[76] a limpiar los paños, a tener la vacía y a hacer algo de lo que veía hacer al aprendiz.

Una ocasión que el maestro no estaba en casa, por ver si estaba algo adelantado, cogí un perro, a cuya fajina me ayudó el aprendiz, y, atándole los pies, las manos y el hocico, lo sentamos en la silla amarrado en ella, le pusimos un trapito para limpiar las navajas, y comencé la operación de la rasura. El miserable perro ponía sus gemidos[77] en el cielo. ¡Tales eran las cuchilladas que solía llevar de cuando en cuando!

Por fin, se acabó la operación y quedó el pobre animal retratable, y luego que se vio libre salió para la calle como alma que se llevan los demonios, y yo, engreído con esta primera prueba, me determiné a hacer otra con un pobre indio que se fue a rasurar de a medio. Con mucho garbo le puse los paños, hice al aprendiz trajera la vacía con el agua caliente, asenté las navajas y le di una zurra de raspadas y tajos, que el infeliz, no pudiendo sufrir mi áspera mano, se levantó diciendo: *amoquale quistiano, amoquale*, que fue como decirme en castellano: no me cuadra tu modo, señor, no me cuadra. Ello es que él dio el medio real y se fue también medio rapado.

Todavía no contento con estas tan malas pruebas, me atreví a sacarle una muela a una vieja que entró a la tienda rabiando de un fuerte dolor y en so-

---

76 Por comedirse, y con más frecuencia acomedirse, se entiende vulgarmente prestarse con voluntad y gusto a ayudar a otros en sus trabajos y quehaceres, o desempeñarlos por ellos. E.

77 No podía ladrar y así solo gemía.

166

licitud de mi maestro; pero como era resuelto, la hice sentar y que entregara la cabeza al aprendiz para que se la tuviera.

Hizo éste muy bien su oficio, abrió la cuitada vieja su desierta boca después de haberme mostrado la muela que lo dolía, tomé el descarnador y comencé a cortarla trozos de encía alegremente.

La miserable, al verse tasajear tan seguido y con una porcelana de sangre delante, me decía: maestrito, por Dios, ¿hasta cuándo acaba usted de descarnar? No tenga usted cuidado, señora, le decía yo, haga una poca de paciencia, ya le falta poco de la quijada.

En fin, así que le corté tanta carne cuanta bastó para que almorzara el gato de casa, le afiancé el hueso con el respectivo instrumento, y le di un estirón tan fuerte y mal dado que le quebré la muela lastimándole terriblemente la quijada.

¡Ay, Jesús!, exclamó la triste vieja, ya me arrancó usted las quijadas, maestro del diablo. No hable usted, señora, le dije, que se le meterá el aire y le corromperá la mandíbula. ¡Qué *malíbula* ni qué demonios!, decía la pobre... ¡Ay, Jesús!, ¡ay!, ¡ay!, ¡ay!... Ya está señora, decía yo, abra usted la boca, acabaremos de sacar el raigón, ¿no ve que es muela matriculada? Matriculado esté usted en el infierno, *chambón*, indigno, condenado, decía la pobre.

Yo, sin hacer caso de sus injurias, le decía, ande nanita, siéntese y abra la boca, acabaremos de sacar ese hueso maldito, vea usted que un dolor quita muchos. Ande usted, aunque no me pague. Vaya usted mucho noramala, dijo la anciana, y sáquele otra muela o cuantas tenga a la grandísima borracha que lo parió. No tienen la culpa estos raspadores cochinos, sino quien se pone en sus manos. Prosiguiendo en estos elogios se salió para la calle sin querer ni volver a ver el lugar del sacrificio.

Yo algo me compadecí de su dolor, y el muchacho no dejó de reprenderme mi determinación atolondrada, porque cada rato decía: ¡pobre señora!, ¡qué dolor tendría!, y lo peor que si se lo dice al maestro, ¿qué dirá? Diga lo que dijere, le respondí, yo lo hago por ayudarle a buscar el pan; fuera de que así se aprende, haciendo pruebas y ensayándose. A la maestra le dije que habían sido monadas de la vieja, que tenía la muela matriculada, y no se la pude arrancar al primer tirón, cosa que al mejor le sucede.

167

Con esto se dieron todos por satisfechos y yo seguí haciendo mis diabluras, las que me pagaban o con dinero o con desvergüenzas.

Cuatro meses y medio permanecí con don Agustín, y fue mucho, según lo variable de mi genio. Es verdad que en esta dilación tuvo parte el miedo que tenía a Chanfaina, y el no encontrar mejor asilo, pues en aquella casa comía, bebía y era tratado con una estimación respetuosa de parte del maestro. De suerte que yo ni hacía mandados ni cosa más útil que estar cuidando la barbería y haciendo mis fechorías cada vez que tenía proporción; porque yo era un aprendiz de honor, y tan consentido y hobachón que, aunque sin camisa, no me faltaba quien envidiara mi fortuna. Éste era Andrés el aprendiz, quien, un día que estábamos los dos conversando en espera de marchante que quisiera ensayarse a mártir, me dijo: señor, ¡quién fuera como usted! ¿Por qué, Andrés?, le pregunté. Porque ya usted es hombre grande, dueño de su voluntad y no tiene quien lo mande; y no yo, que tengo tantos que me regañen, y no sé lo que es tener medio en la bolsa. Pero así que acabes de aprender el oficio, le dije, tendrás dinero y serás dueño de tu voluntad.

¡Qué verde está eso!, decía Andrés, ya llevo aquí dos años de aprendiz y no sé nada. ¿Cómo nada, hombre?, le pregunté muy admirado. Así nada, me contestó. Ahora que está usted en casa he aprendido algo. ¿Y qué has aprendido?, le pregunté. He aprendido, respondió el gran bellaco, a afeitar perros, desollar indios y desquijarar viejas, que no es poco. Dios se lo pague a usted que me lo ha enseñado. Pues, y ¿que tu maestro no te ha enseñado nada en dos años? Qué me ha de enseñar, decía Andrés, todo el día se me va en hacer mandados aquí y en casa de doña Tulitas, la hija de mi maestro; y allí *pior*, porque me hacen cargar el niño, lavar los pañales, ir a la pulquería, fregar toditos los trastes, y aguantar cuantas calillas quieren, y con esto ¿qué he de aprender del oficio? Apenas sé llevar la vacía y el escalfador cuando me lleva consigo mi amo, digo, mi maestro; me turbé. A fe que don Plácido, el hojalatero que vive junto a la casa de mi madre grande, ése sí que es maestro de cajeta, porque, afuera de que no es muy demasiado regañón, ni les pega a sus aprendices, los enseña con mucho cariño, y les da sus medios muy buenos así que hacen alguna cosa en su lugar; pero, eso de mandados, ¡cuándo, ni por un pienso! Sobre que apenas los envía a traer medio de cigarros, *contimás* manteca, ni chiles, ni pulque, ni carbón, ni nada como acá. Con esto *orita*, *orita* aprenden los muchachos el oficio.

Tú hablas mal, le dije, pero dices bien. No deben ser los maestros amos, sino enseñadores de los muchachos; ni éstos deben ser criados o *pilguanejos* de ellos, sino legítimos aprendices; aunque, así por la enseñanza como por los alimentos que les dan, pueden mandarlos y servirse de ellos en aquellas horas en que estén fuera de la oficina y en aquellas cosas proporcionadas a las fuerzas, educación y principios de cada uno. Así lo oía yo decir varias veces a mi difunto padre que en paz descanse.

Pero dime, ¿que estás aquí con escritura? Sí, señor, me respondió Andrés, y ya cuento dos años de aprendiz, y vamos corriendo para tres, y no se da modo ni manera el maestro de enseñarme nada. Pues entonces, le dije, si la escritura es por cuatro años, ¿cómo aprenderás en el último, si se pasa como se han pasado los tres que llevas? Eso *mesmo* digo yo, decía Andrés. Me sucederá lo que le sucedió a mi hermano Policarpo con el maestro Marianito el sastre. ¿Pues qué le sucedió? ¿Qué? Que se llevó los tres años de aprendiz en hacer mandados como *ora* yo, y en el cuarto *izque* quería el maestro enseñarle todo el oficio de a tiro, y mi hermano no lo podía aprender, y el maestro se lo llevaba el diablo de coraje, y le echaba cuarta al *probe* de mi hermano a manta de Dios, hasta que el *probe* se aburrió y se *juyó*, y ésta es la hora que no hemos vuelto a saber dél; y tan bueno que era el *probe*, pero ¿cómo había de salir sastre en un año, y eso haciendo mandados y con tantísimo día de fiesta, señor, como tiene el año? Y *asina* yo pienso que el maestro de acá tiene trazas de hacer lo *mesmo* conmigo.[78]

---

78 En el día con gran dolor vemos lo poco usado de esta loable práctica de recibir aprendices con escritura; pero cuando estaba en uso se recibían los aprendices bajo las obligaciones y condiciones siguientes: el maestro se obligaba a enseñar al aprendiz su oficio sin ocultarle nada, dentro de un tiempo determinado, que regularmente eran cuatro años, pudiendo a este efecto castigarle con prudencia y moderación sin herirlo ni lastimarlo gravemente; a darle alimentos, ropa limpia y cama; a que si no estuvo hábil en el dicho tiempo, pagar a otro maestro de la misma profesión o arte el trabajo de enseñarlo; y si esto no quería, a tener en su casa al aprendiz en clase de oficial pagándole salario de tal todos los días. El otorgante, padre, pariente, etc., del aprendiz se obligaba a que éste había de servir dicho tiempo no solo en lo concerniente al oficio, sino en lo que se le ofreciera a su maestro, siendo cosa decente y no impidiéndole el tiempo de aprender. Éstas y otras condiciones

¿Pero por qué no aprendiste tú a sastre?, pregunté a Andrés, y éste me dijo: ¡ay, señor!, ¿sastre? Se enferman del pulmón. ¿Y a hojalatero? No señor, por no ver que se corta uno con la hoja de lata y se quema con los hierros. ¿Y a carpintero por qué no? ¡Ay!, no, porque se lastima mucho el pecho. ¿Y a carrocero o herrero? No lo permita Dios, si parecen diablos cuando están junto a la fragua aporreando el hierro. Pues hijo de mi alma, Pedro Sarmiento, hermano de mi corazón, le dije a Andrés levantándome del asiento, tú eres mi hermano, tatita,[79] sí, tú eres mi hermano; somos mellizos o *cuates*; dame un abrazo. Desde hoy te debo amar y te amo más que antes, porque miro en ti el retrato de mi modo de pensar; pero tan parecido que se equivoca con el prototipo, si ya no es que nos identificamos tú y yo.

¿Por qué son tantos abrazos, señor Pedrito?, preguntaba Andrés muy azorado, ¿por qué me dice tantas cosas que yo no entiendo? Hermano Andrés, le respondí, porque tú piensas lo mismo que yo, y eres tan flojo como el hijo de mi madre. A ti no te acomodan los oficios por las penalidades que traen anexas, ni te gusta servir porque regañan los amos; pero sí te gusta comer, beber, pasear y tener dinero con poco o ningún trabajo. Pues, tatita, lo mismo pasa, por mí; de modo que, como dice el refrán, Dios los cría y ellos se juntan. Ya verás si tengo razón demasiada para quererte.

Eso es decir, repuso Andrés, que usted es un flojo y yo también. Adivinaste muchacho, le contesté, adivinaste. ¿Ves como en todo mereces que yo te quiera y te reconozca por mi hermano? Pues si solo por eso lo hace, dijo Andresillo, muchos hermanos debe usted tener en el mundo, porque hay muchos flojos de nuestro mismo gusto; pero sepa usted que a mí lo que me hace no es el oficio, sino dos cosas; la una, que no me lo enseñan, y la otra el genio que tiene la maldita vieja de la maestra; que si eso no fuera, yo estuviera contento en la casa, porque el maestro no puede ser mejor.

Así es, dije yo. Es la vieja el mismo diablo, y su genio es enteramente opuesto al de don Agustín; pues éste es prudente, liberal y atento; y la vieja condenada es majadera, regañona y mezquina como Judas. Ya se ve, ¿qué

---

igualmente justas pueden verse en el Febrero, ilustrado por don Marcos Gutiérrez, part. I, tom. 2, cap. 26.

79   Tatita, diminutivo de Tata, que entre la gente vulgar sustituye al nombre de padre, como el de nana al de madre, así como entre la gente decente se dice: Papá, Mamá. E.

170

cosa buena ha de hacer con su cara de sábana encarrujada y su boca de chancleta?[80]

Hemos de advertir que la casa era una accesoria con un altito de estas que llaman de taza y plato,[81] y nosotros no habíamos atendido a que la dicha maestra nos escuchaba, como nos escuchó toda la conversación, hasta que yo comencé a loarla en los términos que van referidos, e irritada justamente contra mí cogió con todo silencio una olla de agua hirviendo que tenía en el brasero y me la volcó a plomo en la cabeza diciéndome: pues maldito, malagradecido, fuera de mi casa, que yo no quiero en ella arrimados que vengan a hablar de mí.

No sé si habló más, porque quedé sordo y ciego del dolor y de la cólera. Andrés, temiendo otro baño peor, y escarmentado en mi cabeza, huyó para la calle. Yo, rabiando y todo pelado, subí la escalerita de palo con ánimo de desmechar a la vieja, topara en lo que topara, y después marcharme con Andrés; pero esta condenada era varonil y resuelta, y así, luego que me vio arriba, tomó el cuchillo del brasero y se fue sobre mí con el mayor denuedo, y hablando medias palabras de cólera me decía: ¡ah, grandísimo bellaco atrevido!, ahora te enseñaré... Yo no pude oír qué me quería enseñar ni me quise quedar a aprender la lección, sino que volví la grupa con la mayor ligereza, y fue con tal desgracia que tropezando con un perrillo bajé la escalera más presto que la había subido y del más extraño modo, porque la bajé de cabeza magullándome las costillas.

La vieja estaba hecha un chile contra mí. No se compadeció ni se detuvo por mi desgracia, sino que bajó detrás de mí como un rayo con el cuchillo en la mano y tan determinada que hasta ahora pienso que, si me hubiera cogido, me mata sin duda alguna; pero quiso Dios darme valor para correr, y en cuatro brincos me puse cuatro cuadras lejos de su furor. Porque eso sí,

---

80 Esta voz es en castellano sinónima de chinela, pero entre nosotros significa el zapato que, por viejo o de intento, tiene doblado para adentro el talón, con cuyo motivo hace un ruido desagradable al andar con él. E.

81 Esta locución tuvo origen de que, pidiéndose una poca de agua en el cuarto o accesoria de la gente muy pobre, se daba un jarro de barro común; pero los que siendo algo más acomodados vivían en estas accesorias con su altito, presentaban el agua en una taza poblana sobre un plato, porque el precio alto de los vasos de cristal en aquella época remota no estaba al alcance sino de los ricos y gente bien acomodada. E.

tenía yo alas en los pies cuando me amenazaba algún peligro, y me daban lugar para la fuga.

En lo intempestivo se pareció ésta mi salida a la de la casa de Chanfaina, pero en lo demás fue peor, porque de aquí salí a la carrera, sin sombrero, bañado y chamuscado.

Así me hallé como a las once de la mañana por el paseo que llaman de la Tlaxpana. Estúveme en el Sol esperando se me secara mi pobre ropa, que cada día iba de mal en peor como que no tenía relevo.

A las tres de la tarde ya estaba enteramente seca, enjuta, y yo mal acondicionado porque me afligía el hambre con todas sus fuerzas; algunas ampollas se me habían levantado por la travesura de la vieja; los zapatos, como que estaban tan maltratados con el tiempo que se tenían en mis pies por mero cumplimiento, me abandonaron en la carrera; yo, que vi la diabólica figura que hacía sin ellos a causa de que las medias descubrieron toda la suciedad y flecos de las soletas, me las quité y, no teniendo dónde guardarlas, las tiré quedándome descalzo de pie y pierna; y para colmo de mi desgracia me urgía demasiado el miedo al pensar en dónde pasaría la noche, sin atreverme a decidir entre si me quedaría en el campo o me volvería a la ciudad, pues por todas partes hallaba insuperables embarazos. En el campo temía el hambre, las inclemencias del tiempo y la lobreguez de la noche; y en la ciudad temía la cárcel, y un mal encuentro con Chanfaina o el maestro barbero; pero, por fin, a las oraciones de la noche venció el miedo de esta parte, y me volví a la ciudad.

A las ocho estaba yo en el portal de las Flores, muerto de hambre, la que se aumentaba con el ejercicio que hacía con tanto andar. No tenía en el cuerpo cosa que valiera más que una medallita de plata que había comprado en cinco reales cuando estaba en la barbería; me costó mucho trabajo venderla a esas horas, pero por último hallé quien me diera por ella dos y medio, de los que gasté un real en cenar y medio en cigarros.

Alentado mi estómago, solo restaba determinar dónde quedarme. Andaba yo calles y más calles sin saber en dónde recogerme, hasta que pasando por el mesón del Ángel oí sonar las bolas del truco y, acordándome del *arrastraderito* de Juan Largo, dije entre mí: no hay remedio, un realillo tengo en la bolsa para el coime; aquí me quedo esta noche. Y diciendo y haciendo me metí en el truco.

Todos me miraban con la mayor atención, no por lo trapiento, que otros había allí peores que yo, sino por lo ridículo, pues estaba descalzo enteramente, calzones blancos no los conocía, los de encima eran negros de terna, parchados y agujereados, mi camisa después de rota estaba casi negra de mugre, mi chupa era de angaripola rota y con tamaños florones colorados, el sombrero se quedó en casa, y después de tantas guapezas tenía la cara algo extravagante, pues la tenía ampollada y los ojos medio escondidos dentro de las vejigas que me hizo el agua hirviendo.

No era mucho que todos notaran tan extraña figura, mas a mí no se me dio nada de su atención, y hubiera sufrido algún vejamen a trueque de no quedarme en la calle.

Dieron las nueve, acabaron de jugar y se fueron saliendo todos menos yo, que luego luego me comedí a apagar las velas, lo que no le disgustó al coime, quien me dijo: amiguito, Dios se lo pague, pero ya es tarde y voy a cerrar, váyase usted. Señor, le dije, no tengo donde quedarme, hágame usted el favor de que pase la noche aquí en un banco, le daré un real que tengo, y si más tuviera más le diera.

Ya hemos dicho que en todas partes, en todos ejercicios y destinos se ven hombres buenos y malos, y así no se hará novedad de que en un truco y en clase de coime, fuera éste de quien hablo un hombre de bien y sensible. Así lo experimenté, pues me dijo: guarde usted su real, amigo, y quédese norabuena. ¿Ya cenó? Sí señor, le respondí. Pues yo también. Vámonos a acostar. Sacó un sarape, me lo prestó y mientras nos desnudamos quiso informarse de quién era yo y del motivo de haber ido allí tan derrotado. Yo le conté mil lástimas con tres mil mentiras en un instante, de modo que se compadeció de mí, y me prometió que hablaría a un amigo boticario que no tenía mozo, a ver si me acomodaba en su casa. Yo acepté el favor, le di las gracias por él y nos dormimos.

A la siguiente mañana, a pesar de mi flojera, me levanté primero que el coime, barrí, sacudí e hice cuanto pude por granjearlo. Él se pagó de esto, y me dijo: voy a ver al boticario; pero, ¿qué haremos de sombrero? Pues en esas trazas que usted tiene está muy sospechoso. Yo no sé qué haré, le dije,

173

porque no tengo más que un real y con tan poco no se ha de hallar; pero mientras que usted me hace favor de ver a ese señor boticario, ya vuelvo.

Dicho esto me fui, me desayuné y en un zaguán me quité la chupa y la ferié en el baratillo por el primer sombrero que me dieron, quedándome el escrúpulo de haber engañado a su dueño. Es verdad que el dicho sombrero no pasaba de un *chilaquil* aderezado, y donde a mí me pareció que había salido ventajoso, ¿qué tal estaría la chupa? Ello es que al tiempo del trueque me acordé de aquel versito viejo de

> Casó Montalvo en Segovia
> Siendo cojo, tuerto y calvo,
> Y engañaron a Montalvo;

Pues ¿qué tal sería la novia? Contentísimo con mi sombrero y de verme disfrazado con mis propios *tiliches*, convertido del hijo de don Pedro Sarmiento en mozo alquilón, partí a buscar al coime mi protector, quien me dijo que todo estaba listo, pero que aquella camisa parecía sudadero, que fuera a lavarla a la acequia y a las doce me llevaría al acomodo, porque la pobreza era una cosa y la porquería otra; que aquélla provocaba a lástima y ésta a desprecio y asco de la persona; y, por fin, que me acordara del refrán que dice: como te veo te juzgo.

No me pareció malo el consejo, y así lo puse en práctica al momento. Compré cuartilla de jabón y cuartilla de tortillas con chile que me almorcé para tener fuerzas para lavar; me fui al *Pipis*,[82] me pelé mi camisa y la lavé.

No tardó nada en secarse porque estaba muy delgada y el Sol era como lo apetecen las lavanderas los sábados. En cuanto la vi seca la espulgué y me la puse, volviéndome con toda presteza al mesón, pues ya no veía la hora de acomodarme; no porque me gustaba trabajar, sino porque la necesidad tiene cara de hereje, dice el refrán, y yo digo de pobre, que suele parecer peor que de hereje.

Así que el coime me vio limpio se alegró y me dijo: vea usted como ahora parece otra cosa. Vamos.

---

82 Un recodo que al lado de un puente hace la acequia principal por el barrio de San Pablo, donde sin pagar se lavan los muy pobres. E.

174

Llegamos a la botica, que estaba cerca, me presentó al amo, quien me hizo veinte preguntas, a las que contesté a su satisfacción, y me quedé en la casa con salario asignado de 4 pesos mensuales y plato.

Permanecí dos meses en clase de mozo, moliendo palos, desollando culebras, atizando el fuego, haciendo mandados y ayudando en cuanto se ofrecía y me mandaban, a satisfacción del amo y del oficial.

Luego que tuve juntos 8 pesos, compré medias, zapatos, chaleco, chupa y pañuelo; todo del baratillo, pero servible. Lo traje a la casa ocultamente, y a otro día que fue domingo me puse hecho un veinticuatro.

No me conocía el amo y, alegrándose de mi metamorfosis, decía al oficial: vea usted, se conoce que este pobre muchacho es hijo de buenos padres y que no se crió de mozo de botica. Así se hace, hijo, manifestar uno siempre sus buenos principios, aunque sea pobre, y una de las cosas en que se conoce el hombre que los ha tenido buenos es que no le gusta andar roto ni sucio. ¿Sabes escribir? Sí señor, le respondí. A ver tu letra, dijo, escribe aquí.

Yo, por pedantear un poco y confirmar al amo en el buen concepto que había formado de mí, escribí lo siguiente.

Qui scribere nesciunt nullum putant esse laborem.
Tres digiti scribunt, cætera membra dolent.

¡Hola!, dijo mi amo todo admirado, escribe bien el muchacho, y en latín. ¿Pues qué entiendes tú lo que has escrito? Sí, señor, le dije, eso dice que «los que no saben escribir, piensan que no es trabajo; pero que mientras tres dedos escriben, se incomoda todo el cuerpo». Muy bien, dijo el amo. Según eso, sabrás qué significa el rótulo de esa redoma. Dímelo. Yo leí *Oleum vitellorum ovorum*, y dije: Aceite de yema de huevos. Así es, dijo don Nicolás, y poniéndome botes, frascos, redomas y cajones me siguió preguntando: ¿y aquí qué dice? Yo, según él me preguntaba, respondía: *Oleum escorpionum*. Aceite de alacranes... *Aqua menthae*. Agua de yerba buena... *Aqua petrocelini*... Agua de perejil... *Sirupus pomorum*... Jarabe de manzanas. *Unguentum cucurbitae*. Ungüento de calabaza... *Elixir*... Basta, dijo el amo; y volviéndose al oficial le decía: qué dice usted, don José, ¿no es lástima que este pobre muchacho esté de mozo pudiendo estar de aprendiz con tanto como tiene

175

adelantado? Sí, señor, respondió el oficial; y continuó el amo hablando conmigo: pues bien, hijo, ya desde hoy eres aprendiz; aquí te estarás con don José y entrarás con él al laboratorio para que aprendas a trabajar, aunque ya algo sabes por lo que has visto. Aquí está la Farmacopea de Palacios, la de Fuller y la Matritense; está también el curso de Botánica de Linneo y ese otro de Química. Estudia todo esto y aplícate, que en tu salud lo hallarás.

Yo le agradecí el ascenso que me había dado subiéndome de mozo de servicio a aprendiz de botica, y el diferente trato que me daba el oficial, pues desde ese momento ya no me decía Pedro a secas sino don Pedro; mas entonces yo no paré la consideración en lo que puede un exterior decente en este mundo borracho, pero ahora sí. Cuando estaba vestido de mozo o criado ordinario nadie se metió a indagar mi nacimiento, ni mi habilidad; pero en cuanto estuve medio aderezado se me examinó de todo y se me distinguió en el trato. ¡Ah, vanidad, y cómo haces prevaricar a los mortales! Unas aventuras me sucedían bien y otras mal, siendo el mismo individuo, solo por la diferencia del traje. ¿A cuántos pasa lo mismo en este mundo? Si están decentes, si tienen brillo, si gozan proporciones, los juzgan, o a lo menos los lisonjean por sabios, nobles y honrados, aun cuando todo les falte; pero si están de capa caída, si son pobres, y a más de pobres trapientos, los reputan y desprecian como plebeyos, pícaros e ignorantes, aun cuando aquella miseria sea efecto tal vez de la misma nobleza, sabiduría y bondad de aquellas gentes. ¿Qué hiciéramos para que los hombres no fijaran su opinión en lo exterior ni graduaran el mérito del hombre por su fortuna?

Mas estas serias reflexiones las hago ahora; entonces me vanaglorié de la mudanza de mi suerte, y me contenté demasiado con el rumboso título de aprendiz de botica sin saber el común refrancillo que dice: *Estudiante perdulario, sacristán o boticario.*

Sin embargo, en nada menos pensé que en aplicarme al estudio de Química y Botánica. Mi estudio se redujo a hacer algunos menjurjes, a aprender algunos términos técnicos y a agilitarme en el despacho; pero, como era tan buen hipócrita, me granjié la confianza y cariño del oficial (pues mi no amo estaba mucho en la botica), y tanto que a los seis meses ya yo le ayudaba también a don José, que tenía lugar de pasear y aun de irse a dormir a la calle.

176

Desde entonces o tres meses antes se me asignaron 8 pesos cada mes, y yo hubiera salido oficial como muchos si un accidente no me hubiera sacado de la casa. Pero antes de referir esta aventura es menester imponeros en algunas circunstancias.

Había en aquella época en esta capital un médico viejo a quien llamaban por mal nombre el doctor Purgante, porque a todos los enfermos decía que facilitaba la curación con un purgante.

Era este pobre viejo buen cristiano, pero mal médico y sistemático, y no adherido a Hipócrates, Avicena, Galeno y Averroes, sino a su capricho. Creía que toda enfermedad no podía provenir sino de abundancia de humor pecante, y así pensaba que con evacuar este humor se quitaba la causa de la enfermedad. Pudiera haberse desengañado a costa de algunas víctimas que sacrificó en las aras de su ignorancia, pero jamás pensó que era hombre; se creyó incapaz de engañarse, y así obraba mal, mas obraba con conciencia errónea. Sobre si este error era o no vencible, dejémoslo a los moralistas; aunque yo para mí tengo que el médico que yerra por no preguntar o consultar con los médicos sabios por vanidad o capricho peca mortalmente, pues sin esa vanidad o ese capricho pudiera salir de mil errores, y de consiguiente ahorrarse de un millón de responsabilidades, pues un error puede causar mil desaciertos.

Sea en esto lo que deba ser en conciencia, este médico estaba igualado con mi maestro. Esto es, mi maestro don Nicolás enviaba cuantos enfermos podía al doctor Purgante y éste dirigía a todos sus enfermos a nuestra botica. El primero decía que no había mejor médico que el dicho viejo, y el segundo decía que no había mejor botica que la nuestra, y así unos y otros hacíamos muy bien nuestro negocio. La lástima es que este caso no sea fingido sino que tenga un sin fin de originales.

El dicho médico me conocía muy bien, como que todas las noches iba a la botica, se había enamorado de mi letra y genio (porque cuando yo quería era capaz de engañar al demonio) y no faltó ocasión en que me dijera: hijo, cuando te salgas de aquí avísame, que en casa no te faltará qué comer ni qué vestir. Quería el viejo poner botica y pensaba tener en mí un oficial instruido y barato.

177

Yo le di las gracias por su favor, prometiéndole admitirlo siempre que me descompusiera con el amo, pues por entonces no tenía motivo de dejarlo.

En efecto, yo me pasaba una vida famosa y tal cual la puede apetecer un flojo. Mi obligación era mandar por la mañana al mozo que barriera la botica, llenar las redomas de las aguas que faltaran y tener cuidado de que hubiera provisión de éstas destiladas o por infusión; pero de esto no se me daba un pito, porque el pozo me sacaba del cuidado, de suerte que yo decía: en distinguiéndose los letreros, aunque el agua sea la misma poco importa, ¿quién lo ha de echar de ver? El médico que las receta quizá no las conoce sino por el nombre, y el enfermo que las toma las conoce menos y casi siempre tiene perdido el sabor, conque esta droga va segura. A más de que ¿quién quita que o por la ignorancia del médico o por la mala calidad de las yerbas sea nociva una bebida más que si fuera con agua natural? Conque poco importa que todas las bebidas se hagan con ésta, antes el refrán nos dice que al que es de vida, el agua le es medicina.

No dejaba de hacer lo mismo con los aceites, especialmente cuando eran de un color, así como los jarabes. Ello es que el *quid pro quo*, o despachar una cosa por otra juzgándola igual o equivalente, tenía mucho lugar en mi conciencia y en mi práctica.

Éstos eran mis muchos quehaceres, y confeccionar ungüentos polvos y demás drogas según las órdenes de don José, quien me quería mucho por mi eficacia.

No tardé en instruirme medianamente en el despacho, pues entendía las recetas, sabía dónde estaban los géneros y el arancel lo tenía en la boca como todos los boticarios. Si ellos dicen: esta receta vale tanto, ¿quién les va a averiguar el costo que tiene, ni si piden o no contra justicia? No queda más recurso a los pobres que suplicarles hagan alguna baja; si no quieren, van a otra botica, y a otra y a otra, y si en todas les piden lo mismo, no hay más que endrogarse y sacrificarse, porque su enfermo les interesa y están persuadidos a que con aquel remedio sanará. Los malos boticarios conocen esto y se hacen del rogar grandemente, esto es cuando no se mantienen inexorables.

Otro abuso perniciosísimo había en la botica en que yo estaba, y es comunísimo en todas las demás. Éste es que, así que se sabía que se escaseaba

178

alguna droga en otras partes, la encarecía don José hasta el extremo de no dar medios de ella, si no de reales arriba; siguiéndose de este abuso (que podemos llamar codicia sin el menor respeto) que el miserable que no tenía más que medio real y necesitaba para curarse un pedacito de aquella droga, supongamos alcanfor, no lo conseguía con don José ni por Dios ni por sus Santos, como si no se pudiera dar por medio o cuartilla la mitad o cuarta parte de lo que se da por un real por pequeña que fuera. Lo peor es que hay muchos boticarios del modo de pensar de don José. ¡Gracias a la indolencia del protomedicato[83] que los tolera!

En fin, éste era mi quehacer de día. De noche tenía mayor desahogo, porque el amo iba un rato por las mañanas, recogía la venta del día anterior, y ya no volvía para nada. El oficial, en esta confianza, luego que me vio apto para el despacho, a las siete de la noche tomaba su capa y se iba a cumplimentar a su madama, aunque tenía cuidado de estar muy temprano en la botica.

Con esta libertad estaba yo en mis glorias, pues solían ir a visitarme algunos amigos que de repente se hicieron míos, y merendábamos alegres, y a veces jugábamos nuestros alburitos de a dos, tres y cuatro reales, todo a costa del cajón de las monedas, contra quien tenía libranza abierta.

Así pasé algunos meses, al cabo de ellos se le puso al amo hacer balance, y halló que aunque no había pérdida de consideración, porque pocos boticarios se pierden, sin embargo, la utilidad apenas era perceptible.

No dejó de asustarse don Nicolás al advertir el demérito, y reconviniendo a don José por él, satisfizo éste diciendo que el año había sido muy sano, y que años semejantes eran funestos o a lo menos de poco provecho para médicos, boticarios y curas.

No se dio por contento el amo con esta respuesta, y con un semblante bien serio le dijo: en otra cosa debe consistir el demérito de mi casa que no en las templadas estaciones del año, porque en el mejor no faltan enfermedades ni muertos.

Desde aquel día comenzó a vernos con desconfianza y a no faltar de su casa muchas horas, y dentro de poco tiempo volvió a recobrar el crédito la botica como que había más eficacia en el despacho, el cajón padecía menos

---

83   Así se llamaba un tribunal especial compuesto de doctores en medicina que conocía en los negocios de su facultad. E.

179

evacuaciones y él no se iba hasta la noche que se llevaba la venta. Cuando algún amigo lo convidaba a algún paseo, se excusaba diciéndole que agradecía su favor, pero que no podía abandonar las atenciones de su casa, y que quien tiene tienda es fuerza que la atienda.

Con este método nos aburrió breve, porque el oficial no podía pasear ni el aprendiz merendar, jugar ni holgarse de noche.

En este tiempo por no sé qué trabacuentas se disgustó mi amo con el médico y deshizo la iguala y la amistad enteramente. ¡Qué verdad es que las más amistades se enlazan con los intereses! Por eso son tan pocas las que hay ciertas.

Ya pensaba en salirme de la casa porque ya me enfadaba la sujeción y el poco manejo que tenía en el cajón, pues a la vista del amo no lo podía tratar con la confianza que antes; pero me detenía el no tener dónde establecerme ni qué comer saliéndome de ella.

En uno de los días de mi indeterminación sucedió que me metí a despachar una receta que pedía una pequeña dosis de magnesia. Eché el agua en la botella y el jarabe, y por coger el bote donde estaba la magnesia, cogí el bote en donde estaba el arsénico, y le mezclé su dosis competente. El triste enfermo, según supe después, se la echó a pechos con la mayor confianza, y las mujeres de su casa le revolvían los asientos del vaso con el cabo de la cuchara diciéndole que los tomara, que los polvitos eran lo más saludable.

Comenzaron los tales polvos a hacer su operación, y el infeliz enfermo a rabiar acosado de unos dolores infernales que le despedazaban las entrañas. Alborotose la casa, llamaron al médico, que no era lerdo, dijéronle que al punto que tomó la bebida que había ordenado había empezado con aquellas ansias y dolores. Entonces pide el médico la receta, la guarda, hace traer la botella y el vaso que aún tenía polvos asentados; los ve, los prueba y grita lleno de susto: al enfermo lo han envenenado, ésta no es magnesia sino arsénico; que traigan aceite y leche tibia, pero mucha y pronto.

Se trajo todo al instante, y con éstos y otros auxilios *dizque* se alivió el enfermo. Así que lo vio fuera de peligro, preguntó de qué botica se había traído la bebida. Se lo dijeron y dio parte al protomedicato, manifestando su receta, el mozo que fue a la botica y la botella y vaso como testigos fidedignos de mi atolondramiento.

180

Los jueces comisionaron a otro médico, y acompañado del escribano fue a casa de mi amo, quien se sorprendió con semejantes visitas.

El comisionado y el escribano breve y sumariamente substanciaron el proceso, como que yo estaba confeso y convicto. Querían llevarme a la cárcel, pero informados de que no era oficial, sino un aprendiz bisoño, me dejaron en paz, cargando a mi amo toda la culpa, de la que sufrió por pena la exhibición de 200 pesos de multa en el acto con apercibimiento de embargo caso de dilación, notificándole el comisionado, de parte del tribunal y bajo pena de cerrarle la botica, que no tuviera otra vez aprendices en el despacho, pues lo que acababa de suceder no era la primera ni sería la última desgracia que se llorara por los aturdimientos de semejantes despachadores.

No hubo remedio; el pobre de mi amo subió en el coche con aquellos señores, poniéndome una cara de herrero mal pagado y mirándome con bastante indignación, dijo al cochero que fuera para su casa, donde debía entregar la multa.

Yo, apenas se alejó el coche un poco, entré a la trasbotica, saqué un capotillo que ya tenía y mi sombrero, y le dije al oficial: don José, yo me voy, porque si el amo me halla aquí me mata. Dele usted las gracias por el bien que me ha hecho, y dígale que perdone esta diablura que fue un mero accidente.

Ninguna persuasión del oficial fue bastante a detenerme. Me fui acelerando el paso, sintiendo mi desgracia y consolándome con que a lo menos había salido mejor que de casa de Chanfaina y de don Agustín.

En fin, quedándome hoy en este truco y mañana en el otro pasé veinte días, hasta que me quedé sin capote ni chaqueta; y por no volverme a ver descalzo y en peor estado, determiné ir a servir de cualquier cosa al doctor Purgante, quien me recibió muy bien, como se dirá en el capítulo primero del siguiente tomo.

Fin del tomo segundo

Libros a la carta

A la carta es un servicio especializado para

empresas,

librerías,

bibliotecas,

editoriales

y centros de enseñanza;

y permite confeccionar libros que, por su formato y concepción, sirven a los propósitos más específicos de estas instituciones.

Las empresas nos encargan ediciones personalizadas para marketing editorial o para regalos institucionales. Y los interesados solicitan, a título personal, ediciones antiguas, o no disponibles en el mercado; y las acompañan con notas y comentarios críticos.

Las ediciones tienen como apoyo un libro de estilo con todo tipo de referencias sobre los criterios de tratamiento tipográfico aplicados a nuestros libros que puede ser consultado en Linkgua-ediciones.com.

Linkgua edita por encargo diferentes versiones de una misma obra con distintos tratamientos ortotipográficos (actualizaciones de carácter divulgativo de un clásico, o versiones estrictamente fieles a la edición original de referencia).

Este servicio de ediciones a la carta le permitirá, si usted se dedica a la enseñanza, tener una forma de hacer pública su interpretación de un texto y, sobre una versión digitalizada «base», usted podrá introducir interpretaciones del texto fuente. Es un tópico que los profesores denuncien en clase los desmanes de una edición, o vayan comentando errores de interpretación de un texto y esta es una solución útil a esa necesidad del mundo académico.

Asimismo publicamos de manera sistemática, en un mismo catálogo, tesis doctorales y actas de congresos académicos, que son distribuidas a través de nuestra Web.

El servicio de «Libros a la carta» funciona de dos formas.

1. Tenemos un fondo de libros digitalizados que usted puede personalizar en tiradas de al menos cinco ejemplares. Estas personalizaciones pueden ser de todo tipo: añadir notas de clase para uso de un grupo de estudiantes,

introducir logos corporativos para uso con fines de marketing empresarial, etc. etc.

2. Buscamos libros descatalogados de otras editoriales y los reeditamos en tiradas cortas a petición de un cliente.